「鐘の鳴る丘」世代とアメリカ

廃墟・占領・戦後文学

勝又 浩

白水社

「鐘の鳴る丘」世代とアメリカ——廃墟・占領・戦後文学

装画・装幀＝司　修

「鐘の鳴る丘」世代とアメリカ——廃墟・占領・戦後文学　＊目次

はじめに ――「鐘の鳴る丘」世代の弁　7

I　廃墟と占領

描かれなかったアメリカ兵　16
戦災孤児たち　32
爆音から楽音へ　48
廃墟の力　68

II　占領軍と日本の女性たち

ダンスと風俗解放　88
「斜陽」から「楽園」へ　101
奪われた女性たち　113
犠牲羊の叫び　137
ハウスで見る夢　148

Ⅲ ニッポンとオキナワ

もう一つの民族意識　164
無条件降伏と沖縄　174
沖縄のべ平連　192

Ⅳ 内と外のアメリカ

「神」と「世間」　206
トーテム・ポールと浦島伝説　231
「日本語の勝利」まで　254

おわりに ――「鐘の鳴る丘」世代の現在　273

作品名索引　3
作家名索引　1

はじめに――「鐘の鳴る丘」世代の弁

野坂昭如は自分たちの世代を「焼跡闇市派」だと自称したが、それに倣って私は、もう一世代後の自分たちを『鐘の鳴る丘』世代だと、何度か言ったり書いたりした。ところが、これがあまり通用しなくて問い返されてしまったこともある。『鐘の鳴る丘』は、同じ作者による人気ラジオドラマだがどうも『君の名は』ほどには知られていないらしい。しかし、川田正子の『鐘の鳴る丘』と並木路子の『リンゴの唄』、この二つから私の戦後は始まっていると言ってもよいくらいなのだが。

それで改めて調べてみると、『君の名は』が放送されたのは昭和二七年からの三年間だったが、『鐘の鳴る丘』は昭和二二年からの三年間だったという違いがあった。まず、放送された、この年代の違いは大きい。『君の名は』のときは既に朝鮮戦争が始まって二年、戦争による特需景気のおかげで安定した仕事も得て、人々は多少ラジオ放送を楽しむような余裕を持った、そういう時期の連続ドラマだった。それに対して『鐘の鳴る丘』の頃はまだラジオ自体が都市部でも四軒に一台程度の普及率であったたし、またそれ以上に、人々は日々の衣食の調達に精一杯でラジオドラマを毎日楽しむようなゆとりはなかったのだ。

さらに、『君の名は』の方は、その放送時間は銭湯の女湯ががら空きになったと言われた、そんな伝説もあるほど、時の成人女性たちを圧倒的に惹きつけた恋の擦れ違いドラマだったが、一方『鐘の鳴る丘』は、戦災孤児たちと彼らを助けたい主人公が、それを食い物にする都会のやくざや受け入れない村人と闘うという、要するに少年冒険物語であって、子供たちを夢中にさせはしたが、大の大人を惹きつけるような話ではなかった。とうてい社会現象の一つとして記録されるようなことではなかったわけだ。やはりその頃はやった歌謡曲『港が見える丘』を意味も分からず歌っていたら、子供がそんな歌を歌うものではないと母親から叱られたのを憶えているが、考えてみれば、「あなたと二人で来た丘は、港の見える丘」と歌う大人が、「緑の丘の赤い屋根　とんがり帽子の時計台」と、ともに歌うわけもなかったのだ。あの厖大な数を収録しているカラオケに『鐘の鳴る丘』が入ってなかったのもそんな事情によるだろうか。

そんなわけで、私が一人で『鐘の鳴る丘』世代だなどと言ってみても、ちっとも共感者がなかった理由が今になってやっと腑に落ちた、という次第。しかし、歌は知られず、忘れられても、その歌、物語を生んだ背景、歴史的な事実まで消されたわけではあるまい。本文にも書いたことだが、昭和二〇年五月二九日、被災者四〇万人、死者五千人と言われた横浜大空襲で危うく戦災孤児となりかけた私としては、戦災孤児たちの物語『鐘の鳴る丘』は、たとえ誰も知らなくても、やはり死ぬまでわが世代の歌なのだ。

ところで、ここまでは私の記憶、いわばわが思い込みのなかの歴史だが、今度調べてみて私をがっくりさせた客観的な事実の一つに、ラジオドラマ『鐘の鳴る丘』は、そもそも占領軍の指示によって作られた番組だったという歴史があったことだ。

昭和二二年四月、マッカーサーの招聘によって来日したフラナガン神父――そう聞けば我々もその名に憶えのあるアメリカで少年たちの更生施設「少年の町」を作った社会事業家だ――が、二カ月の視察滞在の後提案していったのが「赤い羽根募金運動」だったそうで、そのフラナガン精神を宣揚するためにということでCIE（占領軍民間情報教育局）がNHKに指示した結果が、この番組の誕生だった。何のことはない、ラジオドラマ『鐘の鳴る丘』は赤い羽根募金運動のコマーシャル番組でもあったわけだ。戦争の被害者、犠牲者たちのなかから生まれた歌だとばかり思っていた『鐘の鳴る丘』が、実は、正しくは、そこからの救済者たちのお陰でできた歌であり、物語であったとは。私はここでも、我々にとってアメリカは破壊者だったのか、それとも救済者だったのか、という問題に行き当たってしまうが、しかし、そう気短に結論を求めることもないであろう。

今度のにわか勉強のなかで菊田一夫には『鐘の鳴る丘』の前に、やはり浮浪児たちとパンパンガール、それらの背後にいたやくざの生態を描いた戯曲『東京哀詩——汚れた顔の子たち』（昭和二二年）があることを知った。これは、戦後再建復活はしたものの相変わらず『桜の園』や『人形の家』をやるしか能のなかった新劇に飽き足らなかった千秋実が、菊田一夫を口説いて書かせたものだったという。千秋実が、ガード下には女たち少年たちがいっぱいいるではないか、ああいう現実をこそ取り上げるべきだと説くと、浮浪児にこそならなかったが、五歳で両親に捨てられて、以来他人に養われたり売り渡されたりしながら育った過去をもつ菊田一夫が、そのことばに動かされて書いたのが『東京哀詩』だったという。千秋実の薔薇座によって日劇小劇場で上演されるとたちまち爆発的な人気が出て、何度も上演期間が日延べされるほどだった（井上理恵『菊田一夫の仕事』平成二三年、社会評論社）。

NHKの「アメちゃん番組」の担当者が菊田一夫に目をつけて依頼した、その背景にはこんな事情があったわけだ。この「アメちゃん番組」とは、CIEが口出ししてくる番組のことだそうで、他にも、あの「太平洋戦争史観」を押し付けた『真相はこうだ』ばかりではない、『話の泉』『向こう三軒両隣』『廿の扉』等々、我々もさんざん聞いた人気娯楽番組、半教養番組の類まで、かなりの数がこの「アメちゃん番組」だったと言うのだから驚く。占領はなにも政治と救援物資ばかりにあったのではない、庶民のささやかな娯楽や教養のなかにまで浸透していたわけだ。

ところで『鐘の鳴る丘』だが、ビデオになった三本の映画版（佐々木啓祐監督）を最近観ることができた。ラジオ放送とは別に映画のあったことは知っていたが、それが今ビデオになって簡単に観られるとは――私などはまず、そういう時代そのものに全細胞が驚くが、しかしやはり、映像の力は格別である。頭のなかで考えているときには決して出てこない涙なみだで少し困ったのである。そして物語自体よりも、佐田啓二を初め俳優たちへの懐かしい感情や舞台背景、新橋や有楽町駅、銀座、服部時計店、築地の本願寺などの実景、つまりセットではなく映っているところが不思議な感動なのだ。しかし、そんな懐旧的感想を言っても始まらない。今は歴史的事実に関わる一、二の発見を記しておこう。

まず、映画の冒頭には、「この一篇をフラナガン神父の霊に捧ぐ」と献辞が掲げられていて、なるほどと思った。確かに、彼はこの映画のできた年、昭和二三年五月に、帰国後間もなく亡くなっているのだ。ラジオ放送ばかりでなく、映画の方でもやはり、製作側が占領軍の検閲を意識しているわけだ。そんなことに気づいてみれば、他にも、たとえばできあがった山小屋で子供たちがクリスマスパーティーをする場面などもフラナガン神父への敬意を示したつもりだろうか。しかし、賛美歌は歌うが、そのあとお祈りもなしでいきなりご馳走にかぶりつくクリスマスパーティーを、占領軍がどう見たろうかと思うとおかしい。まさに、神様もイエス様も抜きの日本的なクリスマスパーティーだからだ。製作側は占領軍の意を迎えたつもりかもしれないが、本当はとんだ失礼、無礼なことになったのではないか。

しかし、そんな方面でのもっと根本を言えば、そもそも孤児たちのために建てた家が「赤い屋根」の「時計台」を持った、キリスト教会もどきの建物だった。初めから花祭りなどやる気がないのは明瞭だが、この物語は、フラナガン神父に、占領軍に、そこまで支配されていたわけだ。しかしここでも、その支配は当然、キリスト教抜きのキリスト教文化の取り込みに過ぎなかった。これは、言うならば明治以来繰り返してきた、日本人の特技でもある。

＊

戦後文学の基本のところに「廃墟からの出発」という発想がある。敗戦、そして外国による国土の占領支配という、日本の歴史上初めての体験のなかで、全てのことをゼロから考えるということだが、それは、上は天皇制の問題から下は日々の衣食の調達についても言えることだった。そして、そうした極限状況、『飢えの季節』(梅崎春生)のなかで『堕落論』(坂口安吾)が書かれ、『第二の青春』(荒正人)が叫ばれた。こうした戦後文学の輝かしかった時代のなかで文学的な目覚めを持ち、育ちもした私は、必然的にそれらの文学の理念をわが文学上の精神ともしてきた。これらのどのページにも描かれている廃墟も焼け跡も、飢えも闇市も、それらはみな、子供ながらわが「鐘の鳴る丘」世代の体験でもあったからだ。

しかし、それから茫々半世紀余、時もお城も流れて、その間に移り来たり、また去って行った文学思潮、現象のなかで私はうろうろし、また一喜一憂しながら暮してきた。そのなかには、戦後文学はもはや「アルケオロジー」、考古学だと言われたようなときもあった。そうして気が付いたことは、私自身の『「戦後文学」は幻影だった』（佐々木基一）という問題であった。ただし、私は佐々木基一に倣って「戦後文学」が「幻影だった」と言いたいのではない。「幻影だった」のは、私のなかの「戦後文学」のことなのだ。

考えてみると、戦後文学の推進者であった雑誌「近代文学」の批評家たちは、その文学的再出発を期するに当たって、それを自分たち「三十代の使命」だと言った。ということは、彼らには戦前の左翼体験があり、戦争体験があり、その上での新しい戦後文学の建設だという「使命」感があったということだ。だが、彼らが「三十代の使命」と書いたそのとき、私はまだ八歳に過ぎなかった。ちょうど一世代、親子ほどの違いがあったわけだ。

その事実をもっと具体的に見れば、本文にも書いたが、たとえば『焼跡のイエス』（昭和二一年）という例がある。それを書いたとき四七歳だった石川淳は、永井荷風の故事に倣って、自らを江戸文人の立場にまで後退させて、つまり戦後社会には直接コミットしない姿勢を示しながら、しかし、焼け跡闇市に出現した一人の戦災孤児、垢だらけ、出来物だらけの浮浪児を現代のイエスだと見立ててみせたわけである。象徴的に言えば、戦後派の文学と私との間には、この焼け跡の浮浪児と、それをイエスだと見立てた人ほどの差があったわけだ。そうであるのに、育てられた戦後文学に意識無意識のうちに縛られていた私は、浮浪児のほうに付こうとせず、それを描いている人のほうに付こうとしてきたわけである。いや、本当は付こうとして付ききれたわけではないところに、私の問題が、曖昧さがあったのかもしれない。

そして、そう自覚してみると、わが戦後文学、長年私自身の文学的血肉を作り上げてきたはずの戦後文学が、思想的に最も手薄だったのがアメリカという問題だったという事実にも気が付いた。

いろいろ問題はあるにしても、「無条件降伏論争」で、江藤淳が鋭く突いたのもそういう側面であったことは間違いない。そして、論争を受けてたったかたちの本多秋五は、しかし、江藤淳の言ったレベルでは、やはり充分な反論をなし得なかったのである。詳しくは本論のなかで書いたので繰り返さないが、私は文学的には本多秋五の意見に組するものだ。ただ、問題は、文学的にはと言うだけでは済まないことも、自分の傷口を抉る思いとともに、やはり言っておかなくてはならないのである。

言い換えれば、戦後文学の弱点は、私自身の弱点でもあって、ここにはそうした自分、既にアメリカに侵蝕されてしまっている自分自身の生き方の確認という性格もあると思っている。繰り返せば、「鐘の鳴る丘」世代としての自分自身をしっかり見据えて、その上で長年読んできた戦後文学を中心に再検討、再確認しようという試みである。

ここでの戦後文学は必ずしも「戦後派」の文学という意味ではない。もう少し広く、戦後の文学というくらいに考えているが、であるとしても、戦後をうたいながら、実際には当代小説も取り込んで、しばしば二つの間を往還しているが、それは、いわば一つの方法のつもりである。昨日今日の作品をもって戦後文学を改めて測りなおし、一方、戦後文学をもって当代の小説を照らしてみる。そして、そういうかたちで戦後文学が捉えていたアメリカと、現代文学が描くアメリカ、そして私自身のなかのアメリカを検証する、そう意識したのである。

言うまでもないが、文学作品はいつだって時代の、社会の、今ふうに言えばノイズをたくさん抱え込んでいる。そしてしばしば、そのノイズの部分にこそ時代の性格がよく現れているから、私の行文は往々にしてそのノイズを楽しむような面も露呈したかもしれない。しかし、打ち明けて言えば、意識的なそんな作業は、実は案外楽しかったのである。自分で言うことではないであろうが、この仕事によって長年のわだかまりがカラリと解けたこと、また自分でも意外であった発見がいくつもあった。

というわけで、以下は理論書でも文学史でもない、いわばアメリカをめぐる戦後の人間模様、そんなつもりだが、さて、読者はどんなふうに読んでくださるだろうか。

I　廃墟と占領

描かれなかったアメリカ兵

昭和二一年三月、つまり敗戦からまだ半年ほど、日本の都市の多くが焼け野原状態で、そこに残った防空壕や焼けトタンで囲ったバラック小屋に住む人もたくさんいた頃だが、人の集まるところには次のような歌が流れていたという。

スマートな　可愛い車体《ボデー》
胸のすくよな　ハンドルさばき
街の人気を集めて走る
ハロー　ハロー
ジープは走る　ジープは走る

作詞・吉川静夫、作曲・上原げんと、唄・鈴村一郎の『ジープは走る』（昭和二一年）であるが、上原げんとの名を覚えているくらいで、作詞者についても歌手についても、残念ながら知らない。『リンゴの唄』（昭和二一年）をいまだに忘れられない私としては、同じ年に歌われた曲に『ジープは走る』というものがあると知って、ちょっと気になった。それで、同世代に会うと尋ねてみたりしたのだが、誰も憶えはないという。そのうちに、音楽についていろいろ詳しい人が調べてくれた結果、右のようなことが分かったという次第。歌詞はいちおう四番まであって、ことのついでに写しておくと次のようなもの。

二、朗らかな　アメリカ兵は／今日もオープンで　スピードアップ／街の並木を　風切って走る／ハロー　ハロー／ジープは走る　ジープは走る

三、鮮やかな　星《スター》のマーク／ふかす煙草も　うれしやキャメル／街の人並み　気軽に走る／ハロー　ハロー／ジープは走る　ジープは走る

四、爽やかな　タイヤのリズム／呼べば手を振る　明るい笑顔／街の燕か　飛ぶよに走る／ハロー　ハロー／ジープは走る　ジープは走る

ごらんのように歌詞自体にはまるで内容が無くて面白くない。そのために、流行ることもなく、たちまち消えてしまったのであったろう。『リンゴの唄』のように永く唱われることもなかったために誰の耳にも残らなかった、ということであろうか。しかし、それから半世紀余りも経って、曲ではなく、まずタイトルから、そして歌詞から見ることになった私としては、いろいろ考えさせられてしまう。

まず、この歌詞の無内容さに呆れたが、考えてみると、これはマッカーサーが厚木飛行場に降りたってからまだ半年という時のものだ、つい昨日まで「鬼畜」であった米英、「アメリカ兵」については、国民はどんな情報も持っていないのが実際であったろう。ただ、それまで、兵隊さんといえば冗談も言えないような、泣く子も黙るような日本の兵たちとは違って、妙に「朗らか」で屈託無

げな彼等に、国民はみな驚いたのである。そして、驚きはしたが、さて、そういうアメリカ兵たちが本当はどういう人間なのか、外見に違わぬ善良な人たちなのか。それとも何か占領のための意図あってのデモンストレーションなのか、敗戦国の民としての自覚のある多くの国民には、そうした疑いも拭えなかったであろう。その当時は貴重な、珍しいものだったとはいえ、「リンゴ」ならまだしも感情移入できたのだが、「アメリカ兵」や「ジープ」には、どんなコミットができるのか、その距離もとれない。そうして、ただただ、「燕」のように街を通り抜けてゆく彼等を、こんなふうに遠巻きに眺めるしかなかったのである。

横浜、横須賀育ちである私は、敗戦直後から、たくさんの米兵を見ることになり、それにもたちまち馴れていったが、しかし今でも憶えていることの一つに、アメリカ兵一人一人の区別が付かなかったという戸惑いがある。子供から見た彼等が、一様に大きくて色の白い、鼻の高い兵隊で、誰も彼もみな同じ顔に見えてしまって、個々の区別がつかないのだ。が、それは子供ばかりでなく、大人たちにも共通した戸惑いであったようだから、真相は、それまで、せいぜい雑誌のグラビアかスクリーンの上でしか知らなかった外国人に、こんなに大量に、間近に接するような経験が、生活にはなかったから、ということであろう。『ジープは走る』の歌詞が、ジープやアメリカ兵を親しげに歌いながら、そこにどんな具体的なコミュニケーションも持てないでいる背景には、まずそんな未曾有の国民的異邦人体験があったのに違いない。

大人たちがこうして、近付きたいような、近寄ってはいけないような、そんな中途半端な気分で遠巻きにアメリカ兵を眺めているとき、敗戦国民の意識など背負っていない、見えたものにいつでも正直な子供たちは、「走る」「ジープ」を元気よく追い、「ハロー　ハロー」と声を張り上げて取り囲んだ。そうして、投げ与えられるチューインガムやチョコレートに群がったのだが、私自身もその中の一人だった。たいがいは少し年上の連中に奪われてしまうのだが、あるときうまくもらえたチュウインガムを得意になって家に持って帰ると、母親にえらい剣幕で叱られて、悔しい思いをしたのが忘れられない。こちらにはおそらく、何の疑いもなく、みんなやっていることだという思いがあったのだろう。しかし、こうして書いている今、無邪気に物乞いをしている我が子を見て、親たちの方こそ悔しい思いをしていたのだったとよく分かる。

だが、大方の現場の現実は、米兵のまわりに群がる日本の子供たちがおり、そのひとまわり後ろには、それを利用している大人たちがいた。歌詞には「ふかす煙草も　うれしやキャメル」とあって、何故「うれしや」なのか分からないが、皮肉に見れば、米兵が投げ捨てる、ことさら長い吸い殻を当てにしている日本の大人たちの「うれしや」なのである。水兵たちがポケットのないズボンの、広がった裾をまくって、靴下の中に挟み込んでいる煙草を取り出すところをよく見たものだが、それはたいていラクダ（キャメル）かヒノマル（ラッキーストライク）だった。日本の庶民はみな、吸い殻をほぐしてもう一度まき直したものや、ときにはトウモロコシの毛まで巻いて吸っていたのだから、ムクな「キャメル」は確かに「うれし」いものに違いなかったのである。

昭和二一年、『リンゴの唄』とともに現れた歌謡曲『ジープは走る』は、いかにもノー天気にジープやアメリカ兵を歌っているようだが、ここには見えていない、それを歌っている側の現実はそんな状態だったということである。

ところで、こうした敗戦国少年たちの心情を少し内省的に表せば、次のような詩になったのではないだろうか。

ハロー、アメリカの兵隊さん、
昨日まで戦争ごっこに夢中だった
小さな軍国主義者達は
玩具の武器を捨てゝ呼びかける。

ハロー、アメリカの兵隊さん、
小さな彼等の胸の中に
何かしら未知の民族への
あくがれが湧く。

ハロー、アメリカの兵隊さん、
昨日まで僕らのお父さん達と戦ったのは
あなた達だったのでしょうか。
大人から教えられた鬼畜と云う影は
微塵もなくて
大口を開けて明るく笑う
アメリカの兵隊さん！
僕等あなたの大きな手と
握手したいのです。

何の行事だったのか、市民に公開されたアメリカ海軍のブラスバンド演奏などを、驚きと憧れとではち切れそうになりながら見た少年である私などには、この詩はまるで自画像にさえ思えるが、もちろん、当時はこんな詩のあることなど知るよしもなかった。

これは、自身被爆して原爆の詩、原爆の短歌をいち早く発表した栗原貞子の詩集『黒い卵』（昭和二一年）に入るはずであった詩『握手』（昭和五八年の「完全版」から引用）である。その詩集は何故か占領軍の検閲に引っ掛かってずたずたにされているが、この詩も全文削除されてしまった。ジョン・ダワー『敗北を抱きしめて』（平成一三年）では、それをGHQ検閲の曖昧さ、気まぐれ性を示す例、この場合は「ほんのかすかでも戦争を思わせる表現」として引っ掛かったのだとしている。まことにその通りだと思うが、もうひと押し言ってみれば、『ジープは走る』くらいのノー天気さなら許容されたのだが、ジープを囲むこちら側の内面に少しでも踏み込めば、そういう問題にぶつかったのだということであろう。検閲のその現場に働くたくさんの日本人、敗戦国の大人たちにとっても、子供たちにこんなふうに率直に言われたのでは自分たちの立つ瀬がなかったに違いない。

＊

昨年の春、あるところで「戦後文学とアメリカ」という題目で話をしなければならぬ仕儀となった。私にできることは、いずれ何かの一点に絞って微細な問題を掘り下げることくらいであろうが、そうであるとしても、それがどんな全体の中にあるのかは摑んでおきたいと思い、若い友人に手伝ってもらって年表なども作ってみた。そうしたなかで自分でもいろいろ発見することもあって面白かったのだが、しかしなにぶん泥縄式だったから、話自体は不備不満を残す結果となって、以来、私のなかにいくつもの宿題が残ってしまった。いずれ折を見て調べたり考えたりしたいと思うようになったが、その一つに、これは結局記憶違いの誤りだと分かったのだが、田村泰次郎『肉体の門』（昭和二二年三月）のことがあった。ここにはその経緯を書いておきたいが、それはまず、何故『肉体の門』だったのかというところから始めなければならない。

戦後の文学作品でアメリカや占領軍を描いたり取り込んだりしている作品のリストを作ってみて気づいたことの一つに、昭和二〇年代前半には、米軍やアメリカ兵が直接登場する作品がほとんど見当たらない、という事実があった。と言っても、これは私と若い友人と二人の記憶だけを頼りにした、いたって貧弱なメモ程度の年表に過ぎないから、こうして改めて眺めているうちにも、あれもこれもと気がかりな作品が増殖してゆくが、また、読み直した磯田光一『戦後史の空間』（昭和五八年）に披露されている太宰治の戯曲『春の枯葉』（昭和二一年）のような、事情を知らなければ気づかないような例もあるわけだ。

あなたじゃ
ないのよ
あなたじゃ
ない
あなたを
待って

いたのじゃない

作中の国民学校教員が酔って口ずさむ鼻歌、この「あなた」が占領軍を指していたとは、学生だった吉本隆明が太宰治を訪ねたとき直接聞いた話だと、磯田光一（『戦後史の空間』昭和五八年）が伝えている。太宰治はこの三カ月前、「戦後の絶望を書いてみました」（井伏鱒二宛書簡、昭二一年五月一日）と自ら言った『冬の花火』（昭二一年）が検閲で一部削除を受けているから、河上徹太郎のいわゆる『配給された自由』（昭二〇年）の実態について人々よりは早く知っていたということがあったのだろう。

こんな例は、これからも出てくるかもしれないが、しかし、そうであったとしても、それらは、たとえば小島信夫の『アメリカン・スクール』（昭和二九年九月）一編と並べて論ずべきような重さを持つという期待はできない。占領軍に関わる話が小説の中心に捉えられるのは昭和二八年の広池秋子『オンリー達』（二一月）を先頭に、翌二九年の曾野綾子『遠来の客たち』（四月）、前記『アメリカン・スクール』あたりからなのである。この頃から、文学のなかのアメリカは量ばかりでなく、明らかに質も変わったのである。この後は第三の新人たちの仕事をはじめ、三島由紀夫、大江健三郎、小田実、有吉佐和子、野坂昭如、大城立裕等々と、まさに堰を切ったように様々なアメリカが描かれるようになってゆく。しかしそれ以前には大岡昇平『俘虜記』（昭和二三年）、あるいは中野重治『五勺の酒』（昭和二二年）、安岡章太郎『ガラスの靴』（昭和二六年）のようなものを数えても二〇編を出ないと思われる。

昭和二八年、あるいは二九年まで、つまり占領時代には占領軍を描いた作品が皆無に近いという事実は何を意味するだろうか、と問えば、それは当然、占領時代だからだ、ということになろう。まるでトートロジーだが、自由の使徒だと思われたアメリカが、実際は言論統制もすれば、労働運動の弾圧もするし、思想家の追放さえする、まさに濠端《マッカーサー》の天皇による、もう一つの天皇制であったことは、今ではよく知られている。

この占領軍の検閲は、昭和二六年九月の「対日講和条約」の成立、発効（翌二七年）によって形式的には終ったのだが、その解禁の直接の反映が、先に挙げた広池秋子『オンリー達』であったと見てよいであろう。この作品は昭和二八年一一月の「文学者」に載ったものだが、立川基地周辺の一軒の娼婦用アパートを舞台に、彼女たちの生態を描いている。その年の芥川賞候補作となって評判となったが、作者の社会派ふうな資質によるのか、いま読めば風俗小説的な荒さの目立つ作品である。おそらくは、芥川賞候補作という扱われ方、反響自体が、時代のなかでの、この作品の素材の物珍しさを示しているのであろう。それまでアメリカ兵とパンパンガールたちとの交渉が、これほどあからさまに描かれたことはなかったからである。

作者広池秋子は大正八年の生まれで、安岡章太郎より一歳の長ということになる。作風も仕事ぶりもまるで違うが、第三の新人たちと同世代なのである。というのは、先にも触れたように、戦後の文学にアメリカが決定的に現れるようになるのは、基本的にはやはり第三の新人以降だと思われるからだ。言い換えれば、GHQの規制がとれてアメリカを描くことも自由になったが、しかしそうなってみても、当時活動の真盛りであったいわゆる戦後派、あるいは第一次戦後派の作家たちが急にアメリカを描き始めたわけではなかったということでもある。敗戦後に『第二の青春』（荒正人、昭和二一年）だと言い、「わたくしたち三十歳代よ、第二の青春に捧げる犠牲を惜しむことなかれ！」と言った彼らには、戦後のアメリカ体験などよりも、戦中や戦場での体験の方が比べようもなく重かったのであろうし、更に、そのもう一つ奥には、彼等が育った時代の教養が、アメリカなどに目を向けさせなかったのだと思われる。その物資には負けたが、ジャズとハリウッドのアメリカなどから文化的に学ぶものはないと、大正教養主義のなかに育った人たちには、無意識の拒絶反応があったのではないだろうか。後ろめたさを振り切って、躊躇いながらも「ハロー、アメリカの兵隊さん」と言えたのは、やはり、大正教養主義も革命運動も崩壊したのちに青春を送った、第三の新人以後の世代なのだ。

そして、その第三の新人以後だという事実と、更にそれが昭和二九年以後だったという二つの事実には、もう一つ時代の大きな動きが関わっていただろうと、年表を見ながら私は考える。というのは、その年三月に「第五福竜丸事件」というものがあったからだ。南太平洋のビキニ環礁で行なわれたアメリカの水爆実験で、日本のマグロ漁船第五福竜丸が大量の「死の灰」を浴びた事件だ。二三人の乗組員が全員被曝し、半年後には無線長の久保山愛吉が死亡している。この事件をきっかけに、先の栗原貞子なども活動した原水爆禁止運動が起こり、翌三〇年八月には広島で第一回原水爆禁止世界大会が持たれるなど、「第五福竜丸事件」が日本の国民を動かし、人々に残したものは重く、たくさんあったが、その一つにアメリカへの不信、もっと言えばアメリカ信仰の崩壊ということがあった。

この事件は、日本では読売新聞のスクープ報道から始まったが、問題のそうした始まり方も、国民にまず、アメリカ（占領）軍の規制を受けない、世界に伍した日本の自由な報道というものを実感させたし、そうして一度アメリカの傘を出てみると、水爆実験のためにアメリカが南太平洋諸島でやってきた様々なこと――住民を他の島に強制移住させたり、被爆者を出したり、その被爆者には治療より病理研究を優先させたり等々と、アメリカの差別的、非人道的な実態も次々と明らかになったのだ。こうした日本の経験は、アメリカが決して民主主義の守護者でも正義の味方でもないことを、高踏的抽象的議論でなく、きわめて具体的な事件として暴露した。「第五福竜丸事件」は、そんな「事件」だった。

アメリカへの不信は、しかしこの事件だけがもたらした、というのではない。

これより三年前の昭和二六年五月、つまり「対日講和条約」調印の四カ月前だが、連合国最高司令官の職を解かれて帰国したマッカーサーが、米上院合同委員会での聴取に答えて、日本人は「一二歳の少年」だと断じた発言が、それまでの日本人のマッカーサー信奉に一挙に冷や水を浴びせたという「事件」もあった。四月のマッカーサー離日の際には、衆参両院が異例の感謝決議を出したり、東京都議会が名誉都民に推そうとしたり、一六日には羽田空港沿道に二〇万人の市民が見送りに出たり、というマッカーサー熱だったが、一二歳発言で、それらがみな滑稽な片思い、甘い認識だったと思い知らされたわけだ。もしかすると、日本人は代々学校で教えられてきた、札幌農学校を去るクラーク博士のイメージでマッカーサーを思い描いていたのかも知れない。

ところが、この根っからの職業軍人は、日本と日本人にそんなロマンチックな夢も認識も持ってはいなかった。「近代文明の尺度で測れば、われわれが四五歳で、成熟した年齢であるのに比べると、一二歳の少年といったところ like a boy of twelve でしょう」（前記『敗北を抱きしめて』より）ということになる。頭も悪くないし、なにより素直であるが、所詮未発達、未開人だというわけである。ついでに言えば、このころ一三歳だった私は、自分に照らして一二歳の日本人というイメージが結べなくて奇妙な思いをしたのを憶えている。しかし町々では、自嘲的なジョーク「一二歳さ」という流行語がしばらく続いていた。いま思うに、「近代文明」しか持たない、中世も古代も持たない、歴史のないアメリカの、こうした奇妙な、始末の悪い自負自尊は、何故か代々のリーダーたちによって、二一世紀のいまにも受け継がれて、しばしば世界を過らせているのだ。

この一二歳発言で、日比谷あたりに建つはずであった銅像をマッカーサーはフイにしたが、おかげで日本人は一挙に一八歳くらいには成長したのではないだろうか。日米安保条約に先立つ、日本人のアメリカ離れ第一期が、このマッカーサーの一二歳発言事件だったと、私には思われる。そういう意味では、マッカーサーの荒療治に、感謝の銅像くらい建ててもよかったのかもしれない。

そして、マッカーサーの荒療治によって一八歳になった日本人が、次に二〇歳、成人式を迎えることになったのが、先の第五福竜丸事件だったと言えないだろうか。ここでも小さな記憶を記せば、ある日、横須賀の何かの催しに呼ばれてやって来た歌手が、自分の持ち歌である『真室川《まむろがわ》音頭』に絡めて、もうマグロは歌わないことにしたとジョークを飛ばして会場を湧かせていたのを憶えている。それは、第五福竜丸が持ち帰ったマグロが強い放射能を浴びていたことが分かったのをきっかけに、他の船の漁獲物も汚染されていたことが次々と判明して、もうマグロの刺身や鮨は食べられなくなったと、日本人がみな言いあった、そんな年だった。アメリカへの不信が、一部の進歩的、左翼的文化人が説いてみせるような難しい問題ではなくて、庶民の生活のなかにまで染み込んでいった、そういうことだと思う。経済白書が「もはや戦後ではない」と書いて言論界を騒がせ、流行語にまでなったのは昭和三一年のことだったが、人々はその二年前に、精神的には戦後からの離脱を果たしていたのかもしれない。

こんなふうに、戦後の文学にアメリカが大きく現れるのは昭和二八年以降なのだが、それ以前に書かれたアメリカの描かれた数少ない作品のなかに田村泰次郎『肉体の門』と、安岡章太郎『ガラスの靴』とがあると、前記研究会で私は喋ってしまったのだ。『ガラスの靴』については後にまた書くときがあるはずだからここでは措くことにしよう。『肉体の門』についてだが、そののち読み直してみれば、そこにはアメリカのアの字も、占領軍のセの字もなかった。私としては、なんだか騙されたような思いだったが、事実はとんだ誤解、記憶違いだったわけだ。しかし、この記憶違いは何によったのか、何から生じたのだろうか、というのが私の気がかりであった。そうして思い当たったのが映画である。

私の観た映画、と言っても、たまたまテレビで、それも後半、三分の一ほどであったような覚えだが、作品の結末、彼女たちのねぐら、例の焼け残りビルの地下室に、占領軍憲兵がどっとやってきて幕、という演出のものがあって、それを原作からきたものと思いこんだための誤解であったらしい。お粗末な話で恐縮だが、こんな事がちょくちょくある。

いま調べてみると、驚いたことに『肉体の門』は五度も映画化されているらしい。そうなると私の観たものがそのいずれであったのか特定できなくて、結局犯人は摑めなかったが、ついでに知って面白かったことの一つに、第一回の映画化(昭和二三年)であったマキノ正博監督作品では、結末で彼女たちはみな堅気になってゆくのだそうで、後にはポルノまがいの『肉体の門』もあることを思えば、これが最も健全な作品であったかもしれない。そしてそれは、昭和二三年という荒廃とハングリーの時代の、もう一つの「国民精神」の現われでもあるだろう。

余談が長くなってしまったが、彼女たちの「しょうばい」について『肉体の門』にはこんなふうにある。「背広のサラリイマンであろうと、復員服の闇屋であろうと、闇肥りの年輩者の工場主であろうと、みんなこの猛獣たちの獲物である」と。つまり占領軍が相手だとは一言も書かれていない。だが、このカケラも見えていないところに、私はむしろ不自然さを感じてしまうのだが、どうだろうか。

彼女たちの棲む「腐つた泥の匂いのする掘割にのぞんだ焼けビルの地下室」が何処なのかは特定されていないが、彼女たちの「しようばい」の「縄張り」が、「有楽町から勝関橋までの区域」とあるのだから、それはおのずから知れている。そして有楽町といえば、日比谷の第一生命ビルには、あのGHQ本部、連合国総司令部、マッカーサーが鎮座していたのだし、銀座丸の内あたりの焼け残ったビルはほとんど占領されていた。そういうところを闊歩していた彼女たちが、望むと望まざるとにかかわらず、GIたちと何の関わりもなかったというわけにはゆかない。たとえ彼女たちの「しようばい」の相手ではなかったのだとしても、いや、それならばいっそう、気性の激しい「小政のせん」あたりはGIたちと派手な喧嘩くらいはしていたに違いない。『肉体の門』にGIたちの影さえも映っていないのは、そこにアメリカ兵がいなかったから、彼女たちと関わりがなかったから、ではなくて、事実はただそれが書けなかったから、に違いないのである。

田村泰次郎の後のエッセイ『「肉体の門」を書いた頃』（昭和三六年一〇月「群像」）には、こんな一節がある。

有楽町の駅の周辺には、米兵相手のパンパンたちが、いつもあつまつてゐた。附近のビルは、まだ骸骨のやうなみにくい姿を曝してゐた。掘割には、半分沈みかけた船がつながれたままになつてゐた。

パンパンたちは、ホームや、階段のところまではいつてきて、客をひつぱつてゐた。私はそのたくましい生き方に、眼をみはつた。身体ごとぶつかつていく生き方に、長年同じやうな生き方をしてきた私自身が、一種の共感を覚えたのかも知れない。私は夢中で、自分のイメージのなかの彼女たちのことを書いた。事実はどこにもない。全部空想である。

事実は占領軍の、アメリカ兵たちの実態を書くことはできなかった、GHQ検閲をはばかったのである。しかし、その奥にはもう一つ、書きたくても、中国からの復員後まだ一年足らず、三重県の郷里から上京してまだ四カ月しか経っていない作者には、彼女たちが相手にしていたアメリカ兵がどんなものか、彼女たちとどんな会話をし、どんな関係を取り結んでいたのか知らなかったということがあろう。「ワタシ、チャプチャプ（食事）ホシイ」「何だ、ラーリーちゃんか。ハウアーユー。何ぼやいてんだよ、うるさい小僧だね」「ほら、ラーリーちゃん、テイクだよ」（『オンリー達』）というような「しようばい」英語を、田村泰次郎は書けなかったに違いない。そして、そんな作者が唯一写したのが『ジープは走る』の歌だった。

『肉体の門』には、最も若い一八歳のボルネオ・マヤほか五人の女性が登場するが、そのなかの一人に「ジープのお美乃こと乾美乃」がいる。いつも『ジープは走る』の歌を口ずさんでいるので、そう呼ばれている、とされている。それが私には気になったというわけである。彼女たちが歌う、『麦と兵隊』も、『長崎物語』も、『婦系図』も、みんな分かるのに、戦後の歌に違いない『ジープは走る』だけが分からない。これは何だろう、ひょっとすると太宰治『春の枯葉』の教員が口ずさむ鼻歌のように、痛烈な意味を籠めているのではないか……と。その結果が冒頭に記したとおりなのである。「ハロー　ハロー　／ジープは走る……」彼女はこんな歌を唄いながら「しょうばい」もしていたというのだが、思うに、彼女の「しょうばい」の相手、客は、決して「復員服」の男たち、敗戦国の男たちではあり得なかったはずである。作者田村泰次郎はそれを知ってはいたが、「朗らかな　アメリカ兵」については、書けなかったのである。

戦後文学とアメリカは、こうして描かれなかったところから始まっていたのである。

（付記）序文に紹介した映画『鐘の鳴る丘』でも、あれだけ有楽町界隈の実景を取り込んでおきながら、そこにはアメリカ兵が遠景としても影としても映っていなかった。今から見るとかえって不自然であって、これは明らかに歪んだ光景であり、歴史事実の隠蔽、また偽証ですらあると見える。しかしそれは事情に気づいた者の見方であって、知らなければそのまま事実とされてしまう。こうした占領下の性格と事実を我々はもっと発掘し、知っておかなければならないだろう。

戦災孤児たち

先には戦後の文学に占領軍やアメリカ兵、またそれとの関わりが大きく描かれるようになるのは昭和二九年以後、文学的世代でいえば第三の新人からであった、と書いたが、むろんそれは大筋においてということであって、さまざまな形で例外があることは言うまでもない。隠れキリシタンではないが、表面には現れていなくてもこちらの用意次第で見えてくるような作品もあるのは、『肉体の門』で見てきたとおりである。ここでは隠れではなくて、むしろその逆、戦後いち早く、堂々とアメリカを扱って憚らなかった人、久生十蘭という特異な作家の場合を考えてみたい。私の見た限り、彼が戦後発表したアメリカに関わる作品には次の五編があった。

『南部の鼻曲り』（昭和二一年二月「新青年」）
『復活祭』（昭和二四年五月「オール讀物」）
『あめりか物語』（昭和二五年六月「サンデー毎日特別号」）
『美国横断鉄路』（昭和二七年九月「別冊週刊朝日」）
『母子像』（昭和二九年三月二六～二八日「讀賣新聞」）

このうち『母子像』は知る人も多いであろう。どういう経緯があったのか発表後すぐ吉田健一によって英訳され、「ニューヨーク・ヘラルド・トリビューン」紙が主催した第二回国際短編小説コンクールに応募、翌三〇年に世界から集まった五七編中の第一席に入選するというおまけが付いた。以来戦後文学のなかの異色作としてさまざまなアンソロジーに収録されることも多く、久生十蘭小説のなかではもっとも普及している一編だと言える。一種の問題作であることは否定できないし、昭和三〇年という時代のなかでは、日本でもアメリカでも、この小説がそれなりに衝撃的な登場であったのだろうとは想像できる。

『母子像』が新聞に載った昭和二九年は、小島信夫の『アメリカン・スクール』が芥川賞を受賞した年でもあった。そこに描かれたように、人々にとってアメリカはまだ逆らえぬ権威であり権力であったが、同時に、こんなふうにカリカチュアやパロディーの素材ともなりうる隣人ともなりつつあった。そうして日本人が寄り集まってこんな作品を本年の芥川賞だと選んでいたようなとき、当のアメリカから、『母子像』が世界一の短編小説だったと、折り紙が付けられて戻ってきたわけだ。これによって人々は忘れかけていた戦争文学というものを改めて、痛烈に思い出したということがあったに違いない。

真珠湾奇襲で始まった大東亜戦争は広島長崎の惨劇で終ったが、その途中に太平洋戦争としてのミッドウェー、ガダルカナル、サイパン、硫黄島、そして一般市民を大量にまき込んだ沖縄の殲滅戦があった。それは、敗戦当初、人々にとっては触れるのも恐ろしい、思い出したくない、昨夜の悪夢であったが、それから一〇年、朝鮮戦争というショックもようやく納まり始めた昭和三〇年、死んだと思っていた肉親が突然帰ってきたような、サイパン島からの奇跡的な生き残り、しかも少年の話であったから、『母子像』はそれだけでも戦後の戦争文学としての強烈なインパクトを持った。その上、少年の後を追って死んだはずの母親が、やはり生きていた、生きていただけではなく、今はアメリカ兵を相手の酒場など経営していた……。

だが、『母子像』がここまでの話であったらそれほど人々を驚かすような小説とはならなかったろう。それは要するに少し遅れてきた戦後文学の一つにしか過ぎないのだから。あるいはサイパン島では日本軍の将校慰安所を切り盛りしていたという母親は、少年に昔のスパルタ兵たちの自決の話を聞かせて、自分の手で少年の首を絞めてやる。そんな軍国の母だった女性が、今はかつての敵国の兵を相手に酒ばかりか肉体まで売っているのだとしても、それは言ってみれば坂口安吾『堕落論』(昭和二一年)の挿絵みたいなものだからだ。

いや、そう言って済ますだけではいかにも惜しい。『母子像』はこんな解釈とは全然違う読み方ができることも言っておかなくてはならないであろう。細部にこだわらなければ、あの母親は天皇そのもの、少年はその赤子、国民なのだ。天皇のために国民は喜んで死んできたが、そうして沢山の赤子を殺してきた天皇自身は、何故か敗戦の後にも生き延びてしまった。しかしそれも許すとしよう。本意ではなかったが、少年自身もこうして生き延びてしまったのだから。また、今はかつての敵国人に艶色を売る母親、それも仕方ないことだとしよう。自分もまたアメリカの放出物資のお陰で食べられ、学校にも行っているのだから。だが、母親の、米兵の腹の下からあふれ出たあの喜悦の声は何なのか、あの嬌声が母親の本音本体だったとは、と、タクシーの運転手に唆されて、母親のベッドの下に潜り込んだ少年は幻滅し、絶望し、自殺を図った。少年を裏切った母親とは、かつて少年たちに鬼畜米英を吹き込んだ日本の大人たち、為政者たち、特権階級たち……少年は、日本国の庶民は、その為政者たちに、戦中戦後と二度裏切られ、二度死ななければならなかったのだ。

と、『母子像』をそんなふうに読むこともできる。

三島由紀夫の戯曲『女は占領されない』(昭和三四年)には、周囲を出し抜いて占領軍上層部に取り入り、取り入ろうとする政治家だの元華族だのといった人種が大活躍しているが、そんな世界、現実を知ってしまった純情少年、ソボクな庶民の怒りと失望こそが『母子像』の言うところなのだ、と。確かに、こんなふうに読んではならない理由はないわけだ。だが、それは果たして作者自身の望むところであったかどうか。

まず主人公少年の、まるで聖母信仰のような強い母親思慕という、これまでの戦争文学などには入り込む余地のなかった異色な要素がある。サイパン島で蘇生した少年はアメリカ人に拾われてハワイに送られ、一六歳までその地で教育を受けてから日本に帰ってくるが、日本語能力の方が劣るので厚木のカトリック系の学校に籍を置いている。つまり、食べるものにも事欠いた当時の日本の少年一般から見ればむしろ羨ましいような生い立ち境遇に置かれていて、これも戦後文学的なカラーとはひと味違っている。彼はそこで警察に補導されるような素行を繰り返すのだが、それは、母親が銀座で米兵相手のバーを営むと知って、何故か花売り娘に変装して、つまり女装して密かに会いに行ったり、厚木で米兵を捕まえてはタクシーで銀座まで送り込んだり、つまりぽん引きまがいのことをするのだが、それも、ひたすら母親を喜ばせたい一心からしたことであったと、後に供述している。

こうした、いや奇妙奇天烈はまだある。先ほど言ったように戦争末期に母親は少年を説いて自決を促し、八歳の少年が自分ではできないだろうからと、自ら我が子の首を絞め上げるのだが、石鹸まで塗り込んだ細紐を用意した上で絞めた首は瓢簞のようにくびれた、と作者は書いている。少年は喜んでそれに従って一度は死んだのだが、後に米兵に発見されて奇蹟的に息を吹き返したことになっている。

あるいは、花売り娘となって密かに母親の店を尋ねた少年は、そこで、それとは気づかない母親から邪険にあしらわれて店から追い出されるのだが、それでも、母親の声を聞くことができて幸せだった、と彼は喜んでいる。そうして、少年のこれらの奇妙な振る舞いの中心の処に、母親の飛び抜けた美貌ということがあったらしい。らしい、というのは、少年の、いわゆる母恋と言うには奇異に過ぎる、まるで春琴に仕える佐助のようなあり方、そんな設定によって、作者はいったい何を言いたかったのか、私は判断に迷うからだ。

いや、こんな読み方、こだわり方はエンターテインメント文学の楽しみ方を知らない、野暮な純文学風だということになろうか。楊貴妃か小野小町か、そういう稀代の美女に首を絞められながら死んでゆく、その恍惚が想像できないような奴はこれを読む資格がない、と。だが、こんなのは要するに読者サービス、あるいはサービスのつもりの、単なる作者の趣味の露呈でしかないであろう。言い換えれば、玉砕サイパン島生き残りの孤児を主人公にした『母子像』は、そこだけ取れば確かに戦後の文学であるのだが、しかし、いわゆる戦後文学ではなかったし、もっと言えば、それは結局のところ「新青年」文学の戦後版だったのだ、ということになろう。

ただし、急いで断っておけば、このことは作者久生十蘭のためには、名誉ではあっても決して貶価すべき事実ではない。彼の方からすれば、戦前も戦中も戦後も、少しも変わらず自分の文学を営み続けていたのだが、時代の方が勝手に近づいてきて戦後文学の中に括り込んだのであったろう。『母子像』とは、そんな一編であった。

＊

久生十蘭の戦後第一作は『その後』（昭和二一年）と題された復員兵の話である。主人公は八月一五日、敗戦の報への悔しさと憤りのあまり酔って木刀を振り回したが、それが一人の部下の頭に当たって、その兵の脳を狂わせてしまった。この兵は秩父の大地主の一人息子だが、既に両親はなく、家には一人の姉が弟の帰りを待っている。その大事な跡取りを半ば廃人にしてしまった責任を感じて、主人公は復員のその足で、兵に付き添ってその姉に謝りに行くが、そこで半ば脅迫されて、その一風変わった、しかし「手荒い美人」である姉・お姫様と結婚することになる。彼女は「一万石の田地」をもって主人公のところへ嫁入りして来たのだとされている。

『その後』はおよそこんな話だが、小説冒頭には、二人の復員兵が秩父の山の村を歩いていると、村童たちが「海軍だ、海軍だ」と叫びながら寄ってきて、「丁寧なお辞儀をした」というエピソードがある。そして、町中では、敗残兵として冷たい眼差しばかりにあっていた彼らには、「自分の眉毛が動くのがわかるほど」のありがたい「感動」であったと、主人公に言わせている。田舎に行けばまだ、兵隊さんを尊重する少し前の国民感情が残っていたのだということであろうが、深読みすれば、同時に、作者自身の文学的復員、「その後」に対する宣言でもあったのだろう。現実が悲惨であるからこそ、文学はこういう夢を提供するのだと、そしてそれを歓迎してくれる読者も必ずあるはずだ、と作者は言っているようだ。言い換えれば、戦争も軍隊も敗戦も、この作者にとっては物語を紡ぎ出すための素材でしかないのである。そして、そうであったからこそ、戦後の文学にとってアメリカがタブーであった時代にも、彼のみは何の遠慮もなく書き続けることができ、またそれが許されたのであったろう。

初めに示した、久生十蘭のアメリカに関わる小説、『南部の鼻曲り』の語り手は、比島の戦場で左足を失った傷痍軍人だが、敗戦後は米軍の下で通訳をやっているという人物。小説は、戦前、彼がアメリカで働いていたとき親しく付き合った一人の日系二世についての話である。二世は国籍をアメリカで取るか日本に置くか悩んだ末にアメリカを選ぶが、その途端に日米開戦となる。むろん彼は立派なアメリカ兵として日本と戦うが、それを確信していた語り手は、万が一戦場で彼と出会いでもしたら厄介な、悲惨なことになると、ことさら髭を伸ばして、一目では分からないように務めていたのだとある。そして幸いに戦場での対面だけは免れた。だからこの足の負傷は「別のアメリカ人」にやられたのだと、わざわざ断っている。こんなところは、先の戦争を、まして比島の戦場を川中島の合戦か何かと一緒にしたような趣で、軍隊経験のある人なら怒りかねない話だが、要するに全体がそんな類の、つまり荒唐無稽なお話なのだから、そこだけとやかく言っても始まらない。そして、そうであったから、作中の、「アメリカが勝ったと思っていい気になるな」というような会話も、何のオトガメもなく見逃されたのであったろう。

「東京の市中をジープが走り始めると、俺はまたモオリーのことを思い出した」と、語り手は言う。彼が通訳をやっているのは、日本にやって来るに違いないその二世モオリーに会いたいがための行動だった。「戦争がすみ、アメリカ人が勝者として日本へ乗りこんで来た。おれはモオリーに逢いたかった。おれを足蹴にしたやつがどんな立派なアメリカ人になったか、日本の秋晴れのなかでつくづくと見届けてやりたいのである」と。廃墟の空を「日本の秋晴れ」とはなかなか痛烈ではないか。そしてある日、とうとう願いがかなって、盛岡の先祖の墓参りに来たモオリーと再会、昨日の続きのような半日が展開される。ここにはレイテ島だけでも九万人が戦死したという比島の戦場への思いはかけらもないし、日米開戦とともに隔離された移民の苦労についても、祖国と戦わねばならなかった二世部隊の悲劇についての思いもない。戦争も敗戦も占領も、ことばとして、書き割りとしてはあるが、生活としては、まして思想としては、事実上存在しないのである。

こうした性格は、もう一つの『あめりか物語』においても変わらない。この小説の発表された昭和二五年は戦後初めて日本人学生の外国留学が許された年で、七月一〇日にはその第一回渡米留学生六三人が写真入りで報道されたりした。『あめりか物語』はそんな世相をうまく取り入れて、米国留学志願者たちのスポンサー探しや縁故探し、そのお互いの嫉視や足の引っ張り合いを戯画化して描いている。アメリカの独立記念日にアメリカ国旗を掲げて却ってMPから注意を受けた日本人というようなエピソードを並べて、時代への風刺は大いに効いているが、しかし語り手自身にもアメリカ信奉がないわけではない。丸の内界隈に陣取った外国諸機関の名を次々に並べ立てて、「終戦後、この一郭はどこよりも早く外国に近い地区になった」、「紐育とまではいかないが、紐育の付属都市のトレモントかリヴァディルぐらいの商業地区に似ている」などと、何のこだわりも無げにアメリカ通ぶりを見せている。この男は、丸ビルも三井ビルも服部時計店も第一生命ビルも、その他その他、日本の中心部が全て占領軍の接収下にあった、つまり取りあげられていたのだという事実を失念しているらしい。そしてその挙げ句、

それにしてもアメリカ人というものは、どうしてこうも自由に思考作用が営めるのか。日本人の窮した生活から考えると、突飛すぎて信用がおけないような気がしないでもないが、因習

に拘束されない国柄なのに、余裕がありあまるので、やってみたいと思うことを遅疑せずにやれるのだろう。

というのだから恐れ入るばかりだ。むろんこれは、この限りでは誤りとも言えないのだが。朝鮮戦争が始まった昭和二五年は、アメリカではいわゆるマッカーシー旋風、共和党上院議員マッカーシーの共産党追放演説のあった年であり、日本でもレッドパージが始まった年、警察予備隊が生まれた年――そんな時代に、こんなノー天気なアメリカ賛嘆文を綴ってみせている。そればかりではない、実はその同じ語り手が六年前には次のような文章も書いていたのだ。

いまは倫理の選手のように印象されているけれども、明治・大正年間には亜米利加人とは悪漢の代名詞で、われわれ同年のものが亜米利加民族にたいして抜くべからざる仇敵感と嫌悪の情をいまも抱きつづけているのは、幼少年時代に米国人の偽わらぬ生面《せいめん》とその暴状を屢々熟聞する機会があったからで、これはわれわれ年代のものの一つの幸福であったとも言えよう。

最近、亜米利加人の残虐性のいろいろな実例が挙げられるが、残酷なのはその行態にあるのではなく、真の残酷は、それが有色人種にたいして発揮される場合、いかなる残酷も残酷と感じえぬ荒涼たる心理そのものにあるので、亜米利加民族と有色民族が絶対に並び存すべからざる理由、すなわち、この大東亜戦争がアングロサクソン民族にたいする有色民族の戦いだといわれる理由が判然と理解されるのである。

これは『新残酷物語』(昭和一九年)冒頭部分からの引用。ことさら古い証文を突きつけるようだが、実は初めに列記した、久生十蘭の戦後アメリカ小説中の『美国横断鉄路』の戦中版なのである。久生十蘭には改作作品が多いが、これもその一つだと一応は言えようか。しかしこの場合は、たとえば『刺客』(昭和一三年)が『ハムレット』(昭和二一年)に生まれ変わったほどの大改作ではない。流行作家が単行本に収めるとき、雑誌発表時の作品に「大幅に」手を入れるということがよくあるが、これもだいたいその程度だと言ってよいであろう。そして、その最大の手入れ部分が、ここに引いたような時世粧へのそれなのだ。『新残酷物語』から、ここに見たようなあからさまな大東亜戦争翼賛文を削り取ったのが、戦後の『美国横断鉄路』なのである。

大衆文学とはいつもこういうものであり、久生十蘭とはそういう作家であると、まずは知っておかなくてはならないだろう。しかし、ならば『美国横断鉄路』が今度はアメリカ賛歌に模様替えしたのかというと、必ずしもそういうことではなかった。素材そのものの性格ということもあるが、強いアメリカの恥部を描いたという点では戦前作『新残酷物語』と変わりはないのである。

『美国横断鉄路』とは、何か作者の寄った資料があるようだが、アメリカ開拓時代の鉄道会社草創期の話で、強盗殺人集団の親分子分もどきの白人たちが、元々鉱山労働者だった中国人を駆り集め、荒野の鉄道施設工事のために奴隷、あるいは家畜並みに酷使した、そういう凄惨な歴史をピカレスク小説仕立てに作り上げた物語である。ここでは、それが自分たちの「自明の運命」なのだという奇妙な思い上がりから、原住民インディアンを大量に殺戮征服したアメリカ人が、同じ感覚で中国人をなぶりものにしている。物語は、たまたまそこに紛れ込んでしまった日本人の一団を中心に展開しているが、占領下に、アメリカ人の野蛮性や、白人の有色人種への残虐な差別行動を堂々と書いている久生十蘭という作家に、私はびっくりしたのだった。

　昨年の夏、初めてこの小説を読んで、こういうものが昭和二七年に発表されている事実に、私はまず驚いた。わが愛する久生十蘭は、やっぱりなかなかのモンだぞ、と。そうして少しずつ調べてみて分かったことは、先の戦中版『新残酷物語』の存在であり、あるいは同じ作者同じ頃の『遺米日記』（昭和一七年）であり、『亜墨利加討《アメリカうち》』（昭和一八年）のような仕事であった。ここに解説はしないが日米戦争中にはしっかり反米的な作品を書いていたのだ。久生十蘭という人は、格別にアメリカが嫌いというのでも、むろん好きというのでもなかったのであろう。要するに時代の大衆が喜ぶところを自らの喜びともした、そういう作家だったに違いない。アメリカが決して自由の女神などではないことが明らかとなり、「ヤンキー・ゴーホーム」の声も出始めた時代に、ここぞとばかり戦中の白人批判的旧作を再提示してみせたのだったろう。

　そして、ならば当然、戦後文学中の異色作『母子像』についても、そうした事情は変わらないはずだと言わなければならない。『母子像』はもと四百字詰め原稿用紙で一〇〇枚ほどもあったのだが、推敲の過程で削りに削って今のかたち（二五枚程度）になったのだ、という作者の弁を『久生十蘭全集3』（昭和四五年、三一書房）の解説で中井英夫が伝えているが、それはちょっと信じがたい。何しろ原稿が郵便局でたびたび紛失したことで有名な作家――つまり、作家はちゃんと郵送したと主張するのだが、出版社にはとうとう届かなかったというわけである――だから、何かの加減でもとは一〇〇枚だなぞと言う必要があったのだろうと想像するが、むろん証拠があるわけではない。ただ、たとえ今の何倍かの分量があったのだと仮定しても、それは結局のところ極めて久生十蘭的な面においての増幅――さまざまな風俗についてのペダンチックな解説や羅列、少年の母恋ゆえと称する奇嬌奇態な振る舞いの列挙、そんなところに限りなくことばが費やされたのではないだろうか。言い換えれば、それは本来の久生十蘭小説にはなったかもしれないが、その分だけますます戦後文学としての『母子像』という性格からは外れていったのではないだろうか。彼の戦後のアメリカ小説が、決してあのＧＨＱの検閲に抵触するような戦後文学ではなかったように。

＊

こんなわけで『母子像』からは、結局のところそこから何を読みとるべきか分からなくなってしまった私は、サイパン島生き残りの戦災孤児少年の物語として、ここに実話を一つ紹介しておきたい。川崎洋『サイパンと呼ばれた男――横須賀物語』（昭和六三年、新潮社）がそれである。

横須賀ベース、アメリカ海軍横須賀基地の正面ゲートのほど近いところに、通称ドブ板通りと呼ばれる道幅三間ほどの、通り抜けるのに一五分とかからない飲食街、といっても米兵相手の小さなバーや、けばけばしい刺繍を施した絹製品などを並べたスーベニールショップなどが密集した通りがあった。国道十六号線からは一つ裏の通りになるが、ベースの正門を出てこの道を抜けるとＥＭクラブ海軍下士官クラブにも通じていたから、米兵のもっともたくさん通る道でもあった。基地に大きな艦船でも入れば、まっすぐは歩けない、まるで縁日の参道のような賑わいになった。むろん道の両脇にはバーから出て客を引く女性たちと、いわゆるパンパンガールたちが米兵と元気よく掛け合いを演じている。

こういうところを仕事場とも生活の場ともした一人の、もと戦災孤児の伝、それが川崎洋の『サイパンと呼ばれた男』である。横須賀ベースに九年間勤めてもいた詩人川崎洋が、そのゆかりから調べ上げ、書き下ろし単行本として出版した労作だが、それによって以下しばらく彼、「サイパン」を紹介しよう。

サイパンは昭和八年、今上天皇と同じ年にサイパン島で生まれているから、『母子像』の少年和泉太郎よりも三歳ほど年長であったことになる。サイパン島では一番繁華なガラパン町で旅館兼料理屋を営む両親のもとに、三歳上の姉とともに育っている。ただしこの姉弟は、可愛がられて育ったそうだが、二人とも実子ではなかった。当時養父は既に病死していたが、その上昭和一九年六月、米軍の空襲により母親は戦死してしまう。やがて上陸した米軍によって保護され収容所に入れられるが、そこで亡き父親の弟の養子として届けられる。

ちなみに、川崎洋によればその時の民間人は約一万二千人、そのうち孤児は一三三人だったとされている。軍人軍属は四七八六人、チャモロ族現地人が二三五〇人だった。収容された人たちの中には、与えられていた手榴弾を使ったが死にきれず、腹の割れた瀕死の状態のところを米軍に助けられたというような人、それも女性が、一人ならずいたという。わが子を自らの手で半死状態にした『母子像』の母親のような人物もあながち荒唐無稽なつくり話とばかりは言えないわけである。彼女はその後どうしたのか、小説には何も書かれていないが、日本軍の将校慰安所を切り盛りしていたとされる母親は当然軍属であったろうから、彼女にも案外こんなふうに死に損なった経緯があったと想像するのは同情し過ぎであろうか。和泉太郎も、もちろん実話のサイパン少年も、一時はこの一万二千人の民間人収容者、一三三人の孤児たちの中にいたが、その後、小説の方の少年はどういう経緯があったのか、アメリカ人に救い出されてハワイ島に移され、そこで六年間教育を受けたことになっている。サイパン島で捕虜となった軍人軍属および孤児は全てハワイに送られたそうだから、太郎の母親も一旦はハワイ送りとなったはずで、太郎が死ななかったと知っていれば会うこともできたであろう。

一方、史実の方のサイパン少年は、昭和二一年一月、叔父一家とともに横須賀の浦賀港に引き揚げてくる。叔父の養子となったのは、おそらく孤児としてハワイ送りになるのを避けるための配慮だったのであろう。ところが、叔父一家と姉はそれからまっすぐ故郷である山形県へ帰るのだが、サイパン少年だけは何故か同行せず、横須賀にとどまることになる。彼は改めて孤児の境遇を選んだわけである。このとき彼は一三歳。以後、ドブ板通りの名物シュウシャンボーイ靴磨き少年「サイパン」として、ここで生涯を終えている。

一三歳の少年が、無いわけではなかった大人の庇護を離れて、孤児、浮浪児となった理由について、川崎洋はこんなふうに推測している。一つは、彼が可愛がられて育ってはきたが、それでも自分たちが貰われてきた子であったことを早くから承知していたこと。また、少年自身の無類の人のよさと、人懐こかった性格をあげて、サイパン島での一年半に及ぶ収容所生活の間に、米兵に可愛がられたに違いないし、そんな米兵の一人に横須賀で偶然再会した、というようなことも充分あり得ただろう、と。

もっぱら川崎洋の調べによって彼の生涯を知った私も、大体はそういうことであったろうと納得するが、小さな想像を一つ付け加えれば、引き揚げ船に、彼と行動を共にしようという孤児仲間がいたのかもしれないということと、彼にとって横須賀の町が、ドブ板通りが、彼の育ったサイパン島ガラパン町と通ずる雰囲気があったのではないか、ということくらいであろうか。

私はもとよりサイパン島もガラパン町も知らないが、横須賀のドブ板通りは通学路の一つであったから、ある時期はサイパンの顔を毎日のように見ていた。そして彼は何故か私に目を掛けてくれて、どういう背景があったのか分からないが、私のことを一方的に「コーキー」という名を付けて呼び、顔を合わせるたびに「コーキー」「サイパン」と声を掛け合っていた。サイパン島で戦死した遊び仲間のコーキー君に、私が似ていたのかもしれない。川崎洋の調べによって、彼が私より五歳の年長であったことを知ったが、当時は、彼が大柄だったが人懐こい、人のよさの滲み出た人物だったためか、それほどの年齢差を意識することもなかった。

ある時、友人と二人で下校途中、何の所為であったか靴磨き少年、浮浪児たち四、五人に取り囲まれて危うく袋だたきに遭うかというようなことがあったが、運よくサイパンが通りかかって助けてくれたことがあった。靴磨き少年たちの間では、彼は少し年上でもあったから、この辺りでは逆らえない存在でもあったのだ。私が中学校一、二年の時だったろう。おそらく新しくできた私学の、赤いネクタイ付きの制服などを着て、のんきそうに道草食いながら帰る我々が、靴磨き少年たちには忌々しい存在だったのであろう。ところがサイパンにはそういうところが一切なくて、我々とも平気で話ができたのである。その時は、自分にはこういう友達もいるのだということが、逗子から通ってくるその友にたいして何故か誇らしいような気持であったのを今も忘れない。

そんなことの前だったか後だったか、また、どんな切っ掛けがあったのかも忘れたが、彼の、防空壕を利用した住まいに遊びに行ったこともあった。ちゃんと床ができていて、多少の調度もあったが、壁は剝き出しの岩のままで、そこに打った釘に着替えが掛けてあったのを覚えている。そのときは、これから風呂に行くからという彼とともにそこを出た。しかしそれ以上の付き合いもなくて、親しくなったきっかけが思い出せないように、交流の絶えたことも別段意識することもなく過ぎてしまった。全く頼りなく、張り合いのない子供の付き合いに過ぎなかったが、それから四〇年近く経って、たまたま昭和の終焉が騒がれているなかで偶然、川崎洋の前記の本に出会い、既に亡くなっていたサイパンと再会することになった。そこで改めて、あれらが自分にとっては宝物のような時間、体験であったことに気づいたのだった。

ドブ板通りが生活圏内にあったような横須賀の住人なら、サイパンといえばあの男だと、ほとんどの人が知っていたが、それでいて彼の正しい姓名も年齢も、どこに住んでいるのかも、ほとんどの人が知らなかった。ただ、米兵に可愛がられ、おネエさんたちに重宝がられて、町の住人として遇されてきたことは間違いない。そうして、戦後の復興とともに多くのシュウシャンボーイたちが消えていったなかで、彼だけは最期まで戦災孤児としてサイパンの名で生きたのである。後には姉に呼ばれて東京に移ったこともあったが、いくらも続かずにドブ板通りに舞い戻っているという。『母子像』の和泉太郎が母親の聖性の崩壊とともに自殺を図ったというのとは違って、サイパン少年は戦後を、彼としてのアメリカを素直に生き抜き、昭和五六年一月、ドブ板通りで倒れているところを発見された。そのとき彼は四八歳、文壇では『なんとなく、クリスタル』や『窓ぎわのトットちゃん』がベストセラーとなって騒がれていたような年であった。

爆音から楽音へ

中野重治の『軍楽』（昭和二四年一月）にこんな一節がある。

そのとき飛行機の音がきこえた。男は隠れるところがないのに隠れようとする衝動を感じて思いとどまった。雲の一切れもない空を、見たことのない型の飛行機が一つ、三—四間右手の見当で音を出しているという恰好で美しい銀いろで飛んでいた。戦争はつまりすんだんだよ、飛行機が来てもあわてるには及ばんのだよと男は自分に言いきかせた。

この『軍楽』は、「一九四五年九月すえのある日、ひとりの兵隊服をきた男が渋谷から日比谷の方へあるいていた」と書き出されている。つまり、文字通り敗戦直後、玉音放送からまだ一ヵ月ほどしか経っていない頃の、日比谷での、一復員兵の話である。その昭和二〇年八月一五日以後、日本の空を飛ぶ飛行機の意味するところがまったく変わったのであるが、この、まだ軍服を着ているほどの主人公、彼の五感、彼の肉体は未だその変化を受け入れてなくて、飛行機の音を聞いてとっさに八月一五日以前の反応を呈してしまった、というのである。

念のためことわっておくが、この男がとっさに意識したのは敵機、米軍の飛行機、そして彼が見た「美しい銀いろで飛んで」いる「見たことのない型の飛行機」は当然、アメリカ軍の、しかし今は爆撃の心配はない占領軍の飛行機である。

われわれは飛行機の音——爆音と言ったけれど——がすると、とっさに身を隠す算段をする、そういう習慣をずっと持っていたのだ。身に沁みつくほどそういう生活が長く続いたように思うけれど、改めて数えてみれば、空襲が頻繁に来るようになってからの、半年か、せいぜい一年のことに過ぎない。東京の最初の空襲は昭和一七年三月にあったけれど、これはルーズヴェルトの意地で行なわれた、単発の特攻先遣隊みたいなもので、後続があったわけではない。空襲が頻繁になったのはやはりサイパン島陥落以後、昭和一九年六月、中国基地から飛び立ったB29が北九州を初めて空襲してから以降のことであった。しかし、それからの一年ほどは、その間に人々がみな敵機の爆音を聞き分ける能力を身につけるほどだから、空襲がいかに日常的な行事であったかを証明していよう。もちろん、命にかかわるのだから、誰もぼんやりしてはいられないわけだが。

まず一五秒だったか、連続した警戒警報が鳴る。人々は、夜ならば直ちに電気を消し、昼ならば、何処にいようととっさに至近の避難場所を探してそこに身を寄せる。たまたま所用に出て馴染みのない土地にいたときなどは困るわけだが、そこはやはり昔の日本のこと、事情が分かれば何処でも、その町内隣組の防空壕に入れてくれた。というより、警戒警報が鳴った後いつまでもうろうろ歩いていると防火班長に叱りつけられたのだ。もちろん、ひとたび警報が鳴れば、原則的に行動は一切禁止である。横浜と、縁故疎開先であった宇都宮との間をたびたび往復した母と私とは、その道中で幾度もそんな経験をさせられた。

警戒警報が鳴って、しばらく間をおいてから、六秒間を一〇回だったかの空襲警報になるのが通例だった。それも、初めの頃は警戒警報だけで、空襲警報にまで至らずに解除となることもあったのに、末期には二つの警報がほとんど間をおかずに来ることが多くなってずいぶん戸惑った。日本軍の観測の機能ももう充分ではなかったのだろう。こうしたなかで、私の憶えでは、どの町の人もみな親切だったが、それは我々が女子供だった故だろうか。

と書いて防空壕というものは、場所によって臭いが違うことに気づいた、そんな奇妙な思い出も、よみがえってくる。防空壕は、道路端に掘られた、隣組数軒共用のものと、土地に余裕のある家は庭などに個人用家庭用の防空壕を持っていて、そこにはいくばくの家財食糧も入っていたから、湿気の多い穴倉で、そういうものが個性を主張していたのかもしれない。

ところで、都市部にいた者なら誰もが知る、格別珍しくもない体験をここに書いたのは、最近、私の加わる数少ない学会、昭和文学会の春季大会に出てみて驚いたことがあった、その反動からなのだ。それは「特集　詩とアヴァンギャルド芸術」というシンポジウムでのことだが、その基調報告のなかで若い研究者が、戦時下の空襲警報を「ノイズ」だと表現していて、私はどうにもいたたまれない違和感を覚えたのだ。小説作品、テクストの中のノイズなどという言い方を見ることはあったが、いまは空襲警報までノイズにしてしまうらしい。この研究者は他にも「戦争というモダニズム」「戦争というダダイズム」などという言い方もしていて、ああ戦争さえ文芸意匠の問題にしてしまう、そういう記号論世代の出現なのだと、妙な方角で納得しかけたのだった。

ところが、彼の「言説」に違和感を持ったのは私だけではなかったとみえて、まだ質疑の時間でもないのに会場からいきなり手を上げた人があった。そして、司会者の指名を待つまでもなく一人の女性が立ち上がって発言した。空襲警報というものは、それを聞くか否かによって命にかかわるものであって、ノイズなどということばに置き換えられる種類の音ではない、という批判であった。

私は思わず拍手をしたが、それはむろん、その意見に賛成であるのと、とっさに立ち上がった彼女の、勇気ある言動への賞賛のつもりでもあった。

といっても、私はこの若い研究者の無知を、それだけを責めるつもりはない。私が空襲や空襲警報を知っているのは私の意志や選択の結果ではなかったように、彼の無知もまた彼の意志や選択ではないだろうからである。世代、そして時代は、いつもこんなふうにズレてゆくのだろうと覚悟して、私は私の戦後を言うしかないのである。

それ以来、空にはいつも飛行機が飛んだ。無数に飛行機が飛び、私は不安におののいた。私は金属が空を飛ぶという事も恐ろしかったが、それよりも、その飛ぶものから、何かが落ちて来はしないかという事に余計恐れた。だから私は飛行機が飛ぶと空を見上げて、何か落ちてきた場合の処置を考えた。飛行機からは時々アルミニューム製のガソリン槽《そう》が落ちてきた。地表にぶつかると、がんと奇妙な音響を発して、そのまま動かなくなった。それには安心出来た。然しやがて何が落ちて来るか分ったものではない。そのうちにも飛行機の数は次第に殖えて来た。そして高度も段々低くなって、蝗《いなご》の襲来のように堅い胴腹を陽にきらきらさせ乍《なが》ら町の上空を旋回した。私は最後の日のようなものが近づきつつあるのではないかと思うようになって来た。

爆撃を終えた敵機の編隊が悠々と引きあげてゆく光景を、こちらも、とりあえず今日の恐怖は免れた安堵とともに眺めることが何度もあったが、そういうとき、敵機が空になった燃料タンクを投棄してゆくことがあった。私にも、光って落ちてくるタンクのイメージがある。

右の引用は島尾敏雄『夢の中での日常』（昭和二三年）の一節だが、ここにも、いわば爆音恐怖、その後遺症がある。「夢の中」であるだけに、一瞬の「衝動」で終った中野重治『軍楽』の主人公とは違って、その恐怖はほとんど野放図に彼を支配している。

「私は最後の日のようなものが近づきつつあるのではないかと思うようになって来た」――旋回する飛行機の音への恐怖、だがそれをこの世の終り、終末の日の予兆だと聞いてしまうようなこの主人公の感じ方には、やはり島尾敏雄の特異な戦争体験を重ねてみないわけにはいかないだろう。奄美大島加計呂麻島基地で、魚雷艇「震洋」による特攻隊指揮官として半年余りを過ごした島尾隊長。彼の任務は一八〇人余の部下とともに、爆弾を積んだ一人一艘のボートごと敵軍艦に体当たりすることであったが、そういう軍略は察知されてしまえば有効性を失うから、ボートは常時洞窟内に隠され、訓練も秘密裏に行なわれていた。そして、そういう日々、彼らが最も警戒しなければならなかったのは敵機の来襲であったから、彼らの日常は、言うならば二四時間、聴覚を中心に動いていた。そうした、耳と目との極度な集中、その生理と心理の極限の状態が『出発は遂に訪れず』（昭和三七年）にはこんなふうに描かれている。

> 耳なれた音がとらえられないと、耳はそれを作りあげ耳の中は音にならぬ耳なりに似た爆音で、あやしい交響楽をかなでているようだ。でも視野の中にとらえられる限りでは機影を見ず、また幻覚でなければ何の爆音も認めることはできない。戦いの運行がぴたりと停められ、そのところから今までとはちがった世界の端が展《の》べ広げられているのか。からだにまといなれてき

たもとのままの皮膚では感受しきれぬ空気のきめがあって私は調節に苦しんでいるようだ。

八月一四日、特攻出撃待機の命令を受けながら、しかし最後の出撃命令のこないまま八月一五日を迎えることになった、その二四時間の、ウソのように静かな時間、敵機の来襲、爆音がピタッと止まった無音状態が、かえって無気味に感じられてしまう、隊長の細胞感覚である。

加計呂麻島での島尾敏雄の特異な戦争体験について、ここに詳しく解説はしないが、要するに、敵に最も狙われやすい部署にあり、敵機の襲来がそのまま自分たちの死、世界の終りを意味した、爆音の恐怖が最高に集中した場所にいたのが、この作家であった。

先の『夢の中での日常』が発表されたのは昭和二三年五月（「綜合文化」）だが、書かれたのはいつなのか、厳密な特定はできない。しかし、戦後もすでに何年かを経過した段階での光景も含まれるから、発表された年月とそう遠くない日に書き上げられたと見てよいであろう。爆音恐怖、その後遺症、それは意識下の「夢」の次元にまで立ち入ってみれば、さまざまなバリエーションを伴って、戦後もかなり後々まで続いたのである。

＊

ところで、話が大ジャンプするが、爆音恐怖後遺症だと言ってみて、私がすぐ思い出すものの一つに、つげ義春の『ねじ式』（昭和四三年）がある。これは知る人には言うまでもないものだが、知らない人にはまことに説明のしにくい、つまり漫画というものの概念をまったく変えてしまった一編であって、ここではやはり、島尾敏雄の『夢の中での日常』、ああいう世界をマンガにしたもの

つげ義春『ねじ式』より

だと言っておこう。したがって、そのなかのさまざまな寓意、暗喩、記号を読み解こうとすると、日本の歴史、近代史、なかんずく戦後史の深いところにまで行き当たるが、それらの世界の展開する最初のページに大きく飛行機の影が映っているのは、なかなか象徴的なのである。その黒い大きな飛行機は、双発のようだからB29（四発）ではなくて、おそらく艦載機の何かであるだろう。いや、車輪らしきものの影もあるから、もしかすると日本軍の飛行機なのか。

平成三年一一月に国会図書館で開催された『大漫画展』で雑誌「ガロ」の、この『ねじ式』の第一ページを開いて展示してあったことを思い出す。日本のマンガ史を一つ推し進めたと言われたつげ義春、彼の名をマンガなど読まなかった人にまで知らせることになったこの『ねじ式』であるが、実はこの一編、近所のラーメン屋の屋根の上で昼寝をしているときに見た夢そのままだったと、後に作者は明かしている。そのとき、夢がマンガになるとは考えてもいなかったのだが、締め切りに追われて、半ば開き直ってでっち上げたのだった、と。後に世の注目を集めたような傑作が、実は計画も計算もない、苦し紛れに投げ出された作品だったとは、芸術のさまざまな分野であることだが、つげ義春の場合も、そうした天か偶然かの力が働いたというわけである。そして、その偶然の力のスイッチのところに、作者が身に浸み込ませていた爆音恐怖があったのではないだろうか。念のため付け加えておくと、つげ義春は昭和一二年、葛飾区の生まれで、昭和二〇年三月一〇日の東京大空襲の後になって、新潟県に学童疎開しているから、むろん横浜の私と同様、爆音恐怖のただ

つげ義春『ねじ式』より

なかで育っている。

『ねじ式』は昭和四三年六月の「ガロ」、臨時増刊「つげ義春特集号」に発表されている。爆音恐怖後遺症というにはずいぶん時間が経ちすぎているとも見えるが、しかし、爆音で——実際は案外、このとき通り抜けたオートバイの音だったかもしれないが、それならそれでいっそう——スイッチの入ってしまった彼の夢には、誤りなく戦時下的光景もたくさん映っている。瓦礫のなかで医者を探してさ迷っている場面、そこから転じて婦人科の女医が海戦（の絵？）を背景に座っている図などはこの一編の中でも秀逸な一ページに数えてよいのではないだろうか。二つの絵の展開はほとんど連句的と言いたいような鮮やかさである。

『ねじ式』というインパクトのあるタイトルはおそらく、結末の、切れた血管を繋いだガス栓のような器具に由来するのであろうが、また、血管の一部に怪しげな手術を施されてしまった不条理な存在が戦後の自分たちなのだ、という作者の自己認識が、そこにはあるだろう。彼の世代、私の世代は、高度成長のさなかにこそ、こういう夢を見ざるを得なかったのだ。先の『夢の中での日常』の主人公、一度は死の渕まで追いやられた特攻隊生き残り兵士が、戦後の、我欲を自由と民主主義の意匠で包んで見せ合っているような社会になかなか入ってゆけなかったように、焼け跡生き残りの「鐘の鳴る丘」世代の人間も、簡単には、東京オリンピック（昭和三九年）や大阪万博（昭和四五年）に沸くような高度成長社会なるものを信じられなかったのである。

さて、爆音恐怖後遺症ではもう一つ、次のような情景はどうであろうか。私には、爆音とセットになった空襲警報、そしてラジオのさまざまな警戒注意報、大本営発表放送を思い出させるのだが。

雨もよひの夜のもやは濃くなつて、帽子のない私の頭の髪がしめつて来た。表戸をとざした薬屋の奥からラジオが聞えて、ただ今、旅客機が三機もやのために着陸出来なくて、飛行場の上を三十分も旋回してゐるとの放送だつた。かういふ夜は湿気で時計が狂ふからと、ラジオはつづいて各家庭の注意をうながしてゐた。またこんな夜に時計のぜんまいをぎりぎりいつぱいに巻くと湿気で切れやすいと、ラジオは言つてゐた。私は旋回している飛行機の燈が見えるかと空を見あげたが見えなかつた。空はありはしない。たれこめた湿気が耳にまではいつて、たくさんのみみずが遠くに這ふやうなしめつた音がしさうだ。ラジオはなほなにかの警報を聴取者に与へるかしらと、私は薬屋の前に立つてゐると、動物園のライオンや虎や豹などの猛獣が湿気を憤つて吠える、それを聞かせるとのことで、動物のうなり声が地鳴りのやうにひびいて来た。ラジオはそのあとで、かういふ夜は、妊婦や厭世家などは、早く寝床へはいつて静かに休んでゐて下さいと言つた。またかういふ夜は、婦人は香水をぢかに肌につけると匂ひがしみこんで取れなくなりますと言つた。

ここでは旅客機となっているが、そしてそれも直接頭上を飛んでいるわけではないが、後の奇妙な注意放送はまったく戦時下の、空襲警報前後の、悪夢のような時間の再現、臨時戦時報道「大本営発表……」のパターンだ。もう正確なことは憶えていないが、「……本未明何時何分、敵機何百機が東海方面に侵攻の模様、何々方面何々周辺は特に厳重な警戒を要す、ただ今から……」そういう緊迫した調子の声に追い立てられて、ぞろぞろと避難の行列に加わったのだ。

右の長い引用文は、驚く人もあると思うが、川端康成『片腕』中の一節、主人公が、娘が貸してくれた彼女の片腕をレインコートの下に隠して夜の街に出、自分のアパートまで帰る、その途中の情景である。

川端康成は隣組の防火群長を務めたこともあったから、時にはメガホンを持って町内を歩いたに違いない。「――さん、窓から明かりが漏れてますよ」と、私の家もたびたび注意された。むろん子供の私が便所の電気を消し忘れたというのがほとんどだったけれど。今、そういう役割をあの川端康成がやっていたのかと思うとおかしくもあるが、それが戦争というものだった、ということになろうか。だが、こんなことも度重なると緊張感も薄れ、大の大人が虚しい隠れん坊をやらされているような感じもあるだろうから、緊迫のなかにも、どこか不条理で滑稽な思いも混ざってくるのではないか。そうした、いわば川端的な、芯のところで冷めたところもある爆音恐怖症、そのパロディーだと言ってよいであろう。戸の閉まった薬屋の前に立って漏れてくるラジオの音を聴く、などというところにもそんな感じが出ている。

知られるように川端康成は、「敗戦後の私は日本古来の悲しみのなかに帰つてゆくばかりである。私は戦後の世相なるもの、風俗なるものを信じない。現実なるものもあるひは信じない」（『哀愁』）と言った人である。だが、観念は現実を拒否しても、肉体に染みついた現実、昨日まで「空襲に怯えながら焦げ臭い焼跡を不規則に動い」（同）た記憶は、そう右から左には消し去れない。信じない、受け入れない現実が、夢のなかで彼を追いかける、ということであるだろう。戦後の風景自体が、戦中の非日常的な色に染め上げられているのだ。

『片腕』は昭和三八年八月から三九年一月にかけて「新潮」に発表されている。『眠れる美女』（昭和三五年一月〜三六年一一月）などと合わせて、川端康成この頃の特異な幻想小説として数えられるが、そうしたなかでも、この靄のなかの夜道の場面はかなり際立った一景だと思われる。こういうところを見ると、この『片腕』も、『山の音』などとともに、つまりは川端康成における戦後文学なのだと納得できるのではないだろうか。

ところで、川端康成には次のような戦後風景もある。

群衆の拍手が聞えて、進駐軍の軍楽隊が入場して来た。鉄兜をかぶつてゐた。無造作に舞台へ上つた。二十人ほどだつた。

そして吹奏楽器の第一音が一斉に鳴つた瞬間、祐三はあつと胸を起した。目が覚めたやうに頭の雲が拭はれた。若々しい鞭の感じで歯切れのいい楽音が体を打つて来た。群衆の顔が生きかへつた。

なんといふ明るい国だろうと、祐三はいまさらアメリカに驚いた。

『再会』（昭和二一年）の一節だが、小説のなかの時間は、「日本の降伏から二ヶ月余り後だつた」とされているから、初めに見た中野重治『軍楽』よりもう一月後の、鎌倉でのことになる。しかしこれもおそらく『軍楽』と同様、戦後のアメリカ体験としては、作者自身にも初めてのことだったのではないだろうか。「鉄兜をかぶつて」の軍楽隊演奏というものを私は見たことがないが、これもまだ降伏・占領から二カ月というなかでの特別な現象だったのであろうか。また、このときどんな曲が演奏されたのか、ここには書かれていないが、その「第一音」から、人々の顔が「生きかへった」り、主人公自身も「目が覚めたやうに頭の雲が拭はれた」という感じは、よく分かる。祭り太鼓が人の心を浮き浮きさせるように、質は違うとしても、ブラスバンドもまた人々の気持を浮き立たせ弾ませるものだからだ。しかしその上で主人公が最後に見せている、「なんといふ明るい国だらう」と、「いまさらアメリカに驚いた」という反応、それには、乗り出していた身体を思わず退いてしまう感じである。ここには、このとき「四十を一つ二つ過ぎた」とされている中年の彼、それまでアメリカなどに何のコンプレックスも持たなかったらしい彼の世代と教養が、その余裕が見えているからだ。

「敗戦後の厚木祐三の生活は富士子との再会から始まりさうだ」と書き出されている『再会』は、主人公祐三が鎌倉の鶴岡八幡宮で催された「文墨祭」を見物に来て、そこで戦中は離別していた愛人富士子に再会、それで焼け棒杭に火式に関係が復活する、復活しそうな兆しのうちに小説は終っている。主人公の姓「厚木」はマッカーサーの降り立ったところだし、富士はいつだって日本の象徴だから、二人の人名からしてなかなか暗示的で、そこで作者は何を言おうとしたのか、いろいろ議論のある作品だ。それ故か、二人の「再会」の場となった八幡宮の「文墨祭」についても調べた論文（野寄勉「覗望される占領——川端康成「再会」と〈神道指令〉」平成一五年、『川端文学への視界』）まであって面白い。

それによると、この「文墨祭」なるものは、鶴岡八幡宮が占領軍に向けて、自分たちは平和の使徒であって、戦争とは関係のないことをアピールした、いわば生き残りをかけて演出した一大イベントだったそうで、昭和二〇年一〇月二八日、まさに「降伏から二ヶ月余り」の日に行なわれていた。そして、そのとき川端康成自身も招待席にいたのだという。そのなかで面白いのは、その日のプログラムをほぼ忠実に辿って描いている『再会』が、何故か一点、「藤原義江のテナー独唱」という演目だけを外している、黙殺しているのだという。それを前記野寄勉は、米軍軍楽隊の登場と対比される雅楽などの伝統芸能という『再会』の構図には「ノイズとなるゆえに、省略されたのであろう」と言っている。ここでも「ノイズ」だが、最後に米軍のブラスバンドが登場して、それまでの一切を吹き飛ばしてしまったかのようだ。そして吹き飛ばされたなかでもっとも惨めな日本文化が「テナー独唱」であったのかもしれない。「歯切れのいい楽音が体を打つてきた。群衆の顔が生きかへつた」とは、そういう文化的な敗北をこそ言っているように思われる。

敗戦の年の秋、小学校一年の二学期から横須賀に移り住んで——私のことだが、そこで高校を終えるまで過ごした、基地の子であった私は、米海軍音楽隊の演奏をよく聴いた。と言うより、もの心ついて以来、身体全体を持っていかれてしまうような音楽というものを初めて知ったのは米軍のブラスバンド音楽だった、と言うほうが真実に近いだろう。ブラスバンドだからいつも青空演奏だったが、それを見られるときは必ずお終いまで離れなかったし、行進するところに行き会えば何処までも従いていった。そして楽隊員たちの、長い足を前に投げ出すようにして行進する、その〝スマートな〟歩き方まで真似て、粗悪な運動靴の踵が切れたりした。しまいにはメンバーの顔まで憶えてしまい、楽隊でないときの彼らを街で見かけても彼らだけはすぐ分かるほどだった。戦前という時代がほとんどなかった我々は、文明文化はすべてアメリカから来るものだったが、音楽もまたアメリカから始まったのだ。言い換えれば、我々は音楽一つとっても、すっかりアメリカに侵され、占領されていたのだ。

＊

さて、だいぶ回り道をしたが、ここで冒頭に示した中野重治『軍楽』に戻りたい。爆音に思わず身をかわしたこの「男」は、元来、仕事探しに知人を訪ね、そのついでに「警視庁と裁判所とを見てやろう」と、日比谷あたりを歩いていたのだが、むろん、「警視庁と裁判所」とは、戦前戦中、彼と彼の仲間たちを追い回し苦しませた悪因縁の深い場所である。「あいつら、まだいるのだろうか」。だが、それは話としては一種の序章であって、「男」はこの後、偶然、日比谷公園で行なわれていた米軍音楽隊による何かのセレモニー、この「男」の理解では「慰霊祭」のようなものを見物することになって、そこですっかり感激してしまう。表題にもあるとおり、小説はその「軍楽」こそがテーマなのだ。「男」はまず楽隊の服装に、歩き方に、敬礼の仕方にまで圧倒されて、自分たち日本の軍隊の、何から何までシャチコ張っていたやり方と思い比べている。

そうして音楽である。

もう一度あたらしい音楽がおこった。第一音楽隊、第二音楽隊、銃隊とも静止した形でそれがひびいた。それは、さっきまでの、それとても静かであったのよりいっそう静かなものであった。曲が或るところまで進んだとき、男は、旋律が万力《まんりき》のような力で彼をつかむのを知った。音楽を知らぬ男は、それをどう自分にすら言いきかせていいか知らなかった。男はふるえあがるような、痛いようなものを感じた。それは、男に西洋的なものでも東洋的なものでもなかった。民族的なものでさえなかった。それは、人のたましいを水のようなもので浄《きよ》めて、諸国家・諸民族にかかわりなく、何ひとつ容赦せず、しかし非常にいたわりぶかく整理するような性質のものに見えた。

先の鶴岡八幡宮での厚木祐三が「目が覚めた」といい、「群衆の顔が生きかへつた」といった、その「群衆」のなかの一人の心を捉えてみれば、こんなふうになるであろうか。アメリカ海軍軍楽隊のオッカケ少年であった私にも、この「男」の感激はよくわかるのである。

だが、この「男」の感激はここで終ったわけではない。彼は続けてこんなふうにも言う。

頭の地肌がすっと冷えて、目《ま》ぶちに涙がたまってくるのが男にわかった。

……

殺しあったもの、殺されあったものたち、ゆるせよ。殺され合うものを持たねばならなかった生き残ったものたち、ゆるせよ……はじめて血のなかから、あれだけの血をながして、ただそのことで曲のこの静かさが生まれたかのようであった。二度とそれはないであろう……諸国家・諸民族にかかわりなく、何ひとつ容赦せず、しかし非常にいたわりぶかく……

子供であった私は、米軍のブラスバンド演奏を聴いて、ただただ自分が楽しくなってしまっただけであったが、先月まで日本の兵隊であったこの「男」は、今この音楽を聴くことのできない仲間たちのことまで思いやっている。だから彼の独り言は、ほとんど懺悔と祈りに似た熱いことばのほとばしりとなる。

「音楽を知らぬ」という「男」をかくまでも泣かせたその音楽、またそれを伴った儀式がどんなものであったのか、正確なことが分からなくて残念だが、ただ確かに言えることは、飛行機の音を聞いてとっさに避難しようと身構えた「男」の日比谷歩きは、こうして占領軍の音楽によって、全身全霊と言ってよいほどに揺さぶられ、また甦生したらしいということである。ちなみに、このとき中野重治は四三歳、川端康成自身より四、五歳若い厚木祐三とはほぼ同年である。

だが、ここまで来ると、この「男」の、先の厚木祐三との違いが決定的であるばかりではない、鶴岡八幡宮で、目を輝かせていた「群衆」の一人に違いない私にも、「男」の、この興奮振りにはいささかついて行きかねるのである。この違いはいったい何によるのだろうか。

それで注意して読み直してみれば、何のことはない、この「男」は音楽や音楽隊に出会う以前に、路上で行き違った「外国兵」に、既に〝全面降伏〟していたのである。彼は日比谷公園に着く前、裁判所のあたりで、はるか先をやって来る「外国兵のかたまり」に「おびえ」て、あわてて道を反対側に渡った。何しろ彼はまだ軍服を着ているような、昨日までの日本の兵隊であったのだ。しかし一方、よく考えれば、彼は「一度として外国兵とたたかったことがなかった」ばかりでなく、「見たことさえもなかった」のだ。戦争が終ってから彼は初めて「敵国」の兵士に出会ったわけである。しかし彼らは、自分は、「敵国」なのか、今は「そんな……はずがない」と思い直して、「男」はそれ以上逃げることだけは思いとどまった。

この「そんなはず」のなかには、むろん戦争は既に終ったのだ、ということとともに、自分たちは、兵隊ではあったが、「戦争のあいだじゅう、一挺の銃も一本の剣も持っていなかった」、武器さえなかった兵隊だったのだし、敵機が来れば、ただただ河原でしゃがんで、「飛行機の去るのを待った」、そういう戦わざる兵員に過ぎなかったという、「道理」に合うような合わないような思いがあったのだと、彼は言っている。

一瞬の、しかしこんな複雑な思いの果てに、「男」は初めて旧敵国兵と間近に接したのだが、その上で、さらにこんなふうに言う。

しかし男は、外国兵たちの正式の軍服が平和的に、自分の星を取った帽子、肩章をむしり取ったかばかばの夏衣袴《なついこ》が軍国主義的に見えるという意識から逃れられなかった。戦闘帽、その下の坊主刈り頭、汗にまみれた汚い黒い顔、やせたからだ……そういうすべてがすべての弁解を越えていた。それはつまらなかった。それは野蛮であった。

「男」が自分に向けて言っている、「それはつまらなかった。それは野蛮であった」――とは、実は我々が、敗戦後の子供たちが、庶民が、占領軍兵士たちを前にして感じたことでもあった。我々が垢じみた綿入れ半纏に着膨れているとき、傍らを通るアメリカの水兵が、スマートで暖かそうな紺羅紗のジャンパーを脱げば、その下は半袖の白いセーラー服だったことに驚いたこともある。あれが文化的生活なのだと思ったが、一方、その水兵が八百屋で買った人参をそのまま齧《かじ》りながら歩いているのを見て、しかしそれも自由主義、民主主義なのだろうと思ったものだ。そして、小言をいう親はすべて封建的人種に過ぎなかった。だから、酒が入れば口三味線なんかで唄う父親を軽蔑して、私は米軍ブラスバンドに憧れたのだったろう。

無知な我々はこんなふうに、すっかりアメリカに〝降服〟していたのだが、そして今、そうであった自分自身の歴史をしみじみ悲しく哀れに思っているのだが、そういう反省のなかでこの『軍楽』を読み直せば、これも実に悲しく思われる。中野重治といえば、我々から見れば桁の違った偉い人、筋金入りの知識人であったはずだが、その彼にしてこの様であったかと、今は言うしかない。『軍楽』は続けて書いている。

「君らは何でじっとしていたんだ。おれたちあすこまで来てたじゃないか」

そういわれたら一言もないという感じが男のなかに出ていた。服装の清潔さと美しさとがそういっているように見えた。

着ているものが貧しいと心まで貧しくなってしまうのだろうか。一方で、生人参を齧りながら歩いていたかもしれぬ米兵が、何をしに「あすこまで来てた」と、「男」は言うのだろうか。だが、この一編のなかでもっとも中野重治らしいのは、これに続く次の一節であるだろう。

「そんなこと言ったって仕方がなかったじゃないか……」といって苦笑することが、国内的には通っても国際的には通らぬひろい間に合わなさが男によくわかった。

すれ違った米兵が無言のうちに、だが、その「服装の清潔さと美しさ」をもって、なぜ反戦抵抗運動をしなかったのか、と迫っている、と「男」は聞き取っている。そして、それに対してどんな言い訳も、身内はともかく、外に向かってはできないことだと、「男」は自分を責めている。

だが、この時この瞬間、米軍による中野重治の占領は完全に成就したわけである。「一九四五年九月すえのある日」この日が、中野重治の戦後の思想、その出発点を決定していたのだ。

中野重治の、そのころ彼の故郷石川県にいた妻マサノに宛てた葉書に、「昨日日比谷ヲ歩イテタラ、アメリカ兵ガ戦没者慰霊祭ミタイナコトヲヤッテタ。ソウデナカッタラコッケイダガ見テテ泪ガデタ」（昭和二〇年九月二五日付）の一通がある。小説『軍楽』が作者の実際の見聞に基づいていたらしいことが分かるが、思うに、このとき中野重治は、日比谷で出会った米兵から〈片腕〉を預かってしまったのではないだろうか。だから以後、それを上着の下に抱えて戦後という街を、日本の国を歩くことになって、人の知らない、持たなくてもよかったかもしれぬたくさんの幻想に突き動かされ、苦労しなければならなかったのだろう。戦後の『夢の中での日常』を生きたのは島尾敏雄だけではなかったのだ。ただ、見た「夢」の種類が違っただけなのだ。

廃墟の力

マーク・ゲイン『ニッポン日記』（井本威夫訳、昭和二六年、引用はちくま学芸文庫）のなかで、理屈は措いて私がああと思ったところ、そこでちょっと動けなくなってしまったような一節があって、まずはそこから話を始めたい。

私はまた考えた、この大きな都会、いまではただ石屑とただ生きようとする執拗な意思しかもたないこの大きな都会、何町も何町も崩れ落ちた煉瓦の山しか見ることのできないこの都会、二、三本の煙突、床が焼け落ちると同時に地面の上に焼け落されそのままほうりっぱなしにされているたくさんの焼け金庫、そんなものしか眼に入らずに何町でも何町でも行き過ぎることのできるこの大きな都会の上を、私はそこはかとなく考えた。かつては、この東京を世界第三の大都会にそだて上げた男たち、女たち、——彼らはみんな今では田舎にひっこんでしまったか、三家族も四家族もでたった一つの部屋を分ち合ってわずかに残った家々に移り住んでいる。そして、何千、何百の人たちが、焼けて赤さびたトタンで小舎をたてたり、地下鉄や鉄道の停車場の中に引っ越している。朝ごとに、鉄屑やゴミの山から煙りが上る。が、その鉄屑やゴミの山はじつは家なのだ。それでも人々は、とても信じることができないほど人間の密集した事務所へ働きに出かける。そして彼らは小さな火鉢にわずかな暖をもとめて、そのまわりに肩をおしつけあって集まる。

『ニッポン日記』のごく初めの方、つまり、昭和二〇年一二月の光景ということになるが、こうして写しながら、しかし自分のああ、が何だったのかと考えてしまう。だが、それはやはり第一に長らく仕舞われたままの懐かしい光景、もっと言えば無意識に抱えていた自分の原風景の一つに出会った、ということであるだろう。

昭和二〇年三月九日の東京大空襲を、私は縁故疎開先であった宇都宮で見た――夜の西の空がオレンジ色に染まり、翌日は灰が降った――のだが、五月二九日の、死者四四一六人、被災者四〇万人と言われた横浜大空襲のときは、ある事情から横浜にいて、我が家の焼け落ちるのも間近に見ることになった。その日は町内の路傍に作られた共同の竪穴式防空壕では危険だと指示が出て、我々は野毛山の、山の腹に掘られた大きな防空壕に避難したが、早く来て入っていた人が、後から押しかけた人に圧されて窒息死するような悲惨な事故もあった。人口密度の高い都市を総なめにした爆撃は人々に避難する場所さえ残さなかったわけである。この空襲から二、三日後であったと思うが、私は母親に言われて知り合いの家まで使いに出てすっかり見通しのよくなった伊勢崎町通りを歩いたが、そのとき、「おい子供、そちら側を歩いてはダメだ」と、警防団の小父さんに注意された。慌てて道の反対側に移ったが、しかしその時ちらと見えてしまったのが、焼けトタンに囲われた一角に黒焦げになって材木のように並べられていた死体だった。それで道の一方の側を歩いてはいけないという意味も理解できたが、以来、空襲、焼け跡、廃墟等々のことばのイメージは、この光景を伴って私の中に固まっていったようだ。

マーク・ゲインは見ていたかどうか知らないが、読売新聞の連載四コマ漫画『轟先生』（秋好馨）の戦後復活第一回は、焼け野原にぽつんと残った金庫から轟先生がぴょんと飛び出してくるところから始まっていた。マーク・ゲインの言う「焼け金庫」はそのくらい焦土に目立った景色だったわけだ。こうした背景があったから、と言ってよいと思うが、後に戦後文学を読むようになって、それらが基本的に「廃墟からの出発」（埴谷雄高）、そういう性格を持っているのだということを、私はすんなりと理解した。

「東京の廃墟の上に爆音高く飛行機の群が飛び、それらは数ヶ月前までは我々が恐怖と戦慄とをもって見上げたもの」とは、「昭和二〇年一二月」と日付のある、本多秋五起草の『近代文学』発刊挨拶状」中の一節だが、この直前には、「日本は再建されねばならず、再建日本は文化日本でなければなりません」とあり、すぐ後には、「私どもはこの度日本文化推進のために、文学を通じて一滴の寄与もと、雑誌『近代文学』（正月創刊予定）を発刊することになりました」とある。「廃墟からの出発」とは、廃墟を認識の原点としてという意味に違いないが、それはまた同時に、「日本は再建されねばならず」という決意、希望とも一体だったわけである。

焼け跡、廃墟、そしてそれと一体であった衣食住の欠乏について書かれた戦後文学はたくさんあるが、ここには、時間は少し下るが堀田善衛『広場の孤独』（昭和二六年）を取り上げておきたい。焼け跡の光景は既に変貌してきているが、それがもつ意味はまだ変わってないはずだ。そして何よりも、元気のよいアメリカ人新聞記者が登場するところがミソである。

まずは次のような場面から。

車はとっくに六郷橋を越えて川崎の重工業地帯へ入っていた。この前の戦争の跡はまだ生々しくのこっていた。焼跡の骨のような鉄骨が夜の底で天に突き刺さっていた。両手をさしあげて何かを祈っていた。そのすぐ横の工場は、焼けた工場の骨や頭蓋などと何の関係もないかのように、徹夜で、生きていた、めらめらと朱色の焰を吐きながら。戦争による廃墟のど真中に立った工場が、再び戦争によって、しかも戦争のために、働いているとはどうして信じられよう。そして万一あの工場が戦争のために動いているとしたら、そこに働いている人々がどうして孤独でないと云えようか。木垣はこの激しい対照を眺めながら、自分の気持の基調が生きた工場にはなくて、死んだ工場の荒れ果てた風景にへばりついているように思った。

「ハワード、君は生きた工場を基調にして考え、僕は戦争による廃墟を基調にして考えているようだ」

彼らはいまアメリカ人新聞記者ハワードの運転するジープで、仕事をかねながら横浜まで遊びに行くところだが、その途上で見る夜の京浜工業地帯の景色である。つい数年前までは無惨な壊滅の跡を見せていた工業地帯がいまはその一部が明らかな復興の途にあることを示している。だが、そんな光景を見て主人公はかえって彼の「孤独」感を深めているが、それを言うとアメリカ人記者は、煙突から出る赤い火をさして、あそこで働く人たちは「孤独でも孤立でもない」だろうと反論する。それに続いた場面である。文中には「この前の戦争」とあるとおり、昭和二六年のこのとき日本はもう次の戦争に「コミット」していたわけである。そのために主人公は彼の「孤独」感をいっそう強くするのだが、いたって現実的なアメリカ人記者にはそんな抽象的な悩みなど問題にならない。

「ハワード、君は生きた工場を基調にして考え、僕は戦争による廃墟を基調にして考えているようだ」というわけである。ここでのやり取りが先のマーク・ゲインの時代と決定的に違うのは、この年朝鮮戦争が始まっていたという事実である。

この主人公木垣幸二は、辞めていたところを朝鮮戦争勃発のために忙しくなった会社に呼び戻されて、別の会社ではあるが臨時の新聞社勤めを再開した男である。そこではおそらく、当の朝鮮半島よりも膨大な量の戦争を中心とした世界の情報が刻々と入ってくるが、それは日本が米軍の本拠地であるための状況でもあるわけだ。主人公はそうした環境のなかでいよいよ厭戦の気分を深めるが、しかしどんな思想を持ち、どんな生活をしようと、占領下の日本にいるかぎり戦争にコミットしてしまうことから逃れられないと、真剣に日本脱出を、亡命を考えているような男である。

『広場の孤独』はその年の芥川賞を受賞して、若きインテリたちの間に「コミットメント」ということばをはやらせたような評判作であったが、少し後に、一苦学生として読んだ私には、何故そんなふうに自分を特権的なところに置こうとするのか、何故亡命などという発想ができるのか不思議であり違和感も打ち消しがたかった。しかし、この主人公は召集によって中国に送られ、そこで胸部疾患が分かって三ヵ月入院生活、それで召集は解除されたが、間もなくやってきた敗戦によって上海で拘留されてしまう、そんな戦争体験を経てきた男なのだから、と私は自分に説明していたのだと思う。なにしろ昭和二五年とは、日本が自分で始めた戦争に懲りて、世界に類のない憲法第九条をもったはずだが、それから五年しか経っていないのに、その憲法を押し付けてきた同じ国の圧力によって、再び軍隊を作ろうとしている、そしてこのままで行けば、隣の国で始まった戦争に巻き込まれるに決まっている、そういうことが明瞭になった年であった。そして、こうした時代の趨勢に絶望して、一人の原爆体験作家原民喜が鉄道自殺した、そういう年でもあったのだ。結局止めたとはいえ『広場の孤独』の主人公が亡命を考えたという成り行きにも、だから大いに同情すべき、むしろ誠実に時勢を憂慮する人たちの無意識の願望を形にして見せたのだと言うべきかもしれない。そうして今、こんなエピソードを前にあらためて考えてしまう、あの憲法第九条を作ったのは日本のあの焼け跡、廃墟の力ではなかったのか、と。そして、そうであったが故に焼け跡が消えてゆくとともに第九条のオーラも段々薄れてゆくことになったのではないだろうか、と。

ところで、こういう主人公について作者は、先のアメリカ人記者に次のように言わせている。このアメリカ人の目も含めて、作者の意見だと見なければならないであろう。

日本の知識人たちは、並のフランス人以上にサルトルのことなどまでよく知っているようだが、国際情勢の認識にかけては、驚くほど感傷的で幼児程度でしかない。或る者は日本の孤立孤独を強調するが、緊迫した情勢、特に朝鮮戦争以後にはどこにも孤立も孤独もありえないことに気付かず、気付いていながらも眼をつぶろうとする。或る者はまた民主主義も生活水準も安全保障も自由も、一切が米国の援助にかかっている……とまで極言する。こういう不見識な、日本国民自体を侮辱したような愛国論は、どこから出てきたものなのであろうか、それともこれは日本知識階級が抑圧の歴史をくりかえして今日にいたったことから発した、一種の伝統的習性なのであろうか。

アメリカ人記者ハワード・ハントは社命で急遽ハノイへ行くことになり、出発前に置き土産のように纏めていった原稿、『奇妙な日本知識人の愛国論』の要約だとされている。主人公は自分が彼に話したことが妙な形で利用されていることに不快を感じている。確かに奇妙に大袈裟で、日本的な含羞や反語を理解しない、そして「日本知識階級」が受けてきた「抑圧の歴史」による「伝統的習性」だろうというような、優越的で見当はずれな断案など、いかにも元気で活動的な、つまり知性を行動と実際面でしか測ろうとしないアメリカ人、新聞記者らしい言い分である。このエピソードが何か具体的なモデルがあってのことなのか、それとも全くのフィクションなのかは分からないが、いずれにせよ、作者のなかにこうした視線もあったことが、主人公に亡命を断念させ、汚れながらも焼け跡の残るこの祖国に生きてゆくことを決意させた、そう言ってよいであろう。

小説『広場の孤独』の全体について言うとなればまだ見ておかなくてはならないところが幾つもある。新しいタイプの知識人を描いた小説だとして若い世代には歓迎されたが、古い世代の人たちには、まるで新聞記者が書いたような小説だと酷評もされた。そんなところまで踏み込めば議論は尽きないが、いま私が考えようとしている焼け跡、そしてアメリカという面からいえば、このあたりで要点は尽きているのである。主人公木垣のことばで言えば、アメリカ人たちは「生きた工場」から考えようとしているが、日本の知識人たちは皆、「戦争による廃墟」にこだわったのである。そしてそれが、戦後文学の核のところにあった情念でもあった。

それはこの堀田善衛に限ってみても、彼には後に『方丈記私記』（昭和四六年）のような仕事があって、そこで彼は鎌倉時代の廃墟の思想を自身の体験に重ねて考えようとしている。しかし、アメリカ式合理主義思考から見れば、それらも所詮は「奇妙な日本知識人」の「驚くほど感傷的で幼児程度」の頭脳遊びだということになるのであろうか。『広場の孤独』が発表される直前、連合軍総司令官としてのマッカーサー元帥が解任されているが、私は、先にも触れた、彼が帰国後に「日本人はまだ一二歳の少年だ」と発言して、日本のマッカーサー熱をいっぺんに冷えさせてしまったエピソードを思い出す。きっとマッカーサーから見れば、日本の戦後文学などはすべて「一二歳の少年」の戯言に過ぎないことになろう。

こうした、同じ景色、現実を前にしながら、日本人とアメリカ人では全然違う夢を見ている、同床異夢にも似たズレはマーク・ゲイン『ニッポン日記』にも見られた。ことさら小さなことを言えば、マーク・ゲインは初めに引用した焼け跡の描写に続けて当時の食糧事情のことにも触れているが、そこで「誰もが、弁当箱の底にこびりついた最後の米粒まで拾い上げて口に運ぶ」と書いている。それは確かに敗戦国の、焦土のなかの「窮乏」の図のひとつには違いないが、また、それだけではない。茶碗に一粒なりとご飯を残して下げるのは、それがどんな高級料理屋であろうと行儀の悪いこと、人として品格の無いことだとは、日本人なら誰でも知っているからだ。家の祖母などはよく、お米を一粒一粒見てみよ、みんな仏様の顔をしているぞ、と言っていたが、それが農耕民族としての日本人、もっと言えば、自然という恵みのなかで人も生かされてあるのだという世界観を共有してきた人々が培ってきた文化なのである。「最後の米粒まで拾い上げて口に運ぶ」のは、何も「窮乏」の故ばかりではないのだが、むろんそんなことは一年や二年滞在した外国人記者に分かろうはずもないわけだ。

＊

ところで、今度写しながら気づいたのだが、冒頭に引いたマーク・ゲイン『ニッポン日記』の文章に、「かつては、この東京を世界第三の大都会にそだて上げた男たち、女たち」という一節があった。焼ける前の東京が「世界第三の大都会」であったとは迂闊にして私は知らなかった。一〇〇万都市江戸が当時の世界でも一、二と言ってよい規模の大都会であったとは、この頃よく目にすることだが、近代になってからの東京、昭和の東京が「世界第三」であったとは意表を突かれた思いであった。むろんこういう方面の私の無知によることであろうが、その無知の原因の幾分かには、戦後の教育が、あるいは私などが浸ってきた戦後文学が、こういう方面に少しも触れなかった、そこにも原因があったのではないだろうか。

磯田光一の『思想としての東京』（昭和五三年）には関東大震災からの復興記念として作られた『東京市歌』（高田耕甫作詞、山田耕筰作曲）と『東京市童謡』（吉田栄次郎作詞、山田耕筰作曲）なるものが紹介されている。その童謡とは、

日本一の東京よ、
　それはどなたがしたのです、
　　じいさまばあさましたのです。

というようなものだが、以下二番三番は段々せり上がっていって、「東洋一の東京よ、……父様母様したのです」「世界一にはまだならぬ、それはどなたがするのです、それはわたしがするのです」となる。これが昭和五年、「帝都復興祭」で歌われたのだという。磯田光一はこれを紹介した後、「無責任普遍主義と呼ぶしかない」と言い、「ここにまったきまでに欠落しているのは東京を

〝地方〟と見る視角である」としているが、私にはむしろ、世界を意識しすぎた上での、いじましいばかりの地方意識が見えて、そのほうがかえって哀れである。

こんな「童謡」がどれほど現実的な背景の上に立って「作詞」されているのか知らないが、しかし全く根拠のない妄想というわけでもないのであろう。この歌に見える妙なコンプレックスは、やがて始まった大人たちの「童謡」だと言ってもよい「大東亜共栄圏」という発想や、「近代の超克」議論というようなところにも通じていると思われるからだ。

といって、こうした歴史を私は今更批判しようというのではない。というよりも、現在の私から見れば、「大東亜共栄圏」も「近代の超克」も、それは文化の問題としては充分ありうべきことだったと思うからだ。いま流行のグローバリズム論議などはアメリカ版の「八紘一宇」ではないかと言った人があるそうだが、なるほどうまいことをいう人があるものだ。そして、そうした世界の偏った勢力関係図に気付き、その一神教的独善、覇権主義に抵抗しようとするかぎり、言い方は変わっても、アジア主義に類した発想思想は絶えないし、また有効であろうと思うからだ。「近代の超克」については言うまでもない。私の好きな中島敦は苦悩の末一人で静かに近代の超克思想を実現実践して『李陵』にたどり着いたのである。「近代の超克」とは、大きく言えば、近代の日本の知識人の宿命的な課題なのだ。

昭和十年代を支配した「大東亜共栄圏」も「近代の超克」も、それが文化の問題から逸脱したから、言い換えれば、政治に絡め取られてしまったからいけなかったのであり、そうなってしまったのは、それを言った人々自身が、対世界、対ヨーロッパのなかでの〝地方〟コンプレックスに捉われていたからである。日本にもアジアにもそれぞれ風土に根ざした固有の優れた文明文化があるのだと、そう言っていればよかったのに、それを「東洋一」だの「世界一」だのという方向で意識したこと、言いだしたことが誤りだったのだ。

話が逸れただろうか。いま私が考えているのは焼け跡の持ったもう一つの意味、もう一つの力のことなのだが。それは戦後文学的発想、廃墟とそこからの建設、「再建日本は文化日本でなければなりません」という使命感からも、奇妙な西洋コンプレックスからも自由であったという意味で、むしろ江戸の民にも通ずるのだが、まずは実物を見ていただこう。次に引くのは吉田健一『瓦礫の中』（昭和四五年一一月）の冒頭である。引用が長くなるが、お許し願いたい。

こういう題を選んだのは曾て日本に占領時代というものがあってその頃の話を書く積りで、その頃は殊に太平洋沿岸で人間が普通に住んでいる所を見廻すと先ず眼に触れるものが瓦礫だったからである。そしてそういう時代のことを書くことにしたのは今では日本にそんな時代があったことを知っているものが少くて自然何かと説明が必要になり、それをやれば程話が長くなって経済的その他の理由からその方がこっちにとって好都合だからである。他意ない。

それで早速その説明を始めると日本に占領時代というものがあったのは日本がアメリカその他の国々と戦争をして負けて主にアメリカの軍隊が暫く日本を占領して軍政を布いていたからで、何故そういう戦争があったかということまで言うと幾らなんでも話が長くなり過ぎるが

……

それで瓦礫である。そのうちで瓦は言うまでもないが、例えば煉瓦の建築でも中が焼けて外

があれだけの熱にさらされることになれば崩れ落ち、その他に逃げる時に持って行かなかった自転車でも鉄瓶でも便所の朝顔でも擂り鉢でも何でも焼けてなくならなかったものが適当に外形を損じて散らばり、積み重なって土を隠し、それを誰かが両側に片付けて小道が出来たり、錆だらけになったアスファルトの道がまだその間を通っていたりした。

省略しないでもっと引用を続けたいのだが我慢しよう。注意したいのは、ここでは、要するに焦土、焼け跡が、そこから悲惨だとか絶望だとか、罪だとか滅亡だとか、あるいはそこから裏返った建設だとか文化だとか超克だとか、そういった反省観念を引き出す材料になっていない事実だ。焼け跡はただ焼け跡として受け入れられ、使われ、楽しまれてさえいるのだが、それは何もこの小説が敗戦から四半世紀を経たところで書かれたから、というわけではない。それはこの主人公がどんなときにも生活を楽しむことを知っている人物として作られ、描かれているからである。そして生活を楽しむとは、東洋一だとか世界一だとかと、他と比較して優劣に捉われたり支配されたりすることから限りなく自由だということでもある。

作者は主人公の名を櫟田寅三と、ことさら楽という字まではめ込んで遊んでいるが、ついでに言えば寅三は案外トラサンと読むのかもしれない。とすればまさに、彼はここであくせくと文化建設などする必要のない、現に文明国の民そのものなのである。彼は焼け跡に残った防空壕に夫婦で住んでいるが、それを恥じることも不平を言うようなこともなく、近所の、と言っても何しろ一面の焼け野原だから歩いて一〇分二〇分もかかる〝隣り〟なのだが、やはり防空壕——ただしこちらは原爆でも避けられそうな本格的で豪華なものだが——に一人暮らしをするお金持ちの老人を招待してご馳走している。そうして防空壕住まいにびくともしないくらいだから占領軍との関係でも少しも卑屈になるところはなくて、翻訳の仕事を貰っているCIA関係の将校とも対等に付き合い、ずいぶん高級な文明論など交わして楽しんでいる。

その櫟田寅三が占領下の社会体制についてこんなふうに言っているところがある。

それから占領軍の首脳部に起っているに違いない葛藤、上から下まで一部のものが必ずやっている筈の闇、それを取り巻く日本人、ソ聯でなくてもアメリカと同格の聯合国である他の国々とその代表部と若干の軍隊、その上に戦前にも日本にそれ程集ったことがない外国の記者団があった。

そういうことを考えていれば寅三も面白くなった。併しいつも途中で興味がなくなるのは百万と聞かされても驚くことはない夥しい数のそうした外国人が如何に暗躍し、取材に熱中し、中には本気で日本の将来などということを考えて一所懸命になっているものがあっても先ずその凡てが日本自体に就ては的が外れていて、又そうなる他ないようにお膳立てが出来ているのだという考えが頭に浮かぶからだった。第一、……

ここには、三島由紀夫が『女は占領されない』でコミカルに描いてみせたような占領軍内部の派閥対立、あるいは中薗英助が一巻の『私本GHQ占領秘史』（平成三年、徳間書店）に、梶山季之が長編『小説GHQ』（昭和五一年、光文社）にと、あげればたくさんある占領下為政者たちの隠れたドラマ、そういうものが数行のうちに片付けられている。つまり必要なものは見ていて、承知した上でそんなことに興味はない、と切り捨てている。
『瓦礫の中』にかぎらず吉田健一の小説はみな、いわば大人の童話なのだが、その意味は、人間臭い、切った張った、愛したの裏切られたのといった新派劇話を一切捨ててあるということである。言い換えれば登場人物は皆気心が通じ合って、その上で高級高踏な文明論など交わしているのだが、だからといって現実が見えてないわけでも、無視されているわけでもない。吉田健一はその評論でも鍵括弧で区別するようなナマな引用はしない人、つまり自分の血肉となっていないようなことばは使わない人だったが、そんな原則は小説においても変わりない。直接は書かれていないなかにも時代も社会も含まれ、批評されてもいるのだ。ただそのところを楽しめるかどうかが、読者を分けるところでもあるだろう。

実はマーク・ゲイン『ニッポン日記』には偶然にも吉田健一が登場していて、そこではこんなふうに言われている。

吉田首相の親戚だという若い青年が、オーストラリアの一特派員のお客としてクラブで晩飯を食べていた。その特派員は彼のことを「オックスフォードのアクセントと中性的な忍び笑いをする男」と形容した。私たちが警官の暴行の話をしていると、その忍び笑いの青年は調子の高い可愛らしいアクセントで言った。
「ですがねえみなさん、デモを解散させたからって警官たちを非難するわけにはゆきませんよ。彼らは日本降伏後は何の楽しみもなかったんですからねえ」

『ニッポン日記』には日付が入っているから、これは昭和二一年一〇月八日のことだと特定できる。このときマーク・ゲインは三八歳、吉田健一は三五歳であるから、ことさら「若い青年」などとさされるいわれはないはずだが、概して小柄な日本人がヨーロッパ人の前ではいつもこんなふうに見られ扱われるのは、経済大国などと言われる今も変わらぬ現実であるようだ。しかしともあれ、『瓦礫の中』の寅三が米軍将校から仕事を貰ったり、ご馳走になったりするような設定、それが全くの空想ばかりで成り立っていたのではなく、作者自身の実見聞、実体験が下敷きになっていたらしいと分かるデータでもある。

このときゲインたちは、「国会が公然と民主主義のレッテルをはられた新憲法を通過せしめた二時間後、日本の警察は罷業中の放送局員のデモを無惨に蹴散らした……」というような記事を書こうとしていた矢先のことだったという。彼らからすれば、警察の行き過ぎた暴力的デモ鎮圧行為に戦前の日本の警察体質そのままの姿が見えたと言いたいのだが、そこを吉田健一は、占領下でずっと小さくなっていた日本警察の、占領軍の指示によらない初の自主的行動だったのだからと、占領下の「民主主義」のもう一つの実態をジョークで皮肉ったのであったろう。だが、この洒落は結局通じなかったようだ。しかし現実は、マーク・ゲインが日本警察批判の記事を書いた二カ月後、今度は、日本に「民主主義」憲法を押し付けた当のマッカーサーが、「二・一ゼネスト中止命令」を発していたわけである。

吉田健一が『ニッポン日記』を読んでいたかどうか確かなことは分からないが、『瓦礫の中』の先の一節、「中には本気で日本の将来などということを考えて一所懸命になっているものがあっても先ずその凡てが日本自体に就ては的が外れていて」などというところを読むと、案外こんなところで『ニッポン日記』へのお返しをしているのかもしれないと、そんな楽しい想像もしてみたくなる。何処か「的が外れ」、ズレているのは先の『広場の孤独』のアメリカ人新聞記者ハワード・ハントの場合にも見たとおりだが、それはマーク・ゲインについても残念ながら例外ではない。

櫟田寅三はこのあと将校の情報収集の手伝いをして大金が入ったのを幸い、決心して家を建てることにする。それは、周辺に段々家もできてきて、彼らの防空壕住まいが近所迷惑になりかねないという妻の言を入れたからでもあるが、もうひとつ、防空壕に不満のない彼は、自分で建てられて住む家にも当然不満のあろうはずはないからである。『広場の孤独』の主人公は怪しげなオーストリア旧貴族から大金を貰って亡命を考えたのだが、同じように外国人から得たお金――ただし、こちらは一応働いて得たお金である――で、寅三は自分の国に自分の家を建てようとしている。片や亡命と片や家の新築、焼け跡を背景にした二人のインテリの、この発想と行動の違いに注意したい。

妻の設計に任せて新築が始まるが、その工事の音を聞きながら、寅三がこんなふうに言うところがある。

どうかすると釘を打つ音が防空壕にいる寅三の所まで聞えて来ることがあって寅三は昔を思い出した。それは別に昔そういう普請をしたことがあったからではなくてその頃は天気がよくて空気が澄んでいるときなど遠くからどこかで普請をしているその音が響いて来たものだった。全くの無為を感じさせるもので、これは大正という時代全体がそういうものだったのかもしれない。明治よりも大正の方が遥かに過去になったという気がして寅三はその頃のまだ自分が子供だった時代はいつも天気がよくて風がなくてどこかから大工が仕事をしているのや豆腐屋が喇叭を吹いて廻っているのが聞えて来たという幻覚を起し易かった。明治で奔走した日本人は大正になって休まなければならなかった。この時代の浅薄な外国崇拝も歯が浮くような精神主義もそれを思えば、であるよりもそういうのは大正の休息の邪魔にはならなくて大正の人間は手足を伸して倦怠さえも知らなかった。

ここでは建築現場に響く『トカトントン』（太宰治）が悄愴《しょうそう》の音でも虚無の音でもなく、長閑だが人々の確かな生活の音として響いているが、それはまさに小説『瓦礫の中』の、いわゆる戦後文学との距離を象徴している。これが主人公の、そしておそらくは作者自身の、平和な国、平和な生活というもののイメージ、いわば原風景なのだ。寅三はそれを焼け跡、防空壕生活のなかでも押し通したわけである。太平の逸民ということばを思い出すが、彼が江戸の民と違うところは、周囲には既に「東洋一」だの「世界一」だのといった観念に踊らされて忙しくしている連中がたくさんいることも承知しているところであるだろう。

吉田健一は家を建てるという話が好きだったようで、『絵空ごと』（昭和四六年）でもそういう設定を面白く使っている。それをなぜかと考えると案外深い地下壕に行き当たりそうな気もするが、今はそこまで訪ねる用意がない。またの日の楽しみにしておきたいが、『瓦礫の中』だけで考えれば、それはお話としていたって自然な流れであるだろう。主人公の防空壕暮らしから始まって一軒の家を建てるまでとは、そのまま戦後の市民と社会との歴史に重なるからだ。言い換えれば吉田健一もまた彼流に「廃墟からの出発」と創造をやっているわけで、そういう意味では彼もまた紛れもなく戦後文学の担い手だった。ただ、そこに籠められた思想はおよそ戦後派の文学とは異質だったが、そのことはいま引いた文章などが明瞭に語っている。試みに後半の文の「大正」の語を「戦後」に置き換えてみてほしい。廃墟で「奔走した日本人は」バブルといわれた経済の崩壊後は、「休まなければならなかった」のだが、そう考えれば、戦後の「浅薄な外国崇拝も歯が浮くような」近代主義、進歩主義も、「休息の邪魔にはならなくて、戦後の人間は手足を伸して倦怠さえも知らなかった」とは、これはある時期、言うならば吉田健一が存命だった頃（明治四五年〜昭和五二年）までの日本、戦後の歴史を要約していると思うがどうであろうか。

Ⅱ　占領軍と日本の女性たち

ダンスと風俗解放

三島由紀夫の戯曲に『女は占領されない』という一編がある。昭和三四年一〇月、雑誌「聲」に発表された作品だが、舞台上の時代は「時　昭和二十×年米軍占領下の時代」と指定されている。それも劇の中では、選挙の結果、革新党が政権をとったと話が展開しているから、片山哲内閣の成立した昭和二二年六月あたりが想定されていると見てよいであろう。全体は三島由紀夫らしい上流階級人種たちの話だが、現職の大臣が主催するダンスパーティーに集まった貴婦人たちは、食料の心配をしながらも、「戦争がおはつてはじめてのダンス」に「胸がわくわくするやうよ」と言っている。

いま、冒頭のこんなところを読み返しながら、そうだ、戦後にはダンスの時代とでも言うべきときが確かにあったな、と思いあたる。このダンス熱のことは、いろいろ教わることの多かったJ・ダワーの『敗北を抱きしめて』にも出ていなかったように思うが、ダンスやダンスパーティーをまるで文明文化そのものだと思いこんだような、あの鹿鳴館時代の近代病が戦後になって確かに再発したのだ。このドラマでのダンスパーティーは民権党の大臣、つまり保守派の政治家が私的に開いたもので、集まったものも華族中心の「貴婦人たち」だとされているから、まさに鹿鳴館の発想をそのまま引き継いでいたに違いない。しかし一方、戦後再建した日本共産党が最初にやった民主主義運動が社交ダンスの講習会であったとは、よく引き合いに出されることだ。ダンスへの憧れや信仰は身分や思想の違いも超えて、この時代の全ての日本人を支配していた、ということであるだろう。

酒井美意子『元華族たちの戦後史』(平成七年、宙出版)には、この侯爵家のお嬢様、伯爵家のお嫁さんが、戦後最初にしたことが、自邸を解放してダンスホールにしたこと、それによって財産税もインフレも乗り切ったと記されている。それは彼女の才気と美貌とが可能にさせた珍しい例であったろうが、驚くのは、そんな彼女の「商売」を支援して、新しいレコードやら食料やらと、物資を調達し続けた人の好い占領軍の高官がいたという事実である。ここでは「ジェネラル」とだけあって、さすがに名前は明かされていないが、こんな関係である。

たまにはお礼のしるしに、手にキスぐらいさせてやる。有利な取り引きをするには、彼と対等であるより、こちらが一段上に君臨しなければならないことを、私は本能的にわかっていた。私はプライドの高い、わがまま勝手な貴婦人を演技し、ジェネラルは下僕の如く私にかしずいた。

まるで三島由紀夫の登場人物のようなことを言っているが、この本自体は回想文であって、小説ではない。しかし、この「プライド」や「演技」にはもう一つ仕掛けもあって、後、このジェネラルが朝鮮戦争出動のためにこの家を引きあげることになるが、そこにはこんな場面もある。

ジェネラルは悲しげに別れを告げた。

「あなたからプレゼントされたたくさんの物は皆アメリカのケンタッキーの家に送った。私はそれを見るたびにあなたを思い出すでしょう。カガユーゼン、クタニヤキ、ワジマヌリ、カタナ、ゴショニンギョー、ビョーブ、ツイタテ、ヒバチ、カケモノ……私の家には入りきれないかもしれない……」

「ジェネラル」（将軍、総督、司令官）とだけあって、具体的にどんな階級、身分、また何歳の軍人だったのかは一切書かれていないが、こんなところからすると、「オールド・ケンタッキー・ホーム」ではないが、何となく田舎住まいの、困った人を見過ごしにできない、人の好い、典型的なアメリカ人を想像してしまうが、私の思い過ごしだろうか。

酒井美意子はこのあと間もなくダンスホールを閉じたと書いている。「ジェネラル、私たちがとても困っていたときに助けてくれてありがとう。あなたがいなければ、私たちは、どうなっていたかわからない……」とは、偽りのないところなのだろう。「わがまま勝手な貴婦人」も、要するに竹の子生活をしなければならなかったことに変わりはなかったのだ。だからおそらくジェネラルも、彼女の必死の「演技」を、知っていて許していたに違いない。

ここでもう少し酒井美意子のことを紹介しておくと、学習院では三島由紀夫の一年下で、三島文学ファンだったと言っている。そして『春の雪』（『豊饒の海』）の松枝清顕邸は彼女の生家である前田家の鎌倉の別荘がモデルだそうで、その取材のために訪ねた三島由紀夫を案内したのが自慢話の一つだという。また、これは三島作品との関係を言っているわけではないが、次のようなエピソードもある。『女は占領されない』には、某子爵邸を仕切ってその洋館部分を接収しているエヴァンス邸では、彼の趣味で庭の石灯籠が白ペンキで塗られていることになっているが、酒井美意子自身の家も前記ジェネラル氏に半分取られていたし、彼女の生まれ育った高輪の前田侯爵邸もまたそんな状態になっていたのだという。そしてこちらの方は後にマッカーサーの後任として来日したリッジウエイ大将夫妻が住むことになって、リ夫人から改装の申し出があった。そうして、この「看護婦上がり」のリ夫人は、一八世紀イギリス王朝風の前田邸内を片端から白ペンキで塗り直して、「アメリカ病院風」にしてしまった、と彼女は書いている。三島由紀夫はこれに類した話を身近にたくさん聞いていたのであろう。

話をダンスに戻すと、中薗英助の『私本GHQ占領秘史』(平成三年)には、埴谷雄高邸で定期的に開かれていたダンスパーティーの席で、酔って狼藉の過ぎた石川淳を中園英助がとっちめて追い出したというエピソードが記されている。埴谷邸でのダンスパーティーは文壇では有名だったが、「近代文学」周辺の人たち、佐々木基一や丸山眞男などはまだ分かるとしても、武田泰淳や椎名麟三までが揃ってダンスに興じていたのかと思うと、なにやらおかしくもあり、また不思議でもある。

三島由紀夫で見れば、『鍵のかかる部屋』(昭和二九年)の主人公が、「学生時代のをはりに、一雄はダンスを習つた」とあるが、この主人公児玉一雄は片山社会党内閣時代に、卒業とともに財務省(大蔵省)銀行局国民貯蓄課というところに就職したことになっていて、作者自身の経歴とも重なるところの多い人物である。それで、主人公の、卒業前に「ダンスを習つた」も案外三島由紀夫自身の体験であったかもしれないと思う。というのも、主人公がその勢いでダンスホールに行くと、相手をした女性が笑い出してしまうほど、「一雄のダンスはひどく下手だつた」とあって、三島由紀夫の運動神経にまつわる数々のエピソードを知る者には、いかにも、と思わせるからだ。

ところで、この混み合うダンスホールでは、人の渦の中心の方にはあまり動かない部分があって、そこには新しい〝風俗〟が生まれていたらしい。主人公がたまたま耳にしたダンサーの会話には、「あたし今日は、もう五つも抜いてやったわ」というようなことばがある。

それで思い出したのは坂口安吾の『チークダンス』（昭和二三年三月『ヤミ論語』）なるエッセイのこと。当時流行となって騒がれた「チークダンス」の実態なるものが新聞写真として暴露的に報じられたのを見た坂口安吾が、「一見したところ、ダンスじゃなく、やや交合に近接した領域のもので、女学生、女事務員とおぼしき方々がしかと男にしがみついて恍惚のていでいらせられる。さる夏の日、ウチの池で蛙のむれが交合し、恍惚と浮沈しつつあったのを思い出したが、あれよりもギゴチない。そこが人間のユエンかも知れん」と書いている。その昔、なんとなく安吾さんらしくない、歯切れの悪い物言いだなと読んだのだが、流行のチークダンスの奥に「五つも抜いてやったわ」などという現象があったのだと知って、今さらながら腑に落ちた。安吾さんはその上、もしかすると、この「女学生、女事務員とおぼしき方々」が、そのダンスを共産党本部の講習会で習い覚えてきたのだ、と言いたかったのかもしれない。

戦後のダンスブームは、その上層では文明文化の実践だったのであろうが、その末端では、こんなふうに風俗の解放だったわけである。

三島由紀夫の『鍵のかかる部屋』は彼における『夢の中での日常』（島尾敏雄）といった趣の一編で、抽象画のような幻想的な構図がふんだんに盛り込まれて、大方は理詰めな文章で織り上げる三島小説のなかでは異色な、そして優れた作品だが、戦後のダンス熱時代を面白く反映、活用しているのも一つの特色である。主人公は彼のダンスを遠慮無く笑った女性と付き合うようになり、彼女の家に招かれるが、それは絨毯の敷かれた応接間に鍵を掛けてダンスをすることから始まる。彼女はやがて急死してしまうが、その後、九歳になる彼女の一人娘が、母親のあとを引き継いで彼をその応接間に誘うようになる。そして、今度は彼の「胃のへんまでしかなかった」少女と踊ることになるが、この小悪魔的な少女に誘発されて主人公がだんだんサディスティックな夢想を繰り広げてゆくところが、この小説のもう一つの読ませどころである。

その半ば幻想的な場面の一つに、少女と、「星空ダンスホール」で踊るというエピソードがある。「星空」、つまり野天のダンスホール（?）だが、新宿歌舞伎町の一角にそんなものがあったらしい。周囲を板塀で囲った三百坪ほどの空地で、内側には豆電球を点けた植木鉢を並べ、中央の円舞台には一応バンドがいて生演奏を聴かせる。それで入場料が三〇円、同伴なら五〇円だと、作者は値段まで書き込んでいる。ちなみに、昭和二三年、三島由紀夫が大蔵省に勤めていた頃の散髪料が二五円である。こんなダンスホール（?）のことを他では読んだことも聞いたこともなかったが、主人公の妄想、この小説の中だけの話だということではないであろう。

ある時期、私の働いていた新橋有楽町界隈には古いビルのあちこちの窓ガラスにダンス教室の大きな張り紙が見えていた。店員やサラリーマンたちが昼休みにも帰途にも寄って、それらの教室を埋めていたのだ。新橋のダンスホール全線座で踊ってみたくて、私もそうした教室の一つに行ってみたが、全く身にそぐわないことだとすぐに分かって、買った回数券を無駄にした。ここに証言を書くつもりはないのだが、昭和三〇年代の半ばのこと、『女は占領されない』が上演されていた頃のことだ。

『女は占領されない』のダンスパーティーは政治家が開いているくらいだから、当然日米親善だけが目的ではない。雇われたバンドマンたちが遠慮無く言っているように、「進駐軍のお偉方を呼んで、色気とダンスでたらし込まうつてわけ」が本当の狙いだが、その中心のところにGHQ、占領軍司令部政治局長ジエイムス・エヴァンス中佐なる人物がいた。「いゝですか、私の掌の上に今日の日本が載つかつてゐるんですよ」と言ってのけるこのアメリカ軍人を、何とかして自分の地位権力のために利用しようと、保守革新二人の政治家――この二人とエヴァンスの三人がかつてプリンストン大学で同級であったとは、いかにも三島演劇らしい設定だが――彼らの妻や妹が張り合い、競い合って策をめぐらしてゆく。そこへ、政治などには全く興味も知識もない一人の有閑マダム唐山伊津子――もと子爵夫人だが、再婚した亡夫から引き継いだ三つの炭鉱の所有者だという女性――が現れて、たちまちエヴァンスを虜にしてしまう。権力や利害に絡んだ思惑で腹の中をいっぱいにして、絶えず相手の顔色をうかがっている日本人ばかりのなかで、彼女だけが無欲で、純粋で、自由だったからだ。

舞台では越路吹雪が演じたこの唐山伊津子にも、神山繁の演じたエヴァンスにも、そして彼らのロマンスにもモデルがあったようで、前記酒井美意子は、「美貌と巧みな英語と才気煥発な社交術」の持ち主たる「もと子爵夫人の鳥尾鶴代」と、「アメリカ総司令部の高官」、「敏腕と絶世の美男ぶりで知られたケーディス大佐」とのロマンスは「あまりにも有名な話である」と書いている。唐山伊津子は、戯曲では夫が公職追放のショックで頓死してしまったためにメリーウイドウだということになっているが、噂のモデルの方は再婚でも未亡人でもなくて、もと鳥尾子爵は健在だったという。

一方ケーディス大佐とは、ハーヴァード大学出身の切れ者でニューディール政策派だったが、エリート好きのマッカーサーに重用されて、GHQホイットニー将軍の知恵袋として働いていた。ところが、このホイットニーをことごとく憎んだのが「赤狩り」で知られる情報参謀部長ウイロビー少将で、片山内閣の崩壊、つまり昭電疑獄も、ケーディス大佐のスキャンダル暴露も、その結果の本国召還も、全てこのウイロビーの差し金だった——と、これが中薗英助『私本GHQ占領秘史』、梶山季之『小説GHQ』などを拾い読みして得た情報である。三島の戯曲ではエヴァンスの子供の頃の秘密をネタに圧力をかけてくるワインダー中佐なる影の人物が配されているが、この二人の対立は、かなり世間周知の事実だったらしい、占領軍指令部内のホイットニー将軍対ウイロビー少将の抗争を戯画化したものだった、と見てよいであろう。

ホイットニー将軍、あるいはケーディス大佐が実際に、「いゝですか、私の掌の上に今日の日本が載つかつてゐるんですよ」と発言したのか、そう言いかねないような人物であったのかどうか分からなかったが、これらは別段歴史的な事実をふまえていると考えなくてもよいであろう。演劇的な表現だと見てよいであろうが、しかし、そうであるとすればいっそう、現代にも通じるアメリカ的な体質をよく表していると、私には思われる。アメリカという国は、弱いと見たところにはとことん善意を尽くす面と、反転して、逆らうところには徹底して潰そうとする——要するに正義の味方が好きなのだ。

劇中には、「占領とは何だ。占領とはつまり、自分の国の幻滅のありたけをその国へ持ち込んで、そこで幻滅のない国を夢見ることだよ」というエヴァンスの台詞があるが、なるほど、こういうふうにしてわが新憲法もできたのかと思わせるではないか。モデルたるケーディス大佐は新憲法作成にも功績のあった人だとされている。

その方面の書物を当たればもっと立ち入った情報があるのだろうが、私にはこんなところで充分なように思われる。私には、言うならばアメリカそのものはどうでもよい。アメリカに踊らされてきた日本人の方が、いつだって気になるからだ。

「女は占領されない」とは意表を突いたことばだが、戯曲であるためだろうか、肝心の表題に見える問題ではちょっとはぐらかされた感じで、とりわけ三島由紀夫だからと期待したような収穫はなかった。それはヒロイン唐山伊津子の次のような台詞につきてしまうだろう。

私、占領された日本の男の人たちから、「占領された」つていふ悲しい顔をとつてあげたいの。哀れな、卑屈な、不如意な男の人たちの顔を、みんな私の顔みたいに、明るくて、呑気《のんき》で、のびのびした顔にしてあげたいの。だつて女といふものは、やすやす占領なんかされてゐないんですもの。

地位も権力も、宝石も高級乗用車も要らないという彼女は、従ってエヴァンスに何ら媚びる必要がなかったのだが、そういう彼女から見ると、国家だの民族だの、思想だの理想だの、権利だの地位だのと、要するに政治に支配されている男たち、生き延びるためにエヴァンスの顔色を窺っている男たちはみな占領されてしまっていることになる。「日本の男たち、すつかり占領されちやつた男たち、……まあほとんど魅力ないわね」と言ってのける唐山伊津子だが、しかし彼女のそうした元気も、亡夫から引き継いだ三つの炭鉱の持ち主であるというような経済基盤あってのものだというところが問題である。現に、今度の選挙で革新党が政権をとるようなことがあれば、炭鉱などは早晩国家管理のもとに置かれるだろうと脅かされ、唆されれば、愛人エヴァンスに早速司令部の選挙干渉を依頼する始末となる。誇り高い彼女は、それを物乞いではなくて愛なのだと、これは三島由紀夫らしい心理学で説明しているが、むろん、政治の世界にそんな理屈は通らない。行為は愛だとしても、結果は紛れもない権力なのだから。

というわけで、唐山伊津子の言う「女は占領されない」もあまり信用できない。だから、こんな暢気なことを言っている彼女には、河野多恵子の次のことば突きつけてやりたいと、私は思う。

確かに、戦後の日本女性は戦前に較べて多くの自由を得たかに見えるけれども、その自由は敗戦によって得た自由なのである。こう書くと、アメリカに与えられた自由である、と即座に思われそうであるが……そういう意味ではない。

縄こそ打たれなかったが、敗戦になった時、日本の男性はすべて捕虜になったはずである。が、女性は捕虜にはされなかった。人間とは見られていないから、捕虜にしてはもらえなかったのである。

これは全く抽象的な意味で言うのだが、敗戦時に全日本女性は征服者に陵辱されたほうがよかったのかもしれない。そうはならなかったので、多くの功徳が得られた代りに、捕虜にもしてもらえないことにさえ気がつかず、いたずらに元気がよくなり、浅はかさを募らせることになったのだった。(『自戒』)

まるで『女は占領されない』観劇の感想かと思われるほどだが、書かれたのは昭和四七年七月(「文芸」)である。この文章全体は三島由紀夫の死(昭和四五年一一月二五日)も意識されているであろうが、特定の三島作品と直接の関係はない。

唐山伊津子の「明るくて、呑気で、のびのびした顔」は、実は彼女が一蹴している、男たちの「哀れな、卑屈な、不如意な」状態のお陰で、「火事場泥棒的収穫」(河野多恵子)としてつかの間享受できているに過ぎなかったのだが、そのことに彼女は気づいていない。「女は占領されない」の裏側には、戦犯にも公職追放にも入れてもらえなかった、入れてもらえるような地位を与えられなかった女の永い歴史的現実があったのだが、唐山伊津子はむろんのこと、「おんなぎらひ」を標榜して憚らなかった三島由紀夫も、そのことを見落としていたようだ。「女は占領されない」ではなくて、「女は占領もされない」が、正しい言い方だということになるだろう。

だから私は、戯曲『女は占領されない』の続編を、平凡だが、こんなふうに想像してみたい——唐山伊津子が我が身の上として一時想定しなければならなかったように、炭鉱を失い、経済的基盤を失った彼女は、むろん貴婦人たちのダンスパーティーどころではない。銀座か新橋あたりで米兵相手のバーかキャバレーにでも勤めて嫌々ながらのダンスも踊らなければならないだろう。しかし彼女のことだから、そういうなかでも人生を楽しむときもあって、米兵の腕の中で嬌声を上げることもあるかもしれない——私はいま、久生十蘭『母子像』の母親を思いだしているのだが、あの、戦争中は軍国の母、戦後は一転して米兵相手の娼婦となった、そのためわが子に見放されてしまった母親、あの女性と唐山伊津子とは、戦後の女性の生き方として、二人に本質的な違いはないはずだが、それなら、自由恋愛だと思っている唐山伊津子よりも、仕方なく身を売っていると思っていたたくさんの女性たちのほうが、より戦後占領時代の真実を生きていたことになる。

＊

私がダンスということばを最初に覚えたのは昭和二一年、国民学校二年生の春だった。

私の世代のものは、昭和二〇年四月に国民学校に入学――昭和一六年に戦時体制に合わせてできた八年制の小学校で、要するに早く徴兵できる仕組みであった。従って敗戦とともに当然終了、私などが最後の入学者かと思っていたが、制度自体は翌昭和二一年まで続いていたらしい――その夏休み中に敗戦となったから、一年生の一学期分だけ大日本帝国の教育を、あとは占領下の民主主義教育を受けたことになる。それで、覚えはないのだが、誰かのお下がりだった教科書で「アカイ　アカイ　アサヒ　アサヒ」で国語の時間が始まったわけだ。そして九月の二学期からは、いわゆる墨塗り教科書になったはずだが、一年生だからまだ墨を塗るほどの問題もなく終ったのか、それとも転校した為にその記憶が失せているのか、今となってはますますわからない。

二年生になって、学校から支給された新しい国語教科書は悪質な紙に印刷された一〇数ページほどの、しかし綴じられていず、先生に教わりながら自分たちで紙を折って切って綴じて作ったのだが、その第一ページが、

タケヤブヤケタ
ダンスガスンダ

の二行だった。そのほかに何が書かれていたのか、今も断片が記憶に残る子供の詩などがその時のものだったのか、すべて曖昧になっているなかで、このカタカナ二行だけはいつまで経っても色褪せず鮮明に残っている。こんな回文の出来損ないのようなものから始まる国語読本、教科書を誰が作ったのか、またいつまで続いたのか。人に言ってもたいがい信じてもらえないまま、しかし調べてみる気も起こらずいままで過ぎてきたが、気づいてみると、我々「鐘の鳴る丘」世代は、まさに「タケヤブヤケタ　ダンスガスンダ」――焦土と奇妙な解放と民主主義熱のなかで育ったのだった。代用教員であったそのときの担任A先生は別段タケヤブが何でダンスが何だとは説明しなかったと思うが、風俗的な踊りではないもっとスマートな、文化的なダンスというものがあるのだと、八歳の少年も漫然とは感じていたのである。

そして、当時の子供たちにとって、文化的なものとはすべてアメリカ的なものでもあったから、そういう意味では、我々の被占領はこんなかたちで始まっていたことになる。こんな「ダンス」を、もう本当に終らせたいと思い続けてきたのだが、それは今、ダンスどころではない、むしろ新しい終末的な「タケヤブヤケタ」が訪れるのではないかという懸念となってしまった。

「斜陽」から「楽園」へ

時代が平成に入った頃からだろうか、中堅くらいの力量ある作家たちが、少し古い時代に目を向けてきているように見える。村上春樹が『ねじまき鳥クロニクル』でノモンハン事件のことを絡めていて意外な思いをしたのが最初だったが、その後、沖縄戦のエピソードを幻想的に描いた目取真俊の『水滴』が現れたり、津島佑子の『笑いオオカミ』は一組の少年少女が、敗戦直後の日本を縦断的に汽車旅行する話だった。そしてここに島田雅彦の近作長編『退廃姉妹』（平成一七年）をあげてみれば、右の観測のかなり強力な証拠となるのではないだろうか。中上健次において「路地」が一つの神話空間であったように、これらの作家たちもまた、それぞれの仕方で、新しい神話を求め、創ろうとしているのかもしれない。

『退廃姉妹』は、たまたま目に入った惹き文句、「進駐軍の兵士たちに身を投げ出す行動的な妹。特攻帰りの男のすべてを受け入れる理知的な姉。過酷な戦後を生きる美しき姉妹の愛と運命は？」に誘われて手に取ったのだが、この若い、と私には思われる作家が、全く戦後文学的な話題と時代とに取り組んでいることに、まず驚いたのである。そして、戦後社会を描くにしても、この作者のことだから、さぞかしあの手この手の仕掛けにつき合わされるのだろうと予想したのだが、案に相違して、小説はいたってオーソドックスなスタイルで真正面から描きあげている。時代背景などもよく調べてあって遺漏がない。

『退廃姉妹』はこんな話だ。時は昭和一九年から二一年にかけて、東京に空襲の始まったあたりから、敗戦、占領軍の東京進駐のかたちがほぼ固まるころまでの間である。ただし、最後に「エピローグ」があって、登場人物たちのその後の生涯が要約的に紹介されている。〝純文学〟的には必要のない章だが、こんなところにも、この作品の背後に神話的な意識のあることが見えているのではないだろうか。所は目黒のちょっと上等な住宅地、庭の一角に自家用の防空壕を作ってある、二階建ての家である。そこに住んで女学校に通う一八歳と一六歳の姉妹が主役であるが、母親は戦争の始まる直前に死んでいて、映画制作会社に勤める父親と三人暮らしである。

こんな設定のなかに話が進行するが、昭和一九年、戦中の部は、いわば序章みたいなもので、中心は戦後にある。父親は戦中に米軍捕虜の肉を食べたという嫌疑で――それは後に、仕事の仲間割れから、部下のでっち上げた奸策だったとわかるのだが――戦後突然、占領軍に逮捕されてしまう。取り残された姉妹は早速生活に窮するが、そういうなかで妹は学校もやめてパンパンガールになり、彼女を助けたその道の先輩を連れ帰って一緒に住むことになる。そこへ、かつて父親が占領軍の慰安婦として送り込んだ家出娘が、慰安所の閉鎖にあって失業、父親を頼って訊ねてくる。家は四人の女の宿、パンパン宿になるが、そこへ姉娘の恋人、特攻帰りの青年が居候する。これらはみな父親の不在中のことだが、読みようによっては、この宮本家の戦後は、女たちによるアメリカ受け入れによって復興の地固めをしたとも言えよう。

こんなところへ、証拠不十分で無罪となった父親が帰ってくることになり、そのあたりから物語は第二部の展開をみせる。特攻帰りの青年は特攻機の故障によって海上に不時着、漁船に助けられて命からがら知覧基地に帰還したのだが、消えた特攻機はすべて玉砕、戦果として報告していた隊長は、彼の帰還を認めず、囚人、あるいは捕虜と同じ扱いをする。敗戦後青年は闇市に紛れて生きながら、元上官の大佐を殺し、もう一人の上官を狙って関西へ下る。それは結果的には未遂に終り、彼は逮捕されてしまうのだが、姉娘を伴ったその逃避行、死の道行が、物語後半の読ませどころである。そこでも男たちは、まだ不毛な戦争の続き、個人的な後始末に没頭しているだけに見えるが、そう読めば、女たちの「退廃」によってこそ、男たちが救われている、ここには、そんな構図が見える。

今から見るとちょっと信じがたいことだが、敗戦後日本の政府が最初にやったことが、占領軍向けの性的慰安施設を作ることだった。それは八月一八日、つまり玉音放送の三日後、内務省の「指令」として各地方長官に出されている。まだ宮城前には玉砂利に正座して敗戦を天皇に詫びている国民もいたし、地方では降伏に反対して叛乱を起こしていた軍人もいたのだ。日本の敗北を一番早く承認したのは、戦中には「非国民」を取り締まった内務省だったらしい。そして、こういうとき、江戸以来のお膝元意識の強い東京はいつも率先して範を示すから、このときも一週間後の八月二六日には銀座に接客業者を集めて、「株式会社特殊慰安施設協会」（RAA）なるものを設立、翌日には最初の施設である「小町園」を大森に開業している。そこに女性たちが何人集められたのか、もっと細かいデータも他で見たが、以上は『近代日本総合年表』（第二版、岩波書店）に載っていることである。

軍からの示唆があったのか、それとも官僚によって考えられたのか、ともかく為政者レベルでのこうした発想が、なんとも奇妙、奇怪である。むろん彼らには、そういうかたちで国民子女を守ろうという意識があったのだが、その限りにおいては、これはこれで一つの戦略、つまり彼らにはまだ戦争が続いていたのだと考えるべきだろうか。国民に銃後の守りとしてバケツリレーや竹槍訓練をやらせたのと同じ発想で、占領軍用女子慰安部隊を作ったわけだ。だが、それにしても何やら、怖ろしいヤマタノオロチを鎮めるために生け贄乙女を差し出そうという風土記の世界のようで、とうてい近代国家のやるべきこととは思えない。文明社会だなどと信じていると、突然わけのわからない原始的、未開的な人間性が堂々とまかり通る、そういうことも、またいつもある。

政府がこんなことをやるくらいだから、国民も怯えて、占領軍の上陸が予想された横浜などは、女学校は休校となり、女子だけ疎開をさせた家庭もあるし、疎開できない家庭では女子の髪を短く刈ったのである。そしてもう一つ、これは信じてくれる人と笑う人とあるのだが、横浜の私の町では自殺用の青酸カリが配給になった。東京の従姉弟の家ではそんな覚えはないというが、代わりに、占領軍が通っても、女たちは笑顔を見せるなという回覧板が回ってきたという。鬼畜米英という観念がそれだけ行き渡っていたということだろうか。もっとも、敵を「鬼畜」とでも思わなければ、とうていあの窮乏、「非常時」には耐えられなかったのだろうが。命令でもないのに先走って妙な回覧板を出したこの町会長氏などは、戦中には、横文字の書物を読む学生を非国民だと吊し上げた人だったに違いない。

お上のお声掛りだったとはいえ、前記慰安施設がこんなに素早く作れた背景には、実は日本の公娼制度があった。業者は長年お上と連携しながら商売をやってきたのだ。ところが、当然のことながら、占領軍が強く批判したのが、その公娼制度であって、それに準じて、内務省苦心の慰安部隊もそう長くは続かなかったのである。前記年表に、昭和二一年一月二一日、「GHQ、公娼を容認する一切の法規撤廃につき覚書」とあるのがそれに当たるであろう。それを受けて内務省は二月二日、「娼妓取り締まり規則を廃止」を通達している。結局、慰安施設は五カ月足らずの使命だったが、ただ、その年表にも注記してあるとおり、公認制度廃止、つまり取り締まり規則廃止によって、結果的にはかえって街娼が一挙に増えたのだという。それが、田村泰次郎『肉体の門』などに描かれたパンパンガールたちの氾濫光景にほかならなかったわけだ。

寄り道になったが、実は『退廃姉妹』の父親・宮本國男が敗戦後まずはじめた仕事が、この「特殊慰安施設協会」への〝人材派遣〟だったのだ。映画会社だから女性集めには便があるだろうという、「特殊慰安施設協会」か、それとも作者かの見立てであるらしい。彼は戦中、国策映画ではないものを撮りたくて、その資金作りのために小さくない借金をしていたのだが、そういう誘惑もあってその仕事に乗り、あぶく銭を摑むことになった。その余得として応募してきた家出娘の世話をしたりもするが、またそのために仲間割れも生むことになったらしい。彼の戦犯容疑は仲間のデッチ上げだったとしても、罪なき女性たちを占領軍に差し出すという、言ってみれば〝戦後戦犯〟の責任は問われても仕方がないであろう。その結果が、それによって守るはずであった良家の子女、結局自分の娘たちがまず犯されてしまったという皮肉な結果、〝天罰〟だったのかもしれない。三島由紀夫『女は占領されない』に反して、ここでは、占領はまず女たちから、家庭から始まっていたのである。

それだけではない、戦犯容疑の拘留中、彼は突然釈放されるが、そしてそれは一米海軍少佐の差し金だったが、その少佐は、実は妹娘の客、その父親だった。このあたりは後に見る井上ひさし『東京セブンローズ』（平成一一年）とよく似ているが、つまり、宮本國男は娘のおかげで命拾いもしていたのである。だから、女学校も辞めてしまって米軍向けの女の宿を営んだ姉妹を「退廃」だと言うとすると、その「退廃」の原因を作ったのは男たちだが、またその「退廃」のおかげで戦後を生き延びたのも男たちであった。『退廃姉妹』一編は、坂口安吾『堕落論』の、もう一つひねった小説版、私にはそんなふうに読める。

「エピローグ」によれば、姉妹の姉は元特攻兵の子を身籠っていて、刑期を終えてきた彼と改めて所帯を持ち、順調な生涯を送っている。妹の方は、映画界に戻った父親の後押しで女優になり、出演した『肉体の門』では未亡人町子役で人気も得たが、間もなく若い監督と結婚して映画界から身を引いたとされている。敗戦、占領期の混乱はこんなふうにして収まっていった、ということになるようだが、そして、お話としてはそれでよいのかもしれないが、少々めでたしめでたしに落ちすぎたようで物足りない。

そこで、というわけでもないのだが、ここでは久生十蘭『我が家の楽園』（昭和二八年一～六月）を見ておきたい。戦後の情景を同時代のなかで描いているから、やはり細部の持つ迫力が違う。というばかりではない、ここには、占領期の混乱とともに、政治的には占領が一応終了した後の混乱こそが描かれているからだ。

『我が家の楽園』の「我が家」とは、当主、農林省勤務の石田久万吉と、その妻賢子、もと「京都のおちぶれ華族の末流」十条家から石田家の養女になった人である。子供が三人あって、長女千々子、次女百々子、三番目が長男で五十雄。家族の正確な年齢が分からないが脊椎カリエスでほとんど寝たままの長男が特攻帰りだとされているから二人の娘たちも「退廃姉妹」より少し上、二人とも戦中に女学校を卒業しているらしい。しかし、そんなところにあまりこだわらなくてもよいであろう。実は、この小説の主役は、人間よりむしろ彼等の住む家の方なのだ。

相場で一財産作った先代が明治の中ごろ、麻布三河台（後には市兵衛町になってしまうが）にあった大名屋敷を買ってそれに大きな洋館を継ぎ足したその家は、建坪だけでも三百坪だとされている。大正時代の『名園図鑑』や『建築名鑑』にも載っているとされるその屋敷は、いま東京都の管理になっている上野池之端の旧岩崎邸を想像したらよいだろうか。敗戦後は当然占領軍の接収にあって、都内だけでも三一二軒あったという、一時使用家屋に指定された。そのため一家は渋谷に小さな家を借りて移り住んだが、代わりに「アメリカの店子」から月々一〇〇ドルの家賃が入ることになった。当時の固定レートで一ドルは三六〇円、一〇〇ドルの三万六千円は昭和二四年の総理大臣の給与四万円に近い。しかしインフレの激しい時代だから、この屋敷が接収解除になる昭和二七年には総理の月給も一一万になっている。彼らが家賃を全部貯金していたとしても、その価値は三分の一か四分の一にしかならなかったろう。返還後の彼らが苦しむのも仕方がないことであった。そう、この小説はその返還——昭和二七年四月の、対日平和条約発効にともなう接収家屋の返還のときから始まっているのだ。

養父の跡を継いだものの、農林省の一係長にしかすぎない当主には、もともとこの広壮な屋敷を維持するには無理があったのだが、敗戦によって幸いにもアメリカという押しかけの店子ができて、あまり面子を傷めることもなく小さな借家に移り、身分相応な暮らしができた。そして、その安逸になれたゆえか、彼は行政改革のあった農林省の人員整理にあっさりと乗ってしまったが、そこへ突然の接収解除がやってきた、というわけである。家中一騒動のすえ結局、古巣へ戻ることになったが、調達局の役人の案内で下見に行ってみると、これが酷いことになっている。

まず西日を除ける庭端の、樹齢五百年と言われた黒松の林が、一本残らず天辺を刈られてしまった。茶庭を造った馬酔木、満天星、山茶花などはすっかり抜かれて、小滝のある池のほとりまでがバラだのペチュニアだのデイジィーだのと、アメリカくさい草花で埋められてしまった。家の外観は朱鷺色や黄や緑や桃色のペンキで、「古い三色版画のミシシッピー川のショオ・ボートにそっくり」に塗り上げられてしまった。そうして内部は、かつての二の間つき、繧繝縁《うんげんべり》の畳が敷かれた八畳敷の上の厠が、三方にフランス窓を開けた小サロンに、上段の間が、妙なテックスの壁で仕切られた三つの寝室に、それに続く書院がトイレ兼用のシャワー室、合わせて大きなビデまで設置されている……と、このあたりはいかにもこの作者らしく、これでもかこれでもかというように派手にやって見せている。

華族たちの邸宅を接収した占領軍が、庭の石灯籠に白ペンキを塗ってみたり、一八世紀イギリス王朝風の邸内を病院のように白ペンキで塗り上げてしまったことは、三島由紀夫『女は占領されない』を論じたところで紹介したが、そのモデルである前田侯爵邸の場合は、日本家屋部分に住みながら西洋館の方を提供したのであったが、こちら『我が家の楽園』の石田家の場合はそっくり明け渡していたことになる。しかも運の悪いことに、ずいぶん程度の悪いヤンキー――実は軍の名を借りたいかがわしい闇商売人だったようだが――に使われて、白ペンキぐらいでは済まなかったというわけである。腹を立てた当主は修復交渉で調達局の役人と争い、自棄になってプールで鯉を飼い始めるが、ここでも女たちは一向にへこたれない。少し頭の弱い長女は、「プールがあって、テニスコートがあって、ダンシングがあって……これで自動車があったら、申しぶんないわ」などと暢気なことを言っているが、そのプールの水を一度張り替えると水道料が五一六〇円、当主の給料の「四分の一がすっ飛ぶ」勘定になる。一番現実的な夫人は「クラブ組織の寮」、つまり「パンパン宿」にしようと言っている。
次は、この物語の語り手である次女の意見である。

われらの世代は、パンパンだのストリッパァだの、裸一貫で生活している不滅の英雄を大勢出している。効用とは、人間の欲望を充足させる、そのものが持つ性能をいうのだが、私のこんなヌードでも、ヌードの効用があるなら、結婚と名づけるあやふやな座業をあてにせずに、パンパンにでもストリッパァにでもなって、ひとの世話にならずに生きていく自信がある。

先の『退廃姉妹』の「女の宿」にいた一人「春子さん」は、宿の閉鎖の後、新宿で「額縁ショー」に出演、人気を博したと「エピローグ」にあったが、右の次女の言い分などは『退廃姉妹』の妹娘の意見だとしても少しも違和感はないのである。男たちが戦争でたくさん死んで、男一人に女はトラック三台分、と言われた時代の、女性たちの覚悟なのだ。

太宰治の『斜陽』が現れたのは昭和二二年だが、流行語にまでなったそれを久生十蘭も当然意識したであろう。ここにもう一つの「斜陽」物語があるのだが、強調すれば、戦後占領によって始まった「斜陽」が、本当にその実態を現すのは、むしろ占領が終ってからだ、というのが『我が家の楽園』に見える思想である。そうして、その物語を人間たちよりも、むしろ彼らの住む一軒の家屋に象徴させて描いているところが、この一編の独自なところである。彼らはこの後、怪しげな日系二世のブローカーの口車に乗せられてアメリカの、やはりいかがわしい大財閥に家を貸すことになり、そのアメリカ人が到着する前に派遣されてきたメード、実は「横須賀の白百合組」、つまり、元特殊慰安施設の要員に、生活様式をすっかり引っ掻き回されることになる。一家は、やがて漏電による小火を出したり、昭和二七年に打ち続いた地震、台風、豪雨のために家は倒壊寸前、そこへ長女の屋敷内での転落事故――腐った屋根が落ちたのか、自殺だったのかはっきりしないのだが――などがあって、とうとう元の渋谷の借家に戻ることになる。「楽園」とは、その陋屋のことなのである。

五月の末から七月の末まで、住み込みのハウス・メードまで使って、見せかけのアメリカン・ライフをつづけてきたというのは、もち前のひとの好さから、進んでこんなボロ家に住みついてくれた、何人かの『アメリカの店子』の善意によることで、敗戦の余徳といっても、あまりうますぎて、気がひけるくらいのものだ。

皮肉屋の当主はこんなふうに自嘲することになる。

この、遺漏だらけ、地名人名が変わってしまったり、日時が合わなかったりと、杜撰もはなはだしい小説『我が家の楽園』が、しかしこの一編が包蔵し、象徴する戦後文学的性格は相当大きい。読み方によっては太宰治『斜陽』のパロディにも見えることは既に言ったが、他にも次のような指摘がある。

アメリカふうのライフスタイルにくわしいメイドに牛耳られる家族や、姉娘の御乱行ぶり、家族の文化的遺産を見限り、占領軍がもたらした合理主義と物の氾濫にいかれてしまう母親像は、一九六五年小島信夫「抱擁家族」のさきがけともいえる。失職しながら毎朝出勤のふりをする父親像には、一九五四年庄野潤三「プールサイド小景」につうじるものがある。背中の戦傷がもとで病気になった長男の姿は、一九五三年安岡章太郎「陰気な愉しみ」の〈私〉を連想させる。(川崎賢子『少女日和』平成二年)

さまざまなかたちで描かれ、論じられてきた、戦後の「斜陽」「堕落」「退廃」「喪失」「崩壊」等々をすべて包蔵、先取りしている、と言ってもよい。しかし、『我が家の楽園』が象徴するのは戦後の時間だけではなかった。

彼等の先代が購入したもと大名屋敷がそもそも、「床脇の棚は醍醐の三宝院の写し、縁の手摺りは桂御所のを、杉戸は清閑院の御殿の写し……」と、まるで「仙洞御所のような」、つまり平安文化のコピーであったが、そこへ明治の中期、財にあかせて「明治風のバカでかい洋館を継ぎたした」というのだから、まさにキッチュ、文明開化の象徴そのものだったのだ。そしてむろん、その文明開化の性格は格別建築だけに限られたことではなかったはずだ。教育制度一つとっても、日本の近代はまさにこうしたキッチュから始まったのである。しかも、その大きな、大日本帝国そっくりの大邸宅を、昭和の二代目はもはや維持する力を持っていなかったのだ。そして、そんな象徴的な文化・建物を、さらに徹底的に改造してくれたのが、今度のアメリカ占領時代だった。茶庭が妙なアメリカ・ガーデンになり、厠がサロンに、広廊がダンスホールに、書院がトイレに……、さらに、ここに紹介はしなかったが当然、厨房はレンジや皿洗い機のある「ケチン」に変えられてしまった。そのキチンやプールに感動した長女は、「パパ、国旗を出したいのよ。身もだえするほど、アメリカの国旗をだしたいの」と、夢心地である。占領はやはり女性たちから始まっているのだ。だから男は、プールを釣堀にしている父親は、「アメリカ国旗にかぎることはなかろう。ついでに、万国旗を出したらどうだ」と痛烈なことを言ってみせるが、むろん負け犬の遠吠えにしかならない。

実は、かく言う当主も戦前は「農大はじまって以来という秀才」として養父に、というよりも養女であった現夫人に、私と結婚するならばという条件つきの支援を受けてアメリカに留学している。ところが、その地で「合衆国美人」と結婚したくなって一悶着あり、そのため学位も取れずに帰ってきた、そんな前歴の持ち主なのだ。そしてその息子、今はカリエスで寝たきり、そのため家中では一番「神の声に近い」人として納まっているが、彼も特攻入隊以前は、「赤くなったり黒くなったり、思想の色目を変えるのにいそがしく」と、皮肉られるような前歴があった。つまり、この父子二代の生き方も、彼らの住む屋敷と全く同じような日本の近代のような構造と運命とを持っていたわけである。

こんなドタバタのすえ、一家は結局渋谷の借家、分相応の日本家屋に戻ることになるが、その家を彼らは何故か「バラック」と称している。その「バラック」こそが彼等の「楽園」であるというのが、ここでの作者のメッセージである。

奪われた女性たち

丹羽文雄『恋文』（昭和二八年五月）はこんな話である。

海軍から復員してきた男が弟の世話になりながら安アパートの一室に暮らしている。彼は戦死した海軍同期生の夫人のことが忘れられない。その同期生夫婦はともに彼の同郷人だが、夫人は、実は彼の幼馴染でもあった。しかし彼らの故郷は戦火に遭って壊滅してしまい、彼女の消息も知れないままなのだ。彼はその女性に会って戦友の最期の様子を伝えたいし、また、もし彼女がいまだに一人でいるのであれば一緒に暮らしたいという気持もある。そのために、彼女の安否が分かるまでは何事も手につかず、まともな仕事に就こうともしない。

時代は朝鮮戦争も三年目、長引く休戦協定交渉に入った頃で、『経済白書』が日本の「自立経済の達成」などと謳った時期だ。だから、そのつもりになればこの男にも働く場所がなかったわけではないはずだが、彼は何故か生きるに拙く、復興の活気に沸く世間の波に乗ってゆけない。それで、一人前の収入にもならない受験生相手の講義録作りというような下請け仕事に甘んじて、ほとんど人と付き合うこともない。しかしそんな彼にも一つだけ熱心にやっていることがあって、それは、暇を盗んでは映画館前や、時に「靖国神社の大祭」など、人混みのなかに出かけていって、いつまでも人通りのなかに立ちつくしているのだとされている。これでは確かに、まともな勤めはできないわけだ。

つまり件の女性を探しているのだが、こんなところを平成生れの若者が読んだら何と言うだろうか。雑踏にまぎれた仲間を探すのではあるまいし、この東京でそんなやり方で人が見つかるわけがない。あるいは、まるで橋の袂《たもと》で仇の出現を待っている時代小説のようではないかと笑うに違いない。しかしこの頃は、まだＮＨＫ一局しかなかったラジオ放送に『尋ね人の時間』という番組があった、そんな時代だということも知っておく必要があるだろう。戦地から帰らない父兄の消息を知りたい家族、復員したが家族の行方が分からない元兵士、戦災で家族がばらばらになってしまった人、そんな人たちがラジオを通じて手がかり、連絡を求め合っていたのだ。昭和二一年に始まったこの放送番組は案外長く、昭和三七年まで続いたそうだから、この小説が「朝日新聞」に連載されていたとき、主人公のこんな行動は決して奇異なことでも過去のことでもない、人々の周辺、身近にたくさんあった話だったに違いない。

あるいは、もっと端的には、ラジオドラマ『君の名は』（昭和二七〜二九年）という例もある。その放送時間は銭湯の女湯をがら空きにさせたというほどの人気を集めた、この擦れ違い悲恋物語もまた、紛れもなく人々が『尋ね人の時間』に真剣に耳を傾けていたような時代のなかで生まれ、迎えられていたわけだ。経済白書が「自立経済」からさらに進んで「もはや戦後ではない」と宣言して評判になったのは昭和三一年だが、むろん経済上の数字だけが生活のすべてではない。『尋ね人の時間』一つ取ってみても「戦後」はまだ昭和三七年までは確実に続いていたのである。

ついでに言えば、この『尋ね人の時間』はテレビ時代の到来（東京地区の開始は昭和二八年だが、受信契約数が五〇〇万を超えたと言われたのは昭和三五年である）とともにその役目を終えたのかもしれないが、それからほぼ二〇年後の昭和五六年、今度は「中国残留孤児」の問題が表に出てきた。

あの報道を見ながら『尋ね人の時間』のことを思い出したのは私だけではなかったろう。戦争の傷跡はこうして一代や二代で消えるわけにはいかないのだ。だから私は、この頃の若い教育学関係の人たちが言い出した「自分探し」などという時代語には大いに違和感抵抗があってついてゆけない。何を甘いことを言っているのかと、横浜大空襲で孤児になりかけた私などは思うのだ。そして「自分」などは探せば探すほど失うに決まっているのだよ、と。しかし考えてみれば、「鐘の鳴る丘」世代にこだわるこのエッセイなども、実のところは、そういう形を取った私なりの「自分探し」であるのかもしれない。嫌だいやだと言いながら、しかし所詮われわれは時代の空気を吸ってしか生きられないのであろう、情けないことに。

『恋文』の主人公、真弓礼吉の、そんな生活ぶりを知った、やはり海軍同期の友人が案じて、自分の仕事を手伝わないかと誘うが、それが米兵相手の娼婦たちの手紙を代筆するという仕事である。その友人山路は、後に「恋文横丁」と呼ばれることになる路地裏で一応古物商の店を出しているが、それは表向きに過ぎなくて、店の隅に「英語の手紙を書きます。フランス語も書きます」と書いた小さな木札を下げてあって、それが彼の実質の仕事である。女客は毎日絶えなくて、月に二、三万円の収入になるとされているが、礼吉が今やっている講義録の仕事が月に四、五千円だから、格段の高収入になるわけだ。礼吉はそこで働くことになるが、そこで彼は自分の会えない女性への思いを投影して心情のこもった情熱的な恋文を書くから、たちまち人気が出て、彼を指名する客も増えてくる。

この手紙代筆業には面白いエピソードがいくつかある。その一つは、友人山路が女たちに月掛け貯金を奨励して、自分で金を預かり、それを近所の小商人たちに貸しては、彼女たちの貯金に利子を付けてやっていることだ。彼に言わせれば、女たちはほとんど「あとさきの考えなしに、みんなつかってしまう」が、こんな生活がいつまでもできるわけではないからだ。それに対して礼吉が、「君がもちにげしたら、それっきりだね」と言うと、山路はこんなふうに答える。「信用ということは、いまどきめずらしい美徳だ。するほうも、されるほうも、こころをゆたかにしてくれる。胸のなかに、一点、火がともっているように、あたたかいものだよ」と。こんなエピソード、こんな会話を、ごく自然に書けるところ、読ませるところが、いかにも丹羽文雄の小説なのだと思わせるが、これはまた、昭和二八年、戦後復興の真っ盛りの時代のなかで、とくに人々の心に響いたに違いない。復興景気の時代とは、現にこの小説で、珍しい「せどり師」——客を装って古本屋を回り、掘り出し物を見つけては他店に転売するプロ——だとされている礼吉の弟がそうであるように、時に世間の裏をかき、生き馬の目を抜くような時代でもあったからだ。しかし、女たちに貯金を奨励し、金を預かってやっている山路自身は、「海軍軍人だったぼくは、こんなことでもして、じぶんの罪の一部を、つぐなっているのだということになるかも知れないのだよ」と言っている。そう、それが着実に生きている人の「戦争責任論」なのだ、といまさらながらに思う。

余談になるが、風俗ルポライター伊藤裕作の近著に『娼婦学ノート』（平成二〇年、データベース社）なる特異な面白い一冊があって、そこでは田村泰次郎『肉体の門』から始まって、吉村萬壱『ハリガネムシ』くらいまで、戦後の文学に描かれた娼婦、風俗嬢たちが網羅的に紹介されている。その『恋文』編のところには、著者自身の体験として、こうした女性たちがお金を預けるという行為は、「究極の愛情表現なのだ」と書いている。自分が汚れ役を引き受けるから、それをもとに、貴方は貴方で真っ当な良いお仕事をしてちょうだい、ということなのだろう。何だかその気持が分かるような気がするが、もしかしたら母親の子供への愛情に似ているのだろうか。著者自身は、そのために恐ろしくなってかえってその女性から逃げ出す結果になってしまったのだと言うが。そして、業界の裏話として、今は誰もが知るある大きなサラ金業社長氏が、もともとはそうした女性から託されたお金を資金として事業を始めたのだというエピソードを披露している。まるで『金色夜叉』（尾崎紅葉）を裏返しにしたような話だが、それも、いかにも戦後らしいことだと思わせる。丹羽文雄がもしそんな噂でも知っていたら、『恋文』の山路の役割はもう少し違った展開を持っただろうか。いや、山路をサラ金業の王者に仕立てるなどは三島由紀夫の仕事ではあっても、丹羽文雄のすることではあるまい。『恋文』の全体は男も女もみな人の好い人物ばかりなのだ。ここで作者が小説の中心に据えているのは、「いまどきめずらしい美徳」という一条につきると言ってもよいのである。

そんな次第で礼吉が山路の店に通いだしたある日、予想通り当の思い人、道子が客としてやってくる。そのときはたまたま山路が相手をしたが、店の奥で二人のやり取りを聞いていた礼吉はそのあと彼女を追って、二人は初めて再会の運びとなる。それを作者は戦後の時間を取って八年ぶりの、と書いているが、離別は礼吉の出征の時のはずだから、正しくは一〇年ぶりの実現であったろう。しかし、それで分かったことは、彼女もここに来る女客たちと変わらぬ生活をしていたという事実であった。彼女の語るところによれば、頼った友人の紹介で横須賀基地に勤めている間に一人の米兵と恋におちて子供ができたが、まもなく彼は帰国してしまい、子供も病死してしまったのだという。しかし、事情はともあれ、彼女が米兵を相手に生きてきた事実は否定しようがないわけで、礼吉の一〇年の夢はここで崩壊してしまう。そこに幾分の誤解もあり、道子にはそれなりの言い分もあるのだが、自身の純情が裏切られた礼吉としてはもはや聞く耳もなく、一挙に彼女を責めたてることになる。少し長くなるが、礼吉のことばを拾ってみたい。


「あなたは、染川が、たれにころされたとおもっているのか」

「あなたのやったことは、まちの女とおなじではないか。山路古物商に恋文をかいてもらいにくる女たちと、どこが、ちがうんだ。あなただけが、とくべつだというのか」

「……染川の妻であったという自覚は、どこへいったのか。あなたは、染川のかおに、どろをぬった。久保田のうちに、どろをぬった。いや、ぼくたちを侮辱した。染川の同期生全部を、いきのこったぼくたちを、侮辱した」

「継母のいる家庭を、とびだしたのは、あなたの、わがままではないか。クラウンをえらんで、身をまかせ、あまつさえ、子供までつくった。みんな、あなたのわがままではないか」

「想像どおりだ。やさしいことば、やさしいあつかい……そのはてが、なんだ。ダンスにさそわれた。あまい酒を、すすめられた。ことわるのも、わるいとおもって、さかずきに口をつけた。ゆめごこち。ふたりきりの部屋。スタイルブックをみせられて、男が、やくそくをしてくれる。じょうだんのように、男が、あなたをだきあげる。あなたは、じょうだんのようにして、その場を、きりぬけようとする。男は、すべてを計算してかかっているのだ。あなたは、のがれようと、身をもがく。男はますますつよく、だきしめる。あなたのそのほおに、くびに、くちびるをあてる。あなたは、のがれられない。あなたは、すでに、拒絶のできないところまで、相手をふみこませていたのだ。」

礼吉の悪罵はまだまだ、この五、六倍も続くのだが、引用はこのくらいにしておこう。ただ、これだけでも明らかだと思うが、道子を責める礼吉のことばが公的なものから次第に個人的なものに変わってゆくことだ。道子の背信を、初めは戦死した夫や「同期生全部」への「侮辱」だとしているのが、言い募るに従って道子の「わがまま」だということになり――女はどんな時にも耐えるものだという女性観を、この元海軍さんは戦後も変えなかったらしい――終いには彼の嫉妬交じりの妄想、彼女が米兵クラウンに抱かれる場面まで描きあげることになる。

こんな場面は、考えてみれば道子に自ら語らせるわけにはいかないし、まして礼吉に覗かせてみるわけにもいかないから、見方を変えれば、作者として巧みな手をもって読者を引っ張っているのだろう。礼吉の妄想をかりて、旧敵国の兵士たちに靡《なび》いてゆく戦後の女たちへの、男の側からの恨みつらみを総ざらいしているようにも見える。しかしそれゆえか、礼吉は自ら吐き出したことばに自ら中毒したような具合で、彼らの一〇年越しの再会はここで決裂してしまう。

このあと礼吉は生気を失ったように閉じこもって部屋を出なくなり、終日大きな声で何かをわめくために、アパートの隣人から苦情が出るほどになってしまう。彼のその独り言とは、こんなものだ。

「あなたは、ひとりの男のこころを、ころした。その罪は、なんといっても、言いのがれはできないのだ。ぼくは、じぶんのことばを、とり消そうとはおもわない。あのことばは、どこまでも、あなたのしたことに、ふさわしいのだ。ぼくは、にくむ。あなたを、にくむ。にくむ、にくむ。にくみぬくのだ。」

まるで道子が妻か許嫁《いいなずけ》でもあったかのような言い分で、彼女にしてみれば、とんだとばっちりにも等しいはずだが、男のこうした独りよがりの純情に寛大なのが、日本の文学のもう一つの伝統でもある。ここで彼は自分の暴言を後悔しながら、しかし自分は正しかったのだと、懸命に自らに言い聞かせているわけだ。

礼吉と道子のこんなやり取りを読みながら、私はやはり、『金色夜叉』だなあ、と思わざるを得なかった。それは私が古い人間だからに違いないが、改まって言ってみれば、この『恋文』が新聞に連載されていた頃はまだまだ『金色夜叉』が市民の日常に生きていて、私もそのなかの一人として育ってきたということだ。そして恐らく、作者自身もそのことを充分計算に入れて書いていたのではないだろうか。

私は今でも、「熱海の海岸散歩する／貫一お宮の二人づれ／ともに歩くも今日限り／ともに語るも今日限り」などという唄をお終いまで歌えてしまうばかりではない、「いいか、宮さん、一月一七日だ。来年の今月今夜、再来年の今月今夜、僕の涙で必ず月は曇らせて見せるから、月が曇ったらば、宮さん、貫一はどこかでお前を恨んで、今夜のように泣いていると思ってくれ」と、貫一のせりふまでソラで言えてしまう。そしてそれは、私がとくに『金色夜叉』に関心があるからでも、格別記憶がよいからでもない。私がもの心ついた頃には、新派劇『金色夜叉』は毎年のようにどこかで上演されていたし、それを受けて漫才でも漫談でも落語でも、貫一お宮をもじったせりふがメディアにあふれていた。だから意味の分からない子供でも、流行歌の歌詞を覚えてしまうように、自然に覚えてしまったというわけである。

私が『金色夜叉』を実際に読んだのはずっと後年、四〇代も後半になって、何かの必要からであったが、そのときは、宮さんの姿にはしばしば水谷八重子が、貫一には、いささか歳をとりすぎていた伊志井寛の姿が重なって、我ながら奇妙な読書体験であった。二人のいくつかの舞台場面が今も目に残っているが、ただし、私は『金色夜叉』のために劇場に行った憶えはないから、恐らくはテレビで見たものや、伊志井寛のほかの芝居などが合わさってできたイメージなのだろう。

最近の研究によれば、『金色夜叉』は当時アメリカでよく売れていた通俗小説を下敷きにした一種の翻案小説であって、あの名せりふもそれに近い原文があったのだそうだ。尾崎紅葉の小説はもともと当時から洋装した江戸文学だなどと揶揄されていたのだが、洋装どころか本体まで輸入品だったわけだ。何とも白ける話だが、しかし案外、それだから戦後まで永生きできたのかもしれない。

伊志井寛が、水谷八重子よりも七年早く、七一歳で没したのが昭和四七年のことだから、おそらく昭和三〇年代までは新派劇『金色夜叉』は生きていたと思われる。とすれば、昭和二八年に『恋文』を新聞で読み、あるいは森雅之と加島春美によって演じられた映画『恋文』(昭和二八年、田中絹代監督)を観た人々は、その礼吉・道子のうえに多かれ少なかれ貫一お宮の姿を重ねていたのではないだろうか。そして、そう考えれば、小説は確かにそんな読者の期待を外さないように展開されている。とは、もちろん人物たちの雰囲気、ものの考え方や性格のことだが、また場面としても通ずるところがないわけではない。

結末近く、彼らの二度目のデートがまた決裂した直後、道子は自動車にはねられてしまうが、それは、いわば礼吉が道子を蹴飛ばしたからだと言ってもよい。熱海の海岸での貫一のように実際に足蹴にしたわけではないが、ことばのうえでは足蹴にしたに等しいのである。そんな場面を、はたして読者は礼吉・貫一の側に立って読むか、それとも道子・宮の側に立って読むか、読者の反応を、むしろ作者が楽しんでいるようにも見える。ついでだから結末を見ておくと、そこで礼吉は、今度はすぐに反省して、彼女を追って三鷹のアパートまで訪ねるが、そのころ道子は救急車で運ばれた病院で意識不明の状態にあり、礼吉はまだそれを知らない。この物語はそこで終っていて、道子は快復するのか、二人は結ばれるのかどうか、後は読者の想像にまかせている。

話は少し戻って、一〇年越しに実現した再会で、しかしすっかり夢を壊されてしまった礼吉は引きこもりになってしまったが、それを案じた弟と山路が図って礼吉を音楽会に連れ出して道子と再度会わせる。二人は演奏会を途中から抜け出して日比谷公園を歩くが、そこで礼吉は前回の自分の暴言をわび、改めて自分にとっては道子が必要なのだと打ち明ける。道子はそれを喜び、受け入れて、「私、二度と、おそばをはなれませんわ」と誓う。このあたり、日比谷公園の外灯を避けて影絵を作っているたくさんの男女に混じって、彼らの甘やかな会話が繰り広げられているが省略しよう。ただ二人の再会の舞台として選ばれた音楽会についてだけ少し見ておきたい。

ピアノの旋律が、礼吉のからだのなかで、こころよい余韻をのこしていた。ながいあいだ飢えていたものが、みたされたよろこびは、また、格別であった。それは、軽率に口にだしたくないほど、しずかで、ゆたかなものであった。

礼吉はここで、すぐには口も利けなくなるほど感動しているが、しかしそれは曲や演奏についてのそれであるよりも、西洋音楽やそのナマの演奏、放送やレコードではなく音楽会で聴くことへの感動であったと言うほうが正確であるだろう。ここに作者が曲目も演奏家の名も書いていないのは、さすがは、と言うべき的確な表現なのである。

昭和二九、三〇年頃、私も中学校の三年から高校にかけて、日比谷公会堂へ何度か出かけている。戦後窮乏の時代は同時に文化的なものへの憧憬渇望の強かった時代だったから、田舎の少年を音楽会のために日比谷まで呼び寄せたわけだ。しかしいま思うに、米もパンも配給、物資全般に事欠く時代のなかでの文化だったから、聴きに行くわれわれにも増して、聴かせる音楽家のほうも大変だったに違いない。

映画『ここに泉あり』（昭和三〇年）で有名になった群馬交響楽団の例を思い出すが、さまざまな音楽集団がいろいろな音楽の安売りをやっていて、そういうなかに、あるとき近衛管弦楽団の「三大交響曲の夕べ」というものがあった。モーツァルト、ベートーヴェン、シューベルトを並べたなかの「未完成」の演奏中、それもごく静かな第二楽章のときだったと思うが、音楽とは関係のないバタンという大きな音が混ざった。そのとき私は偶然見てしまったのだが、それは管楽器奏者の一人が譜面台に引っ掛けていた雨傘が床に落ちたのだ。何故そんなところに雨傘があるのか。理由はただ一つ、それを迂闊に楽屋に置いておけば盗まれてしまうから、であったに違いない。

田舎の少年だった友人と私はその日、会場に早く着いてしまい、面白半分に楽屋を覗きに行ったのだが、そのときの雰囲気からして、われわれの推測に誤りはないであろう。それは、廊下まであふれた楽団員たちが、一人ひとり広げた風呂敷を前にしての着替え風景だったが、まるで見世物小屋の楽屋を覗いてしまったような幻滅の体験だった。我々はせっかく非日常の時間を求めてはるばるやってきたのに、とんだところで惨めな日常を呼び覚まされてしまって、別の意味でことばもなかったのである。

我々はいつも物質的に貧しい生活をしていたから、そういう思いでいっぱいだったから、その穴埋め、代償として豊かなもの、贅沢なものに飢えていたが、豊かなものは必然的に抽象的なもの、心や精神を満たしてくれるものにしかなかった。そのために貧しい身なりや空腹にも耐えて、ダンスの流行もそうだが、音楽会などにも行ったのである。戦後の焼け跡闇市の時代は同時に日本中が最も文化を渇仰し尊重する時代でもあったわけだ。ものにおいて貧しければ貧しいほど、人は精神的な豊かさを求めるものらしい。そういう時代の空気を、我々「鐘の鳴る丘」世代は、ごく素直に吸って育ってしまったのである。

話を『恋文』に戻せば、道子が米兵のオンリーになっていたと知った礼吉は、米兵たちのもたらす「映画」「ダンス」「スタイルブック」、「スウツ」や「新しい靴」や「甘い酒」の誘惑に、彼女が負けたのだろうと言って道子を責めているが、それは事実の半面でしかないであろう。道子自身は、「やさしいことばに、やさしくあつかわれることに、私、うえておりました」と言っている。彼女もまた、殺伐とした戦後社会、その男たちのなかにあって、文化に、豊かな心に飢えていたのだ。礼吉が、貧しいがゆえに道子への愛を純化して見せていたように。

繰り返せば、物質生活において貧しければ貧しいほど人は心の豊かさを、精神的な充足を求めたのだが、礼吉を含めて戦後の男たちは、とくに女性に向けては、そのことをなかなか理解しなかったのだ。

＊

石川淳の戦後の第一声であった『黄金伝説』（昭和二一年三月）も、戦争未亡人となった親友の妻、「ひそかに懸想している女人」の行方を訪ねたあげく、彼女が既に米兵相手の娼婦となっていたことを発見しなければならなかった男「わたし」の物語である。しばらくこの二人の男の行動を対比しながらたどってみることにしよう。

それは「一年前」というから昭和二〇年、戦災で夫と家を一度に失った彼女の身を案じた主人公「わたし」は、小耳にはさんでいた彼女の「縁故先とおぼしい国々」、「富山、福井、徳島」といった地方を「三四ヵ月にわたる旅」をして尋ね歩いた。交通の事情も、そして何よりも食糧事情のひどい時代のことだから、この「三四ヵ月の旅」がどんなに大変なものであったか想像してみなければなるまい。そうした旅の途次、「倶利伽羅峠の下を走る列車の中」で玉音放送のことを聴いたと主人公は言っている。日本の敗戦の報を源平合戦決戦の故地で知ったなどとは面白いが、このことは石川淳自身の実体験でもあったらしい。戦争末期、しばらく厚生省の外郭団体に籍を置いて身を潜めていた石川淳は、その仕事のひとつとして被差別部落のことを調べるため数度こんな大旅行をしたという。しかしむろん、この小説をそんな方向で読むことにはあまり意味がない。問題は主人公の人探しの情熱である。『恋文』の主人公真弓礼吉が東京で人の寄り合うところに一日中立ち尽くしては染川道子を探していたのとは趣が違うが、そこには同じ尋ね人でも戦中と戦後との違いがまずあるだろう。が、もうひとつ、面白いことに、人は田舎で家を失うと東京に出て、東京で生活の方途を失うと田舎に帰る、どうもそんな流動のパターンがあるらしい。礼吉が道子を東京で探し、

「わたし」が「女人」を田舎に尋ねるのは、そんなパターンなのだ。

こうして、しかし彼らの予想したのとはまったく違ったかたちでだったが、礼吉はとにかく東京で道子に再会できたが、「わたし」も、田舎廻りを諦め、いや、探すこと自体も諦めたある日、横浜へ遊びに行くと、そこでひょっこりと出会うことになる。そうして再会してみれば、彼女たちが彼らが思い描いていたのとはまるで違った女性になっていたのは両者に共通している。『恋文』の道子は米兵のオンリーになっていたが、『黄金伝説』の場合は「ハマ」の「特別地帯」の女性となっており、「まごつく」ばかりの「わたし」を遠慮なく「突き放して」、「黒い兵士」のもとにさっさと行ってしまったのである。

こんなふうに女性の変貌の事実を知った後、礼吉は彼女を面罵し、戦死した夫に恥ずかしくないのか、申し訳が立つのかと責めているが、「わたし」の方はそんな野暮なことはしない。黒人兵に、「蝶が木の幹にとまるように」「ぴったりと抱きついた」彼女を見て、初めは「死ぬほど恥ずかしくなった」「わたし」も、ともあれその場から無我夢中で逃げ出してみれば、やがて「駆けるにしたがって、体内の血が活発にめぐりはじめ、筋肉が盛り上がって、悪寒がやみ、手足たしかに、呼吸ととのい、からだぐあいがたちまち順調に復して来た」と言っている。つまり「わたし」は彼女の生き方を認め、受け入れたわけである。そしてその醜悪なる現場から離れてみれば、かえって身体は「順調」を取り戻したと言うのである。『恋文』と『黄金伝説』の、同じような話、設定でありながら結末のこの違いは何を意味するだろうか。そう考えると、ここですぐ思い当たるのは坂口安吾『堕落論』のことである。

戦争は終わった。特攻隊の勇士はすでに闇屋となり、未亡人はすでに新たな面影によって胸をふくらませているではないか。人間は変りはしない。ただ人間へ戻ってきたのだ。人間は堕落する。義士も聖女も堕落する。それを防ぐことはできないし、防ぐことによって人を救うことはできない。人間は生き、人間は堕ちる。そのこと以外の中に人間を救う便利な近道はない。

廃墟のなかで人間を、その根源を考え直そうとして、「生きよ堕ちよ」と言った坂口安吾の『堕落論』はいまも若者たちを捉え続けている戦後文学のなかの大きな思想の一つだ。いま読み直してみれば、まるで小説『黄金伝説』の解説ではないかと思えるほど、二つはよく似た発想を示しているが、坂口安吾がこんなふうに書いたのは昭和二一年四月、『黄金伝説』の発表された翌月のことだった。言い換えれば、『黄金伝説』は石川淳版「堕落論」でもあるわけで、そこが『恋文』との決定的な違いである。『恋文』の礼吉は一度はアメリカ兵に身も心も奪われてしまった道子の変身の現実を認めたくないために悪戦苦闘している。つまり彼は旧い時代の女性観、道徳観を抜け出せないが、『黄金伝説』の「わたし」は女性の戦後の変身の現実を認めたばかりではない、それを受け入れたことでかえって自身の健康さえも取り戻したと言う。そして、「あたかも現在の世のすがたは、あとからしたり顔にかんがえれば、こうならない以前の世には可能の帷のかげで出番を待っていたのかも知れない」と、言い回しはいかにも石川淳ふうだが、坂口安吾『堕落論』と符節を合わせたようなことばを吐いている。彼もまた、「人間が変ったのではない。人間は元来そういうものであり、変ったのは世相の上皮だけのことだ」と、そして「人間は生き、人間は堕ちる。そのこと以外の中に人間を救う便利な近道はない」と考えていたからに違いない。

「黄金伝説」とはその昔、芥川龍之介が『奉教人の死』でその種本だと擬した「レゲンダ・オウレア」、中世ヨーロッパ巷間に伝わった聖人伝説であるという。つまり石川淳は一人の戦争未亡人の戦後変貌、「良家」の「悲運の人」から一転して、逞しい米兵相手の娼婦への変身を、現代の街の聖女出現だと見立てたのだが、それが彼の、戦後出発に当たっての思想であった。

『恋文』と『黄金伝説』、言うまでもないが前者は新聞に連載されたまぎれもない大衆小説であり、後者は、時には読者を置いてきぼりにすることをも辞さない思想小説、観念小説である。ともに戦後の風俗を取り込んでいるとはいえ、前者は、すぐ映画化されたことでも分かるように、その風俗を裏切らない、つまりそのなかに生活する人々の共感を地盤にしているが、後者は、少し意味は違うにしても、発禁になったような小説、その風俗現象の根を探りその思想としての意味を捉えようとしている。二編はそもそも文学に求めるもの、現そうとするものの根本が違うわけだ。

もう一度『恋文』に戻れば、だからそこにはこんな側面もある。さんざん悩んだ末、真弓礼吉はやはり染川道子を思い切ることができないと知って、物語結末では道子の家を訪ねている。心のうちを吐露して、一緒に暮らそうと今度こそ言うつもりなのだ。しかし、一人前の仕事にも就かず弟の世話になっている彼は、道子と一緒になって果たして生活ができるだろうか。むろん友人山路が世話をする恋文代筆業は格段の収入になるから、それを続ければ当面の生活は成り立つだろう。しかし会えなかった道子への思いを投入して情熱的な手紙を書き、それが人気でもあった彼に、道子と同棲したあとも同じような手紙を書き続けられるであろうか。いや、そんなものは商売だと割り切って〝創作〟してゆけば済むことだとして、根本の問題は、米兵に頼って生きる道子を裏切りだと否定した彼が、他の女たちの裏切りには目をつぶり、あまつさえそれによって自身の生活を立てるなどは自己矛盾以外の何者でもない。とすれば、あの繊弱な礼吉がそのことに気づかないはずはないであろうし、気づいたとき、彼らの新生活はまた新たな難局を迎えなければならないであろう。

最近読んだ五十嵐恵邦『敗戦の記憶――身体・文化・物語』（平成一九年、中央公論新社）によれば、敗戦以来、日本は国家レベルで「『女性』の役を振りあてられたのだ」ということになる。それは、あの天皇とマッカーサーの写真――ノーネクタイでラフな服装とポーズのままの大きな男と盛装して畏《かしこ》まった小柄な人とが並んだ新聞報道写真――のショック以来、さまざまな場面局面で、日本国自体の「女性化された身体」が比喩的換喩的に表象されてきた、天皇は平和主義者だったが軍部が悪かったのだという日米合作の、戦後の「起源の神話・物語」を形成するのに、あの写真が決定的に働いたのだ、と。

国民学校一年生のとき初めてアメリカというものを見ること知ることになった私のような世代としては、五十嵐説が腑に落ちるところ、頷くところがずいぶんあった。アメリカという大きな男に、衣食住、そして精神まで、すべてが支配されて、その大男の意向を逸らさないことが、何にせよ国民の第一の務めだった。天皇を崇めてきた長い習慣が、そのままマッカーサーに移行してしまったのだ。そして、そういう大男、異界の鬼と付き合うにはまず女を前面に出してゆくのが、人類の太古からの智恵であり習わしなのだ。

だからいま五十嵐恵邦の身体論を『恋文』に重ねてみれば、恋文代筆業の山路などはさしずめ敗戦国日本という大きな廓に寄生した番頭とか見世番、いや、そんな高級な役は政治家のこと、彼らはせいぜい若いもんと一括された牛台、牛太郎、そんな役どころではないだろうか。一応「古物商」という看板のもとに、女たちが米兵から貰ったり買わせたりした物を闇に流してやったり、あるいは女たちに日掛貯金をさせ、それを小商人に貸して利息を取っては彼女たちに返してやる親心などは立派なものだが、それだって女たちの稼ぎによって自分の生活が成り立っている以上、冷酷に言ってしまえば顧客サービスの手段に過ぎないことになる。そして、そんなあり方が、つまりは敗戦後の日本の社会、その経済や政治構造全体の寓意になっているとは、果たして『恋文』の作者は意識していただろうか。

一方『黄金伝説』には、たとえばこんなエピソードがある。主人公の「わたし」はその頃「ひと知れず三つの願いをいだいていた」としているが、その三つとは既に触れた親友の未亡人の行方を尋ねあてることと、二つめは戦災の日に被って出たままの戦闘帽を早く捨てて普通の「真人間のかぶる帽子」を求めて取り替えてしまいたいということ、三つめがやはり戦災以来狂いだした懐中時計を、いい職人を見つけて早く修繕したいというものである。この戦闘帽云々の寓意については説明するまでもないであろう。強制された軍国主義を早く脱ぎ捨てたいということ以外には考えられないが、敗戦後の小間物屋で——それも「古本屋街」にあった小間物屋だと、いかにもこの作者らしい掛け詞が付くが——偶然鳥打帽を見つけて、三つの願いのうちではいち早く解決できた。何か戦後復活した、古い書物にあった知識で解決がついたというのであろうか。面白いのは「時計」であるが、これはいささか込み入っている。

時計も戦災以来狂い始めたが、先にも言った、かの思い人を尋ねての旅行中だった列車の中で「わたし」は八月一五日、玉音放送の噂を聞いて、そのときから時計が全くでたらめになってしまったという。すぐ止まってしまうから始終手で振ってみたり、一日に四度もねじを巻かなければならなかったりという状態だが、そのたびに困るのは合わせて基準とすべき正しい時計が周辺にはないのだと「わたし」は言う。「今日どこの時計もたいがいこわれている模様で、合わせるべき正確な時刻の標準は求めるすべがない」のだと。敗戦以来「わたし」のものばかりでなく日本中の「時計」がみな狂ってしまったとは、もっともな分かりやすい比喩だが、面白いのはそこで彼がとったとする行動である。

そろそろ昼の弁当を食おうかと思ったときには、ちょっと立ちどまって、ふところの時計を出して、針をくるりとまわして十二時に合わせればよい。わたしという存在がこの風土に於ける振子になったあんばいで、わたしの時計はグリニッチ天文台の時計にくらべてあまり大きい誤差はないだろう。

世間に基準とすべき時計がなくなってしまったのだから、もう自分の腹具合で時間を決めればよい、そのほうが世界レベルの時刻に近いだろうとは何とも言うことが大きい。当今のセカチューやジコチュー連中の見本にしてやりたいほどの壮大な言い分だが、しかし、こうした発想も戦後文学に共通した重要な思想のひとつであったことを知っておかなくてはならないであろう。ここには、たとえば「彼の『個人』の内部から噴き出す情熱のともなわないところでは、芸術は死ぬ。殷鑑《いんかん》遠からず、戦争中文学は絶息していた。芸術家よ、『私』を肥らせよ！」（『芸術・歴史・人間』）と言った本多秋五や、エゴイズムこそ新しいヒューマニズムだと言った荒正人（『第二の青春』）や、「おれはおれだ、という確信なくしては何事も始まらぬ」（「近代文学」『同人雑記』）と言った小田切秀雄等々、戦後文学の思想を宣揚した批評家たちと同じ覚悟が言われていることは明瞭なのだ。「わたし」の「時計」とはそんな時計なのだが、その時計が今度は件の女性の変貌ぶりに出くわしたショックで一時は完全に止まってしまったとも言っている。「あなた相変わらず蒼い顔しているのね」と、彼女にからかわれると、彼はとたんに「悪寒にふるえ、手足だるく、呼吸くるしく、からだぐあいが急にわるくなりはじめ」、そして「ふところの時計のかちかちなる音はとだえて、針はすでにとまっていた」と。つまり、ここで「わたし」は大痛棒を食らったのだ。精神的大手術を受けてしまったのだが、彼はそこで辛くも立ち直る。彼女が「わたし」を突き放して黒人兵のもとに走り、黒い大男にしがみつくところを見て、いや、その醜悪な現場から退散するとともに、彼の身体と同様、時計も俄然「順調」に活動し始め、「きもちよくかちかちと鳴り出していた」と言うのである。戦後社会を生きるについて、彼はここで確実にひとつの悟りを開いた、思想を手にしたということである。

石川淳の戦後初の短編小説集であった『黄金伝説』はいわくつきの作品集でもあって、それを単行本に収める際に占領軍の検閲に忌避されて収録できなかった。小説最後の場面、女性が黒人兵に抱きつく情景が不可とされたわけだ。そのため最初の単行本『黄金伝説』(昭和二一年)は表題に取られた当の作品がないままの異例な形で発行された。しかし、著者があえてタイトルを変えず刊行に踏み切ったのは、それなりの判断があったと見るべきであろう。たとえそこに『黄金伝説』なる作品がなくても、『焼跡のイエス』は収録されているから、読み取った人にはそれなりに題意は通じたと思われるからだ。

『黄金伝説』を皮切りに『焼跡のイエス』(昭和二一年)『雪のイヴ』(昭和二二年)と、石川淳には焼跡闇市三部作とも言うべき一組がある。タイトルに現れているとおりキリスト教が持つ古い伝承に重ねた、いわば見立て黄金伝説集である。なかでは『焼跡のイエス』がこれらを代表する作品として戦後文学のアンソロジーの類には必ずというほど採られている。上野御徒町あたりの闇市を縄張りに、掏摸《すり》、窃盗、追剝ぎも辞さない逞しさで生きる、できものだらけの戦災浮浪児を、彼こそ現代の救世主、イエスだと見立てた一編である。「生きよ堕ちよ」の思想が文字通り力強く絵解きされている。

『雪のイヴ』は有楽町のガード下で靴磨きをする少女が、その裏では娼婦でもあるというもの。その少女の誘いに乗って一夜付き合おうという主人公=語り手が、イヴの誘惑に負けてリンゴを食べてしまったアダムになぞらえられているのだが、ただしイヴの誘惑に従うことが罪であるのなら、成年男子は皆罪人たらざるを得ないではないかと、「原罪」などという観念を否定している。ここで主人公が言いたいのは、同じ罪を犯しても、女は「罪の意識からいつもけろりと解放されている」が、イヴの食べ残したリンゴを食べたに過ぎないアダム=男は、以来ずっと割り食っているのだ、ということであるらしい。

大むかし、すでにエデンの園にあって、イヴにすすめられたおかげで、その食いのこしの木の実をたった一口かじっただけのことで、園の持主から雷霆《らいてい》の叱をうけたのはアダムであった。女の勘定はかならず男の帳面に於て借方に記入するというこの不易の関係の上に、罪観念の根柢が胚胎したのだろう。今日なお依然として、女とともに道を行くすべての男は、その面色はなはだ引負の牢払いに似ている。まことに男子の冤に泣くこと、これをアダムよりする。

いかにも格好のよい文章で、待ってました夷斎先生！　とかけ声をかけたくなるが、しかし女性というものが真から神であった泉鏡花なら怒り出すかもしれない。神であるとともにその裏側は玩具でもあった谷崎潤一郎ならば頷いたかもしれないが。

ところで、こんな一節、こんな一編があるために改めて考えてしまうのだが、この主人公にとって「女」とはいったい何なのだろう。それは神でも玩具でもないとすると、やはりここでも、日本の近代文学が二葉亭四迷『浮雲』以来ずっとそう観念し表象し続けてきたような、女＝庶民・民衆・非知識人ではないだろうか。「特攻隊の勇士はすでに闇屋となり、未亡人はすでに新たな面影によって胸をふくらませているではないか」（『堕落論』）、そういう民衆のバイタリティー、エネルギー、誇りも美徳も良識もかなぐり捨てた混沌の生きる力から学び直せ、というのが『堕落論』の理念であり、この主人公の思想であるのだから。そして、そうした理念の持ち主たる主人公に焼跡闇市を歩かせて収集したのが『黄金伝説』三部作に他ならない。ここで作者は戦後の瓦礫の街に出現した奇跡、イヴやイエスや聖女話のコレクターなのだ。とはまた、言い換えれば庶民の逞しく生きる姿に感動し感激はするが、だからといって彼、彼女らとともに生きようというわけではない、ということでもある。

『焼跡のイエス』の場合は、「わたし」はあの生活難の時代のさなか、上野公園で太宰春台の墓石の拓本を採ろうというような人物である。「わたし」は鷗外先生のつもりかもしれないが、実際は石川淳が揶揄した江戸風景のコレクター荷風散人とよく似ているのである。彼は浮浪児の欲望は我が欲望に他ならないと気づいて、自分は「市場の中のいちばん恥知らずよりも恥知らずで、まことに賤民中の賤民」に違いないと反省しているが、「わたし」ができものだらけの浮浪児とともに生きたといえるのは、彼に幾ばくかの金品を奪われてしまった、いわばその程度だった。

既に見た吉田健一『瓦礫の中』の主人公は、米兵が拾って面倒をみてくれていた戦災孤児を彼から引き取って就職の世話や結婚の世話までしている。が、『焼跡のイエス』の「わたし」は決してそんなコミットはしない。彼は、思想のなかにさえ引き取ってしまえば、現実のことなどどうでもよいのであろう。それはたとえば、一等車輛に乗りこんできた無知な女中ッ子が思いがけず美しい家族愛を見せたことに感動したと大仰なことを言っている芥川龍之介『密柑』の主人公、偉かった大正時代の知識人と少しも変わりないのである。

『黄金伝説』の場合は、戦中の食糧事情、交通事情の最悪ななかで「三四ヵ月」も旅を続けて尋ね歩いた想い人を、にもかかわらずあっさりと黒人兵に取られてしまって、彼には何の悔いもないらしい。そればかりか、そのことによって「からだのぐあいがたちまち順調に復した」とさえ言っているのはすでに見たとおりだ。だが、そうだとすれば、彼の恋とはいったい何だったのだろうか。女が、聖女が、もし民衆であるのならば、彼はここで民衆をアメリカに攫《さら》われてしまったことになるが、そのことに何の痛痒も感じないのだろうか。女性を見棄てることによって、結果的に占領政策にも手を貸しているのだということを、彼は自覚しないのだろうか。アメリカに首根っこを押さえられた戦後の歴史は、まことに〝これを「わたし」よりする〟と、今の私は思う。いや、「女の勘定はかならず男の帳面に於て借方に記入するというのが不易の関係」だとも言っている彼だから、それなりに覚悟があったと見るのが正しいだろうか。ならば、民衆を神や聖女に見立てて、そのため払いきれない負債を負い続けているのが、日本の戦後と戦後文学の歴史だと言ってもよい。

もう多言は不要だと思うが、『黄金伝説』の主人公が聖女に見立てて、しかしあっさりとアメリカに渡してしまった「女」を、『恋文』の真弓礼吉は、それをアメリカから取り戻すべく苦悩し、格闘していたのだ。そしてそれが、責任を持つ、ともに生きるということであるだろう。だから礼吉も山路も、彼らは女たちに寄生して生きているに過ぎないなどとはフェミニズムふうな言い分であって、正しくは、対アメリカという局面においては、彼らは共犯者であり、協働関係なのだ。男が働くとき女がそれを助け、女が稼ぐとき男がそれを助けるのは、いわばアダムとイヴ以来の「不易の関係」ではないだろうか。

『黄金伝説』の「わたし」は大きな黒人兵と女が抱き合った現場から一目散に逃げ出して、それで「からだぐあい」も「時計」も「順調」になったなどといかにも傍観者らしいことを言っているが、一方『雪のイヴ』で言えば、ここには主人公たる人物に名前さえ与えられていない。巧妙に人称が避けられていて、主人公は「わたし」とさえ言わない。だから、何やら権威に満ちた高い教養それ自体が背広を着て帽子を被って瓦礫の街を睥睨《へいげい》しながら歩いている図が思い浮かぶが、言い換えればここでの主人公は抽象的思想的な記号に過ぎないのであって、具体的に生きた人間ではないのだ。そしてそのことは『黄金伝説』三部作に共通した性格であるだろう。『恋文』の真弓礼吉は一度は日本の男たちを裏切った女をアメリカから取り戻し、彼女とともに暮らすためにこそ不器用な自分を励ましている。真弓礼吉のいささか旧式な女性観を、『堕落論』や『黄金伝説』で笑うことはできないのである。

犠牲羊の叫び

大江健三郎『人間の羊』（昭和三三年二月）、ここには、言ってみれば『黄金伝説』の「わたし」が現代の聖女だと見立てて、しかしそれだけで満足して結局は見捨ててきてしまった女性の、その後の姿が描かれている。ここでは、そのあたりの事情を少し順序だててみてゆきたい。『人間の羊』はこんな話である。

——アルバイトの家庭教師からの帰途、「僕」がバスに乗ると後部座席を占めた数人の米兵が傍若無人に振舞っている。その一人が小柄な日本人の「女」を膝に乗せて、「水みずしくふくらんだ」唇を摺り寄せては何か卑猥なことをささやいているらしい。明かに酔っている「女」はそれを煩がり、怒り、「こんちくしょう、人まえであたいに何をするのさ」と罵る。やがて米兵の膝を離れて近くに座っていた「僕」の方に身を寄せると、「あたいはさ、東洋人だからね」「あたいは、このぼうやと寝たいわよ」、「あんたたち、牛のお尻にでも乗っかりなよ」と、「僕」の肩に腕を巻きつけてくる。「僕」が思わず女の腕を振りはらった時、ちょうどバスが大きく揺れて、女は投げ出されたように、スカートが捲くれあがったまま床に仰向けに倒れてしまう。米兵の一人がすぐ助け起こすが、それとともに「僕」の方に向かい、胸ぐらをつかんで激しく罵る。そしてとうとうナイフを突きつけて脅し、「僕」のズボンと下ばきを引きはぎ、床に四つん這いにさせる。見ていた米兵仲間も加勢して、「僕」の冷たくなった尻を打ちながら、「羊撃ち、羊撃ち、パン　パン」と手拍子で歌いだす。ナイフを持った米兵は調子に乗って他の乗客を次々立たせては同じようにその尻を剥いて、四つん這いの行列を作り上げるが、終いにはバスを停めさせて運転手にまで同じことをさせる。そして、ひとしきりすると、悪戯に飽きた子供のように、女性を引き連れてバスを降りていってしまう。

『人間の羊』はこんな話、いや、小説としてはまだこの後、残った日本人乗客たちの間でさらに陰惨陰鬱でやりきれない展開があって、ここまでは全三幕のなかの第一幕といったところである。しかしここでは二幕以降は措くことにしよう。第一幕とは性質の違う問題を持つからである。第一幕の、この車中光景を見て私がここで提示したいのは、この女性こそ、『黄金伝説』の「わたし」が横浜で見捨ててきた女性、聖女であったはずの女性の後の姿、本当の姿ではないのか、という疑問である。

余談になるが、基地の町横須賀で育った私は、おおむねは酔った米兵の引き起こす騒動を日常茶飯のように見ていた。そうした騒ぎが日本人のそれと決定的に違うのは、周辺の者、つまり日本の男たちがまったく手出しできないことだった。ただ、遠巻きにして見ているばかりだったが、そこには体格の格段の違いや占領軍兵士に対する恐れもあったろうが、それ以上に、ことばが通じないために仲裁が仲裁にならなかったという事情があった。手を出せば火に油を注ぐ結果にしかならなかったのである。

この『人間の羊』の事件も同じような事情が働いていたかもしれない。フランス語の家庭教師をしているという「僕」が、米兵たちにもう少しことばで対抗できていたら、事態はこんなに無惨なことにならずにすんだかもしれないのである。「僕は謝りの言葉をさがしたが、数かずの外国兵の眼に見つめられると、それは喉にこびりついてうまく出てこない」と、英語がまったくできなかったわけではないのに、彼は、米兵に取り囲まれていると意識しただけで固まってしまった。誰でもそうであろうが、笑顔の異国人にならば、まだおぼつかない単語を並べてみる元気も出てこようが、もともとは関わりたくない、見たくも知りたくもない状況にいきなり引きずり込まれたようなものだから、彼がまったく「不意の啞」になってしまったのも無理はないと言うべきか。しかしついでに言うと、この主人公はこの後、第二幕でも第三幕でも、つまり「外国兵」に対してばかりではなく、日本人に対しても一貫して無言を通している。執拗と言いたくなるほど彼の沈黙は最後まで続くが、それは彼の眼を通して語られている状況観察の明晰さ達者さと比べて見事な対照をなしている。ここに詳論は省くが、主人公「僕」のこの沈黙は、戦後という時代への拒否でもあるのだろう。

こうして米兵たちの常軌を逸した暴力が始まり、エスカレートしてゆくことになるが、しかし、作者はどう意図していたのか分からないが、彼らの理不尽に見える日本人苛めにも、それなりの理由、根拠はあったのだと、私には読める。

ことの始まりは「僕」が、抱きついてきた「女」の腕を辟易して払いのけたこと、そしてそのとき折悪しくバスが揺れたために女性が投げ出されてしまったこと、それを米兵が、「僕」が女性を突き飛ばしたと誤解したところから始まった。だから「僕」が、それは誤解だとことばで表現できていれば、米兵の悪感情も鎮められたはずだが、彼の臆病で不器用な無言が、米兵には自分たちへの無視、黙殺だと見えたに違いない。それが彼らの怒りをあおり、助長させる結果となったことは否定できない。しかし、米兵の悪感情は、その原因はそれだけではなかったはずだ。「僕」が女性を突き飛ばしたという彼らの認識は、むしろ暴発のきっかけであって、日本人男性たちへの怒り自体はそれ以前から彼らの意識のなかに鬱積していたのではないだろうか。

あたいはさ、東洋人だからね、なによ、あんた。しつこいわね、と女はそのぶよぶよする躰を僕におしつけて日本語で叫んだ。甘くみんなよ。

こんちくしょう、人まえであたいに何をするのさ、と女は黙っている外国兵たちに苛立って叫び、首をふりたてた。

僕は女の躰をさけて立ちあがろうとしたが、女のかさかさに乾いた冷たい腕が僕の肩にからみついて離れなかった。そして女は、柿色の歯茎を剝きだして、僕の顔いちめんに酒の臭いのする唾の小さい沫《あわ》を吐きちらしながら叫びたてた。

こんな情景を見て、われわれは「僕」に同情すべきだろうか——女性が救いを求めて、これだけ魂からの叫びを発しているにもかかわらず、「僕」をはじめバス内の男たちは誰一人として、それを聞いてやろうとはしないばかりか、揃って無視し続けている。ここで占領軍の「羊撃ち」刑に遭ったのはバスの中の男たちであったが、しかし戦後というバスの中で、本当の「人間の羊」、犠牲羊は、他ならぬこの女性なのだ。そのことを少しも理解しない男たち、そんな日本人男性全体への、米兵たちの怒りこそが、「僕」の女性突き飛ばしを機に爆発したのだ。だからこそ、彼らの「羊撃ち」は「僕」だけにとどまらず他の乗客全体にまで波及したのだ。

敗戦後の日本が、その占領軍対策として最初に取り掛かったのが八月一八日、玉音放送、敗戦宣言の三日後の「特殊慰安施設協会」設立の内務省令だったという事実。それは言うならば、異界の鬼に犠牲娘を差し出して村人たちの生活を守ろうという、太古からの記憶に従ったのであろう。今度も弟橘媛《おとたちばなひめ》や唐人《とうじん》お吉で行こうと、為政者たちの無意識が判断したのだろう。そして、そうすることによって村人、敗戦後の日本市民の生活は守られ、戦傷からの復興も果たしたのだが、しかし当の市民たちは『恋文』の真弓礼吉のように、大方はその犠牲羊たる女性たちを民族の裏切り者、ときに人倫からの堕落者だとみなして、その事実にも真の意味にも蓋をし続けてきた。そうしたなかで、繰り返すが、ごく少数の者だけが、戦争未亡人たちの転向を人間性の自然であり、解放であり、時代の救世主でさえあるのだとみて、理解を示したわけである。『黄金伝説』の「わたし」などはその代表的な一人だが、しかし、「特殊慰安婦」を現代の聖女だなどと称賛した彼の行為は、見方を変えれば日本の占領政策を裏から支えてきたことになるはずだ。そして、この事実を戦後派ふうに言えば、そこには明らかに戦後派文学者たちの戦後責任があったのだ。そういう意味で、戦後派の作家たちも、このバスの中の男たちと本質的には少しも変わりがないのである。

もう一度バスの中に戻ろう。

米兵による日本の男たちへの「羊撃ち」が始まったとき、あれだけ米兵たちを罵っていた女性は、しかし彼らの暴力を止めようとはしない、しないばかりか、彼らと一緒になって歌を歌い始めさえしている。いや、仔細に見れば一度だけ、「あんた、もう止しなよ」と声をかけているが、それはナイフを持って日本の男たちの尻を次々に剝いでいる米兵にではなく、大人しくいつまでも尻を出し続けている「僕」に対してなのである。その同胞としての彼女の篤い忠告さえ「僕」の無言は無視したが、その後俄然、彼女は「破れかぶれのように声をはりあげて外国兵たちの歌に合唱しはじめた」のである。そして、やがては、日本の男たちをそのままに、バスを降りて行った米兵たちに従って、彼女も黙ってともに立ち去って行く。それは、日本の男たちが、彼女の悲痛な叫びを聞き取ろうとせず、無視し、蔑視していた以上、彼女としては日本人のなかには住めないからであるだろう。彼女は嫌でも自分を受け入れてくれる「外国兵」たちに従うしかないのである。そこには、嫌いながらも差別されるもの同士の底の深い呼応、連帯感があったに違いない、というのが私の読み方である。日本人のなかにあっての、彼女の深い孤独に気づいていたのは、日本人ではなくて、かえってこれらの「外国兵」たちだったのである。

『人間の羊』は、大江健三郎が『飼育』によって第三九回芥川賞を受賞した昭和三三年に発表されているが、この小説に描かれた事件がいつごろあったものか、作中には特定されていない。また、私は話の要をとって「米兵」だとしてきたが、小説中には終始「外国兵」とだけ記されていて、とくに米兵だとは限定されていない。だから厳密には日本に駐留する連合軍であって、必ずしもアメリカ兵だとは言えないことになる。しかし、この小説のあちこちに描かれた「外国兵」の姿態や発音からも、彼らが黒人兵であり、それも陸軍の兵士であることは疑いようがない。作者は何故そう記すことを避けたのかは分からないが、あるいは『黄金伝説』が「黒い兵士」と書いたことによって占領軍の検閲を通らなかった歴史を、編集者あたりが示唆したのだろうか。いや、この作品が発表された昭和三三年は、形式的にはもはや占領時代ではなかったし、従ってGHQ検閲もなかったから、この曖昧な、いかにも具体性を欠く「外国兵」という表記には、やはり作者の別の意図があったのだろう。作者の真意、またモデルになる事実があったのかどうかも分からないままに、私はやはり事件そのものは昭和二十年代の後半のこと、つまり朝鮮戦争最中、少なくともその直後のことではなかったかと読むのである。

というのは、当時の基地の町の住人たちなら誰でも知っていることであったが、朝鮮戦争の最中はとりわけ米兵たちの、はっきり言えば黒人兵たちの狼藉騒ぎがことのほか激しかったという事実があるからだ。私が小学校六年のときだったが、近所の銭湯に数人の黒人兵が押し入ってきて大騒ぎになったことがあった。今考えれば、あれも朝鮮戦争余波のひとつだったのであろう。銭湯ではそれまで、日本人に混じって大人しく作法に従っている白人は何度か見ることがあって、われわれ子供はそれを手伝ってやったり、くっ付いて歩いたりしたものだった。ところが風呂に入りにくるのではなく、いきなり女湯に押し入ってきたのは、あのときの黒人兵の例だけだったのではないだろうか。

それでもうひとつ余談になるが、米兵たちの狼藉が日常のことであった横須賀では、そうしたなかで最もたちの悪いのがマリン、つまり海兵隊員で、次がアーミー、陸軍兵だということになっていた。それはおそらく、戦場で過酷な場所に立つ度合いに比例していたのであったろう。そして先に言った市民たちの大人しさとは反対の話になるが、彼らの狼藉が始まると、遠巻きにしていた市民たち――といっても、ほとんどは米兵相手に何らかの商売をしている人たちであるが――の一人が、隙を見て素早く兵隊の帽子やネクタイなどを奪って逃げるのが、そういう場合の対処の仕方であった。兵士たちは服装が不完全だと基地のゲートを通過できず、帰隊できなかったからであるが、遠巻きにしている一般市民たちの輪は、そういうとき役に立ったわけである。おそらく占領下も四、五年もたつと、基地の町の人たちはそんな知恵を身につけるようになったのであろう。

こうした基地の町の裏マニュアルに、とくに黒人兵という項目はないが、それは私が遠巻き側の、しかも子供であったからであろう。しかし、それでも町の女性たちが黒人兵の客をあまり歓迎しなかったということは町の人たちはみな知っていた。だから松本清張『黒地の絵』（昭和三三年）を読んだとき、私にはこの事件のもうひとつの背景も想像できたのである。

『黒地の絵』は朝鮮戦争中に九州小倉町で実際にあった事件をもとにした小説だが、前線に送られるべくキャンプに駐屯していた黒人兵が集団脱走した事件を扱っている。黒人兵たちは民家に侵入し、暴行略奪を働いたが、占領下のために事件はうやむやのうちに葬られてしまう。なかで、妻が五人の兵に見ている前で犯された夫妻はそのため離婚してしまうが、後にその夫が戦場から送り返されてくる兵士たちの死体処理アルバイト中に、特徴のある刺青によって犯人の黒人兵を見つけ、死体を切り刻んで復讐するという話である。小説には松本清張らしく、米軍における黒人兵の割合は三分の一程度であるのに、帰ってくる死体は逆に三分の二が黒人兵である、という事実も記されている。

つまり朝鮮戦争時の黒人兵たちは格別に荒れていた、荒《すさ》んでいたのだ。それは彼らがアメリカ社会で、米軍という組織のなかで、とりわけ朝鮮戦争の戦場で過酷な差別を受けていたからである。こうして差別に対しては敏感たらざるを得なかった彼らが、それゆえにバスの中の日本の男たちの、あの女性に対する無視を、差別を正しく感じ取っていたのだ。それが彼らに日本人男性への「羊撃ち」刑をさせた理由であったし、「羊撃ち」が「僕」だけにとどまらなかった理由でもあった。

＊

大江健三郎『人間の羊』を、その第一幕を、私はこんなふうに読むが、ここにはなお二つの問題が残っている。一つめは、初めにも断ったように、この小説自体はあと二幕分の展開があって、それらを見なければ全体について何かを言うわけにはいかないということ。しかし第二幕以降は、この第一幕の事件からの波紋ではあるが、私の当面の問題からは外れるので、ここではそれを追いかけないことにする。二つめは、私はバスの中の女性こそ戦後社会の犠牲羊だったと読んだが、それは私の、いわゆる深読みであって、おそらく作者の意図にはなかったことだと思われるので、そのことについて少し補足しておきたい。

『人間の羊』を収録した最初の単行本『見るまえに跳べ』（昭和三三年）のあとがきで、作者はこんなふうに言っている。「強者としての外国人と、多かれ少なかれ屈辱的な立場にある日本人、それにその中間者としての存在（外国人相手の娼婦や通訳など）、この三者の相関をえがくことが、すべての作品にくりかえされた主題でした」と。これに従えば、私が今「屈辱的な立場にある日本人」のなかで、さらにその日本人からも差別された「存在」としての「外国人相手の娼婦」として読んだのに対して、作者自身はむしろ特権的な立場にある女性として描いていたのだということになる。たしかに、女性は事件の後半からは「強者」の側につき、最後には「強者」とともに去っているのだから、まったくの被害者であった他の男性たちとは違う場所にいたことになるわけだ。しかし、これはどういう意味になるだろうか。

たとえば『人間の羊』と同じ単行本に収められた『不意の啞』（昭和三三年）では、米兵とともに村にやってきた傲慢な日本人通訳、米兵以上に尊大な通訳が村人たちによって密かに殺されてしまうが、彼などはまさに「強者」と「屈辱」者の間にいた、そして自分を「強者」の側に置いた特権的な「中間者」だということになろう。あるいはまた、こんな例もある。大江小説には『見るまえに跳べ』や、長編『われらの時代』(昭和三四年)などに見られるように、主人公の青年が年上の「外国人相手の娼婦」の愛人として庇護を受けながら暮している、という設定がある。これは俗に言うヒモとか若い燕ということになるだろうが、隠れて存在するのではなく、堂々と一緒に暮していることと、しかも女性が街に立つような娼婦ではなく、インテリ外人のオンリーだとされているところがいささか変わっている。私がわずかに知る基地の町の裏マニュアルにはそういう存在はありえないからだ。むろん病夫その他親族を養っていたりヤクザが付いていたりという女性はたくさんいるが、そうであっても、それはみな陰の存在であって、大江小説のように堂々と同棲していたり、ましてやその愛人男が女性の客である外国人と友人のように付き合ったり知的な会話をするなどは想像もできないあり方だ。学生時代にこれらの小説を読んだ私は、東京にはこんな高級な、スマートな外娼もいるのかとカンシンしたのだが、いま読み返してみればそれはとんだ迂闊であった。これらの女性たちは、そのキャラクターはともかく、歴史的社会的な存在としての「外国人相手の娼婦」としてはまるでリアリティーがない。つまり彼女たちは大江小説にたくさんある仕掛けの一つ、観念的象徴的な存在なのだ。だから主人公たちは、やがて彼女らの庇護を離れて独立――と言ったって、今よりさらに困難な、絶望的な状況へ身を追いやるのだが――という経過となるわけだ。作者の意図としては、これらの女性たちもまた「中間者」、より「強者」に近い特権的な存在なのだから、青年の独立のためには、まずその庇護を離れなければならないというわけである。そしてこれが、言ってみれば作家大江健三郎の反安保の思想でもあるに違いない。

だが、それにしても「外国人相手の娼婦」が、「屈辱的な立場にある」占領下の一般市民よりも

「強者」に近い「中間者」であるとは、私には何とも納得しにくい図式であり、分類である。これは、大江健三郎だけが持った独特な、特異な認識、位置づけではないだろうか。そして、再度『人間の羊』のバスの中の光景に戻れば、バスの中のあの女性、「あたいはね、東洋人だからね」と叫んでいたあの女性が、男たちの「屈辱」とは比べものにならないほどの「屈辱」に耐えて生きているのは、誰が読んでも明らかであるだろう。作者はそれを描いておきながら、その声を、あの悲痛な魂の叫びを自分では聞き漏らしているのではないだろうか。ちょうど、バスの中の男たちが皆それを聞き取らず、尊大にも自分たちの「屈辱」にばかりこだわり、埋没していたように。

ハウスで見る夢

村上龍『限りなく透明に近いブルー』（昭和五一年六月）に、主人公「リュウ」が語る次のような夢の場面がある。引用が少し長くなるが、なかなか魅力ある情景でもあるので、楽しんでいただければ幸であるが――。


リリー、車でドライブしたことあるだろう……その走ってる車の中でね、いろいろ考えるだろう？　……するとその考えが車から見る動いていく景色と重なっていくわけ。……

それで俺は自分の好きなようにその見る物と考えていたことをゆっくり頭の中で混ぜ合わせて、夢とか読んだ本とか記憶を捜して長いことかかって、何て言うか一つの写真、記念写真みたいな情景を作り上げるんだ。

新しく目にとび込んでくる景色をどんどんその写真の中に加えていって、最後にはその写真の中の人間達がしゃべったり歌ったり動くようにするわけさ。動くようにね。すると必ずね、必ずものすごくでっかい宮殿みたいなものになるんだ、いろんな人間が集まっていろんな事をやってる宮殿みたいなものが頭の中ででき上がるんだよ。

そしてその宮殿を完成させて中を見ると面白いんだぞ、まるでこの地球を雲の上から見てるようなものさ、何でもあるんだから世界中の全てのものがあるんだ。……

映画のセットなんかよりはるかに巨大でもっと精密なものなんだ。いろんな人がいるよ……盲人や乞食や不具者や道化や小人、金モールで飾りたてた将軍や血塗《まみ》れの兵士や女装した黒人やらプリマドンナや闘牛士とかボディビルの選手とか、砂漠で祈る遊牧民とかね、全部の人が会場にいて何かしているんだ。それを俺は見るわけさ。

移ってゆく景色と意識の流れとが重なって合成写真のような、またそのコラージュのような、この夢想の「宮殿」図は、いかにも美大生らしい夢・想像の働き方だ。といってもこのリュウは「休学中」とあるだけで、何処の学生だとも書かれていないが、だとすればいっそう、「リュウ」と作者「龍」を重ねて読むことが許されるであろう。ただ問題は、そうした「遊園地」に招待されて、さて、もはや子供ではない我々も一緒に楽しめるかどうか、ということになろう。これらは、私には、たとえば新聞の元日付録ページになんかによくある「未来社会の図」、イラストマップのようなものに見えてしまう。というのは、この「宮殿」はただの「遊園地」には終らず、次の段階では「都市」だとも言われているからだ。

この前さあ、ジャクソン達と河口湖行った時ね、俺ＬＳＤやってたんだけど、その時また宮殿作ろうとしたらさ、今度は宮殿じゃなくて都市になったんだ、都市さ。
道路が何本も走って、公園や学校や教会や広場や無線塔や工場や港や駅や市場や動物園や役所や屠畜場がある都市さ。その都市に住んでいる一人一人の顔付きや血液型まで決めたよ。
俺は思うんだ、俺の頭の中みたいな映画を誰か作らないかなあっていつも思うんだ。

ここまで読んできておのずから気付くことは、これは、つまりこの小説のことなのだという事実であり、もっと言えば、この「宮殿」や「都市」は、そのまま村上龍の世界であり、この独白はその自解に他ならないということである。そう考えればさらに、作者はこれらのイメージを少しずつ独立させて、後には自ら脚本・監督した映画をいくつも作っているはずである。一九歳の「リュウ」が「誰か作らないかなあ」と言っていた夢を、その後の「龍」が自ら実現したわけである。処女作には全てがあっただけではない、マイケル・ジャクソンと同様、村上龍もまた自分用の「遊園地」を、ただしそれをことばと映像で、それなりに実現させたと言うべきであろう。

作家村上龍がよく勉強する人で、小説にはいつも世界の尖端的な情報を盛り込み、教えてくれる人であることは知る人も多いであろう。雑音にも等しい都会のさまざまな現象、情報を取り込んだ、先の合成写真の「都市」が、まさに村上龍の世界そのものなのだ。そして、その村上ワールドとは、つまりはこうした現代社会現象をコラージュした「遊園地」なのである。

いつも宮殿は海の辺にあってきれいなんだ、俺の宮殿なんだよ。
自分で自分の遊園地を持ってて好きな時におとぎの国に行って、スイッチを入れて人形が動くのを見るようなものさ。

今度三〇年ぶりに『限りなく透明に近いブルー』を読み直して改めて気付いたことがいくつもあったが、その一つに、これは「ハウス」小説だった、という事実がある。ハウスとは、むろん犬小屋でも兎小屋でも、温室でもマイホームでもない。それは米軍基地周辺の、具体的には横田基地に接した福生市の米軍向け賃貸住宅のこと。新井智一『東京福生市における在日米軍横田基地をめぐる「場所の政治」』（「地学雑誌」一一四号、二〇〇五年）によると、そこにはこんな背景があった。

朝鮮戦争をきっかけに横田基地への軍事力集結を図った米軍は、滑走路の延長などの整備とともに、基地内にあった住宅では充たせなくなったために、福生町（市）に軍人家族用の「ハウス」の建設を要請した。それは平屋の一戸建てで、全室洋間、一〇畳以上のリビングと庭があること、という規格条件だった。そして家賃は二万五千円から四万円という高額。この話の始まったのは昭和二九（一九五四）年のことだが、当時の大卒初任給が九千円くらいの時代である。高収入を見込んだ町は早速要請に応じて次々と農地を潰してはハウスを作ったが、それが昭和三五年までには一五二三軒になったのだという。それはそのままベトナム戦争の時代にも続いたが、その最も激しかった時期、昭和四六（一九七一）年、戦闘機部隊の沖縄移駐など、在日米軍基地配備の再編があって横田基地の役割が変わり、駐留軍人の数も一挙に減少した。当然ハウスには空き家が続出したが、そこへ日本人が入るようになったというわけである。その頃、大卒初任給は四万二千円くらいになっていたから、ハウスの家賃がそれほど上がらずにいれば、少し贅沢ではあるが、日本人が住むことも可能であったことになる。広い敷地内の——と言ったって日本の民家と比べての話だが——一戸建てであり、広い板の間があったから、とくに音楽関係者が多く移り住んだということである。

『限りなく透明に近いブルー』、そのロックとファックとドラッグと暴力の世界は、こんな背景のなかで生れた小説だった。主人公リュウは一九歳の少年だが、米兵から薬物を流してもらう代わりに、彼らに日本女性を提供し、乱交パーティーを開く、そんな生活をしているらしい。登場する米兵は女性も含めて皆黒人兵ばかりだが、日本人の方も沖縄をはじめさまざまな地方出の者ばかりだ。そのせいかどうか、みな個性のないカタカナ名前で呼ばれている。リリー、ケイ、モコ、レイ子。男はリュウ、ヨシヤマ、オキナワ、カズオにサブロー。こんなふうに彼らはみな日本人であることから逃げようとしているらしい。米軍黒人兵はボブにダーハムにジャクソンにオスカー。

これらのメンバーによるパーティーというわけだが、パーティーといったって、要するに酔えればよいのだから、酒とクスリと大音量の音楽ばかり。ただドラックの種類は豪勢である。ヘロイン、コカイン、メスカリン。ボンド、シンナー、グラス（大麻）、LSD。ハシシ、モルヒネ、ニブロールと、何と一〇種類。出てこないのは、古典的なアヘンとヒロポンくらいか。これらの材料や効能を一緒に読んだ学生たちから教わったが、とうてい憶えきれなかった。ある日とうとう彼らのハウスは警察に踏み込まれるが、それはドラッグがばれたからではなくて、昼間から裸で庭をうろうろされては通りがかりの人のほうが恥ずかしいから注意せよということだった。

そして、こんなパーティーのなかで主人公リュウは黒人兵ジャクソンに命じられて女装するが、そこでリュウの顔の上に跨《また》がったジャクソンはこんなふうに言う。

おい、リュウ、お前は全く人形だな、俺達の黄色い人形さ、ネジを止めて殺してやってもいいんだぜ。

初めにも見たように、リュウは自分用の「遊園地」を夢見ていたが、しかし何のことはない、その「遊園地」で「スイッチを入れ」ると、ぐるぐる回ったり踊ったりしている「人形」は当のリュウ自身に他ならなかったわけである。

ここでジャクソンの言う「ネジ」とは、直接的にはドラッグのことになるが、彼らのパーティーを成り立たせている、これら豊かなドラッグとは即ち朝鮮戦争（一九五〇〜五三）とベトナム戦争（一九六〇〜七五）の副産物に他ならない。そしてそれらを最も必要とし、大量消費したのが「米軍黒人兵」たちだった。『限りなく透明に近いブルー』に、米兵としては黒人兵しか登場しないのは、そういう意味であった。リュウたちは、敗戦直後の日本人が米軍放出物資で生き延びたように、いま彼らはベトナム戦争の副産物によって、その放出物資によって、一時の夢を見ているわけである。まさに「俺達の黄色い人形」、アメリカ文化の、その暗部の象徴なのだ。

ちなみに付け加えておくと、『限りなく透明に近いブルー』が一〇〇万部を超える大ベストセラーとなって、それとともにその舞台である基地の町やハウスが評判になり、乗り込んでくる若者が増えた。そのため福生市議会では「悪の巣」になりがちなハウスへの対策が議題にされたこともあったのだという。

改めて言うが、『限りなく透明に近いブルー』は昭和五一（一九七六）年六月、「群像」新人賞を受賞して登場、そのまま七月、芥川賞を受賞して評判をあげた。この年は、これも改めて言えば東京オリンピック（昭和三九）――それも再々度改めて言えば、日本の経済力や文化が、やっと世界からお客さんを迎えられるようになった表象であるが――からでも既に一二年が経っていたのだ。さらに、政府（経済白書）が「もはや戦後ではない」（昭和三一）と言った年から数えれば二〇年も経っていた。その間、日本は確かに「高度成長」を果たしたが、それは同時に、こんなふうに国籍不明な若者たちを育てた歴史でもあったし、裏返して言えばアメリカが、その退廃的文化が、こんなふうに日本の若者たちを骨の髄まで「占領」した歴史でもあったわけだ。

*

『限りなく透明に近いブルー』と並べて見ておきたいと思ったのは山田詠美『ベッドタイムアイズ』（昭和六〇年）である。デビュー当時も新鮮で爽やかな印象があったが、今度読み返してみてもそれは変わらなかった。というよりも、こうして「戦後文学とアメリカ」、そのなかでも黒人兵がどう描かれてきたかという流れのなかに置いてみると、この一編が俄然新しかったこと、画期的でさえあったことが改めて見えてくる。ここには、自分の愛人が黒人兵であることを誇りにこそすれ、何の後ろめたさでも負い目でもない若い女性がいる。それはまるで子供が好きな玩具を手に入れたような素直な喜びであり、得意さである。しかし、だからといって女主人公キムが特別な女性、石川淳がそうと納得したがったような「聖女」でも「イヴ」でもない。ちょっと変わり者ではあっても普通の女、何処にでもいる若い娘の一人なのである。だが、その信じがたいような自然さや自由さに対比すれば、これまで見てきた戦後文学のいくつもの光景はみな前世紀の遺物のようにさえ思えてしまうから不思議だ。

長年尋ね歩いた思い人が黒人兵に奪われていたと知って、その場から一目散に逃げ出した『黄金伝説』（石川淳）の主人公。それで彼は、その女性を「聖女」に見立てて自らを説き伏せようとしたのであろう。あるいは、バスの中で黒人兵にいたぶられて、「こんちくしょう」「あたいはさ、東洋人だからね」「あんたたち、牛のお尻にでも乗っかりなよ」と叫んでいた『人間の羊』（大江健三郎）の娼婦。車中の男たちはみな、その女性の悲鳴を聞こうとしなかった。見ない振りをしてやり過ごしたのだ。また『黒地の絵』（松本清張）には、米軍内の黒人差別を言いながら、一方にはこんな表現もあった――

「彼らはむき出た目をぎろぎろと動かし、厚い唇を半開きにして聞き入ったであろう。音は、深い森の奥から打ち鳴らす未開人の祭典舞踊の太鼓に似かよっていた」

「日本人の解さない、この打楽器音のもつ、皮膚をすべらずに直接に肉体の内部の血にうったえる旋律は、黒人兵たちの群れを動揺させて、しだいに浮足立たせつつあった」

「太鼓の鈍い音律が、彼らの狩猟の血を引き出した。この狩猟には、蒼ざめた絶望から噴出したどす黒い歓喜があった」

――等々と、黒人兵たちがまるで昨日までジャングルで生活していたかのような解釈や描写が繰り返し綴られている。これには私も閉口、清張さんのためにも嘆かざるを得なかったのである。むろん、まだ映画では西部劇、「インディアン」と騎兵隊の戦闘が人気を呼んでいた昭和二〇年代の話だが、米軍内の黒人差別自体も、つまりは松本清張が書いたような黒人認識があったからではないだろうか。それと同じ穴のムジナであっては差別を告発する資格はもてないのである。

『黄金伝説』も『人間の羊』も『黒地の絵』も、これらに登場する黒人兵たちは、まず何よりも反抗のできない占領軍であり、そしてその上恐ろしい異界の人であった。だから、形は相当にグロテスクではあっても、ともかく黒人兵たちと気楽な友人として付き合い、描いている『限りなく透明に近いブルー』は、その点ではやはり時代を一つ進めたとは言えるであろう。リュウが頭のなかに思い描く「宮殿」や「遊園地」、世界都市の図は、それがラッシュ時の電車のなかでの夢想ではなく、ジャクソンの車でのドライブ中に生まれているという事実は無視できないのである。しかし、黒人兵たちとのもう一つの遊び、パーティーでは、既に見たように、リュウは彼らの「黄色い人形」に過ぎない。一緒に遊んでいるようでいて、実は玩具にされている、遊ばれているだけなのだ。

もちろん、場所はとにかくロックとドラッグとセックスのパーティーのなかでのことである。日常の約束を一切棄てた特殊な空間なのだから、これは差別だなどと大上段から常識的なことを言ってみても始まらない、ということになろうか。しかし私には、ここをどう読んでみても、あの『人間の羊』のバスの中の光景、男たちが尻を剝かれ、四つん這いの行列をさせられて、むき出しの尻を次々と叩かれる、あの場面と本質的には少しも変わらないとしか思えない。

リュウたちをこんなふうに意のままに動かす「ネジ」、ゼンマイが、ここでは彼らの遊びの秘薬であり資金源でもある、黒人兵たちのもたらす「ドラッグ」であることは既に言ったが、そうであるとしても、ここでリュウが何故、バスのなかの女性のように「あたいはさ、東洋人だ」と叫ばないのか、不思議——いや、そうではない、ここで主人公が怒ったり、叫んだり、逃げ出したりするのが、いわば占領下の文学、戦後文学なのであり、そんな怒りなど知らないのが、つまりはポスト戦後文学、村上龍の新しさなのだと言うべきであろう。

だが、その逆説的な新しさとは——。

呼吸するたびに自分のことを忘れていく。からだからいろいろなものがどんどん出ていき、自分は人形だと思う。部屋は甘い空気に充ちて煙草が肺を掻きむしる。

自分は人形なのだという感じがますます強くなる。あいつらの思うままに動けばいい、俺は最高に幸福な奴隷だ。ボブがエロティックだと呟き、ジャクソンが静かにしろと言う。オスカーは灯りを全部消してオレンジのスポットを僕に向ける。時々顔が歪んで恐怖の表情になる。目を大きく開き体を震わせる。叫んだり、低く喘いだり、ジャムを指で舐めワインを啜《すす》り髪をかきあげ笑いかけ、また目を吊り上げて呪いの言葉を吐いたりする。

ジャクソンに「俺達の黄色い人形さ」と言われる少し前の場面である。リュウにもやはり「恐怖」があり、「呪いの言葉」があるのだと読みたいが、それはしかし、ドラッグがもたらす世界へのそれであって、けっして占領軍や黒人兵へのものではない。彼は自ら進んで「人形」になることを望んでいるのであり、「あいつらの思うままに動」く「奴隷」であることが、彼にとっての「最高の幸福」の達成であり、彼はここで何よりも「自分のことを忘れて」いるような人物なのだ。ジャクソンに「黄色い人形」だと決め付けられて、それを彼が差別だとも恥辱だとも意識していないのはこんなわけであった。「人形」であることが、むしろ彼の夢の、「遊園地」の実現、保証でさえあったのだ。これを社会象徴として見ればマッカーサー時代への逆戻りの構図以外の何ものでもない。私がアメリカの日本占領は此処に極まったと言った所以であるが、こんな無惨な、悲しい話が『限りなく透明に近いブルー』という小説なのである。

話が少しばかり後戻りしたかもしれないが、こうした前例を見てきた我々としては、『ベッドタイムアイズ』に出会って、そこに描かれた一人の女性を知ってやっと、日本人というものにホッとできるのだ。ああ、これはもはや占領下の話でも、黒人恐怖、人種差別の話でもないのだ、と。そして、この小説のこの新しさ、自由さは何処から来るのかと問うと、私などから見れば全くの新時代、新人類の出現、まるまる高度成長日本のなかに育っている作者のことを思わざるを得ない。そこには、豊かであることに何の疑問も、後ろめたさの影もないからだ。
しかし、こんなふうに言ってしまうと、もう結論が出ているようなもので面白くもないが、せっかく読み始めた『ベッドタイムアイズ』にもう少し付き合うならば、この小説の新しさは、それがいわば〝肉体の物語〟だからだということがある。

私の思惑とは別にスプーンは自分の体でとらえたことだけを口に出す。彼は考えを持たない。体で反応したものだけが彼の言葉を使う。音楽があるから踊るのではなく、体が動き始めるから音楽を必要とする。彼の舌は私の体をダンスしながら音楽を奏でている。

小説などは読むのも書くのも、つまるところは精神の営みであるが、しかしその精神はいつも肉体に引きずられたり敗北したりしている。精神は永遠に、あるいは死ぬまで肉体コンプレックスから自由になれないのだが、それを打ち破ろうという試みもたくさん行なわれてきた。前に見た田村泰次郎の肉体文学の提唱などもその一つと見てよいであろう。しかし彼の「肉体の解放」肉体主義というイデオロギー自体にその尻尾が現れているように、肉体を神棚に上げたとたん、それは既に肉体ではなく、肉体という名の精神になってしまうのだ。こうして肉体と格闘するかぎり真の肉体は摑めないのだが、格闘などしようと思わない、そんな二項対立など意識しないとき、かえって肉体は肉体として生きてくる。
『ベッドタイムアイズ』の主人公キムは自分の肉体の促しに忠実に従うことを自分の生き方とする女性だ。少し後の長編『熱帯安楽椅子』（昭和六二年）には、「始まりは、いつも肉体である。セックスを含む、目や口や鼻を通しての肉体がすべてを始めるのだ」ということばがあるが、それは『ベッドタイムアイズ』のキムにも当てはまるであろう。そして『熱帯安楽椅子』の主人公が旅先でタクシーの運転手やホテルのボーイを誘惑相手に誘い込んだように、『ベッドタイムアイズ』のキムがその相手として直感的に選んだのが、「考えを持たない」一人の黒人兵スプーンだった。

小説は彼との甘くも激しくもある数カ月の〝肉体生活〟が描かれている。それは一昔前ならば爛れたとか、動物的なとかと形容されてしまうようなものだし、逆にその反動として、これが人間の真実なのだといった観念的な力瘤が入ってしまうところだが、そんな観念からも全く自由なのがこの小説の類のない特色である。そこに新鮮な〝肉体の物語〟が生まれることになった。だが、彼らの生活は当然というべきか、長くは続かない。最後は脱走兵であったスプーンの逮捕とともに二人の生活は終り、一時の夢も幕となる。

夢物語――やはりそう呼ぶしかないであろう。キムは別れるときになって初めてスプーンの生い立ちはおろか本名さえ知らなかった自分に気が付くが、そんなところに象徴的に表われているように、彼らの密室での生活には充分リアリティーがあるとはいえ、現実的な意味ではほとんど生活とはいえない。スプーンがドラッグを売り捌いていることや、軍の機密資料を外国に売ろうとしていることなどが書かれているが、そんなこともキムには何の意味も持たない。いや、スプーンが、愛人が脱走兵であること、元来存在できない存在であった間だけが、キムの肉体ユートピアを可能にしたというべきであろう。ただし、ここも強調しておけば、一つには、黒人兵が機密資料を持っている、あるいは彼がそうしたものを扱う部署にいたという事実は、彼を「考えを持たない」男だと思い込んでいたキムを驚かせることになり、「スプーンはあれで案外、頭はよかったのかもしれない」とキムの認識を改めさせることになるが、そこでもう一つ、黒人兵がこんな役割を持って描かれたのは、アメリカ映画のなかでならばともかく、日本の文学では前例がないのである。

皮肉なことかもしれないが、肉体の物語とは精神を排除しているだけではない、実は経済も社会も排除されてしまうのだ。言い換えると『ベッドタイムアイズ』の自由さ自然さは、そうした生活排除の上に成り立っているのだが、そこが、この小説の新しさであるとともに、ある種の軽さにもなっていることは否定できない。山田詠美が少女マンガ出の作家だと言われる所以でもあるだろう。そうして確かに、この近辺の小説『指の戯れ』や『ジェシーの背骨』などは、そう言われても仕方がない軽さしか、私にも計れない。しかし山田詠美の肉体の才能の基本がここにあるのだと思うが、『ベッドタイムアイズ』は確実にそれらとは違うのだ。

『熱帯安楽椅子』は、一人の男を愛するようになってしまったために、言い換えれば肉体が精神に引きずられるようになったことを嫌って、主人公が男を棄てて旅に出た話だが、これは、自分の「孤児根性」のために人を愛せないのではないかと悩んで旅に出た昔の一高生、『伊豆の踊子』（川端康成）の、全く裏返された物語なのだ。男と女が入れ替わり、当時のエリート学生がこちらでは普通の女（小説を書く女性だが、そんなことはここバリ島では何の意味もないと、主人公は言っている）になり、鄙びた温泉地伊豆が、まだ人情の素朴を残す観光地バリ島になって、そして旅芸人の代わりにタクシー運転手やホテルのボーイがいて、その出会いと別れの淡い物語のなかで主人公が癒されてゆく……。

『熱帯安楽椅子』は、こんなふうに高度成長下、フェニミズム版『伊豆の踊子』なのだが、同じように『ベッドタイムアイズ』は、昭和版、ひっくり返された『舞姫』（森鷗外）なのだ。日本のエリート官僚太田豊太郎は、ここでは米軍黒人脱走兵スプーンである。彼は日本の歌姫キムに養われつつ怪しげな仕事をしているが、やがて豊太郎と同様、国家権力によって祖国に連れ戻されてしまう。男女の役割も、それぞれの背負った階級も経済力も、従って主人公自体も入れ替わり逆転された『舞姫』、それが『ベッドタイムアイズ』という小説である。ついでだからもっと暗号をあげてみれば、キムからスプーンを奪ったマリア姉さんは、太田豊太郎を助けたり縛ったりした相沢謙吉である。太田豊太郎はドイツまで行って、日本人の知らなかった「近代的自我」というものに目覚め、その挫折まで味わって帰ってきたが、キムは、日本の男たち、白人たちが知らない「肉体」としての人間をスプーンのなかに発見し、彼らによって一時の「肉体生活」を充たす。しかしそれは結局国家権力によって奪われてしまうが、奪われてみて、その悲しみを知って、キムは初めて「私の心」に、自分の精神に行き当たることになる。「近代的肉体生活」の挫折の物語、それが小説『ベッドタイムアイズ』である。

恋愛小説は、それをハッピーエンドにもってゆくか、風俗小説にでもしないかぎり、『舞姫』の敷いた主人公の挫折、喪失というパラダイムをなかなか出られないが、それをまるでパロディーのように全てひっくり返して見せたのが、『ベッドタイムアイズ』の真の新しさなのである。

Ⅲ

ニッポンとオキナワ

もう一つの民族意識

どこかで「沖縄」という問題を考えなくてはならないと思いつつきたが、私自身がそのなかにいた「本土」とは違う難しい問題もあるし、また何よりも私の絶対的な知識の不足があるため、なかなか踏み込めないでいた。しかし他日を待っていても万全な日など来るわけがないから、無知は無知なりに行くしかないだろう。仮に間違ったとしても、それはそれとして私のなかの第一章となるだろうと考えることにした。

たとえば、戦後文学に描かれた沖縄人は、私にまず次のように語りかけてくる。

秀雄　……僕は、この沖縄に生まれ、沖縄で育ち、沖縄で死ぬ運命をしょわされた人間だからね、あんたの言う自由の国の、自由な国民なんかとは全然わけが違うんだ。……僕はしいたげられ、痛めつけられた人間だ。清国《シン》からいじめられ、薩摩《さつま》から攻撃されて、歯をくいしばって我慢してきた、あの沖縄の伝統が僕の中にあるんだ。あんたのいやがっている劣等意識と、民族意識は、僕にとりついて離れないんだ。それが、僕が生きていく身上《しんじょう》なんだ。……沖縄の人間が、日本からは見離され、あんたがたからは人間扱いをされないでも、じっと我慢して生きているのは、なんていったって、こういう民族意識があるからこそなんだ。

内村直也の戯曲『沖縄』（昭和三五年三月）の中のせりふだが、我々はまずこういう問題にぶつからなければならないだろう。沖縄を日本の全四七都道府県のなかの一つ、他と何の変わりもない一地方だと言おうとすると、永い歴史がそれを許さない。江戸幕府は島津藩を通して、いわば属国として扱ってきたのだし、近代の政府は、それを一種の出城として利用した。出城であったから、たくさんの犠牲を出し、そのあげくはあっさりと手放して敵国の支配に任せることにもなったわけだ。そしてその外国の支配下にある間、本土とは違ったさまざまな差別を受け、それがいまもなお解消されないことは改めて説明するまでもない。「沖縄の人間が、日本からは見離され、あんたがたからは人間扱いされないでも、じっと我慢して生きているのは、なんていったって、こういう民族意識があるからこそなんだ」と。この「民族意識」とは、言い換えれば歴史意識であるだろう。それが単に風土や郷土意識ではすまないところが重要である。現在の現実、この煮えくり返るような思い、それが決して初めてのことではないと、何代もの血をかけて知っているからこそ、「じっと我慢」、耐えていられるのだ、と。

こう言っている「新里秀雄」とは、二五年前、両親が移民としてハワイに移住したとき、まだ三歳の幼児であったために親戚の家に養子にやられて沖縄に残されたが、その後養父母が戦争で死んだために彼は縁者を失って独り身となってしまう。幸い助ける人があって苦学の末いまは新聞記者になっているが、そんな二八歳の青年である。彼は二十数年ぶりに故郷を訪ねてきた実の両親に会おうとせず、両親の帰郷を取りはからった兄――いまは米軍の将校として沖縄基地に勤務する実の兄・与那国文夫の呼び出しにも応じない。ドラマ『沖縄』はそんな状況から始まっている。

ここで親に捨てられて沖縄にとどめられた秀雄は、そのまま日本に捨てられた沖縄自体を寓意しているだろうし、幼子を人に預けて移民した親たちは、むろん日本政府の推進した移民政策に応じたのであるが、その結果はいまや故郷喪失者となっている。長男文夫だけが米軍に入って出世しているようだが、それも見方を変えれば息子をアメリカに奪われた、あるいは人質に取られて現在の身分が保障されているのかもしれない。作者は沖縄の一家族を、戦災孤児、移民、米軍の将校と、それぞれ対立せざるを得ない立場に立たせ、対決させているが、これはまさに戦後の沖縄の運命そのものを象徴している。いかにもドラマらしい、また戦後文学的でもある極限的な設定だが、それが必ずしも不自然とばかりいえないのは、やはりその歴史にドラマ以上のドラマを持った沖縄という格別な土地の話であるからだろう。

偶然だが最近、実録的なエッセイ『アメリカ兵として沖縄戦に従軍』(外崎厚、平成一八年「群青」69号)なる文章を読んだ。ここでは移民としてハワイに渡った両親のもとに生まれた男子が、二歳のとき母親の病気のために共に沖縄に戻って一六歳まで沖縄で育ったが、そのころ募集のあった「満蒙開拓青少年義勇軍」に引っ張られるのを恐れて再びハワイに渡り、そこで米軍の徴兵召集を受けることになった、そんな珍しい体験の持ち主を実名をあげて紹介している。彼は兄とともに初めはフィリピンのレイテ島に送られたが、やがて沖縄上陸作戦に加わることになる。上陸後はもっぱら日本語資料の翻訳に当たったが、ときには捕虜の尋問にも駆りだされたという。米軍は、まだ作戦段階では沖縄の亀甲墓をトーチかだと見たり、耕地に点在する堆肥置き場を機関銃陣地だとみなしたりしていたそうだが、そんなときにもこの兄弟らの働きが大いに役立ったという。上陸後の一日、弟は上官のはからいで古里の村を訪ねて親戚たちに会っているが、本人は「まるで敵陣に乗り込んだように緊張」し、付き添った兵も終始銃を持って彼の背後を見張り続けたという。この兄弟は幸いに国籍を分けるようなこともなくすんだが、しかし、もし弟がハワイに戻っていなければ戯曲『沖縄』のような状況、場面も充分ありえたわけだ。内村直也の『沖縄』には何かモデル、あるいはヒントになるような話があったのかどうか分からないが、こんな実話を知ってみれば戯曲『沖縄』が決してドラマ的な極端な設定だとは言えないことが分かる。

しかし、ではこうした沖縄的な性格は本土の人間には全く無縁なものなのかと言えば、決してそうではあるまい。兄弟で国籍を分け、占領する側とされる側に立つなどの具体的な極端な例は措くとしても、観念的な問題としては、アメリカ軍将校与那国文夫が言う、「沖縄の人たちの劣等意識と、その反動として出てくる民族意識」とは、言ってみれば近代の日本の性格そのものでもあるからだ。先の秀雄のせりふに重ねて言ってみれば、黒船に脅かされて世界に交じってみれば、次には西欧列強に苛められて、そこで鬱積、溜まりに溜まった日本近代半世紀の「劣等意識と、その反動として出てくる民族意識」、それがいっぺんに爆発したのが、あの大東亜戦争であったという性格も否定できないからだ。その結果は黒船の脅威のときには辛くも守った国土を今度の戦争ではすべて失って、日本の歴史では初めて外国人の支配を受ける仕儀となった。しかし、そこで上陸してきた占領軍が、一面では「解放軍」でもあった本土と、徹底して占領軍であった沖縄とでは、運命が決定的に、極端に分かれたわけだ。米軍は、沖縄では土地を奪い、畑を奪って人々の仕事を取り上げただけではない、先祖の墓さえ破壊した、完全な異国の侵略者であった。

文夫　……おまえみたいなやつがいるから、この沖縄って島は幸福になれないんだ。……アメリカの善意が、おまえにはなに一つわかっちゃいないんだ。……もっと目を大きく開けて、世界の状態をよく見るんだ。

秀雄　なにが善意だ。……この沖縄のどこに、アメリカの善意なんてものがあるっていうんだ。きさまたちは侵略して来たんだ。沖縄人の生活を、根こそぎひっくり返してしまったんだ。しかし俺は負けやしないぞ、……絶対に負けやしないぞ。

アメリカはいつだって「善意」だ。だいたい善意を信じていなければアメリカ大陸自体を侵略も支配もできなかっただろうから、善意はアメリカの建国精神でもあるのだろう。だから、前に見たマーク・ゲインは言っていた。「一世紀半のあいだ、米国は自由と進歩思想の象徴であった。アジアにおいては、今度の戦争中ほどこの象徴が燦然と輝いたことはなかった」(『ニッポン日記』)と。確かに真珠湾奇襲を仕掛けてくるような野蛮な国に対しては、アメリカの文明主義は有効だった。被害者であるとき、正義の旗はいつも有効なのだ。しかし、そうして戦いに勝ったとき、その旗の意味は逆転する。どんな正義も、それが勝者によって振り回されるとき、それは圧制抑圧の道具となってしまうからだ。それゆえマーク・ゲインは続けてこうも書かなければならなかった。「ところが、わずか三年たらずして、われわれはこの善意の宝物をつまらなく使い果してしまった。アメリカの新しい塑像は、反動と手を握り……不正義、腐敗、抑圧に対する単純な抗議の運動であれ、中央から少しでも左によった大衆運動はことごとく鎮圧する決意を固めた強力な、富裕な、そして貪欲な国家の塑像である」と。そして結局、「その結果、われわれは中国でも朝鮮でも失敗したように、日本でも失敗した」のだと。

その日本での失敗が集約的に現れていたのが沖縄に他ならなかった。占領政策やその現実を、日本、東京ばかりでなく、アジア全般に渡って見ていたこの新聞記者には、そのところがよく見えていたに違いない。しかし、マーク・ゲインの反省とは別に、日本は、客観的に見ればアメリカの〝善意帝国主義〟のよき証人になっているのであるが、そうした「善意」とその証人たちの欺瞞を、「沖縄」が突きつけて見せているわけである。言い換えれば、「善意」「自由と進歩」、そういう衣装に自ら騙されているアメリカという国の本当の姿が見えるのが、日本では沖縄問題なのだ。本土の、沖縄についての戦後責任は、単に行政的、政治的に沖縄を切り離し、見捨てたことだけにあるのではない。沖縄を切り捨てたことによって、アメリカの後姿を見ないで来たところにこそあるのだが、その弊は、沖縄の現実がこれだけ明らかになった現在も少しも改まらない、と私には見える。

前述のようにこの戯曲『沖縄』では、沖縄とアメリカとの対立を一組の沖縄人兄弟に受け持たせている。ここではアメリカの論理を代表するのは直接のアメリカ人ではなくてアメリカの軍服を着ているとはいえ、元来は沖縄人、日本人なのだ。そんな男が滑らかな日本語で、しかも盛んにアメリカ文明、アメリカの善意について説いている光景。こんな構図をとおして作者は何を言おうとしたのか。

大江健三郎の『沖縄ノート』（昭和四五年）には、「日本人とはなにか、このような日本人ではないところの日本人へと自分をかえることはできないか」という「命題」がリフレインのように繰り返されている。この本が書かれたのは沖縄施政権返還の直前、七〇年安保の反対運動や大学紛争とともに、本土でも復帰の世論が高まっている最中であったが、それでも沖縄についての無知や誤解や差別が、いまからは想像しにくいほど大きかった時代だから、大江健三郎がそうした周囲を見つつ、感じつつ、「このような日本人ではないところの日本人へと自分をかえる」というのは充分わかることだ。しかしそこから進めて、「日本が沖縄に属する」とか『「本土」は存在しない』などと言ってみせる彼を、私は理解できない、正気とは思えないのだ。これではまるで、文句をいう息子に、よしよしこれはお前の家だよと言って親があやしているようなものではないか。こんなふうに言われてしまったら、当の沖縄人は彼の前で本土批判も自己主張もできなくなってしまう。『沖縄ノート』を読んだ当の沖縄人が、「何となく、くすぐったくなる」「大江さんの誠実さは分かるのだが」「学びとるものは何もない」と言っていたことを岡本恵徳『沖縄文学の地平』が伝えているが、逆に言えば、こんな形で相手に同化して見せて、その分だけ彼自身は「このような日本人」からすり抜けているわけで、一見良心的に見えて、その実は老獪狡猾なことになる。何にせよ、自ら選びとった対象の前で自分を苛め、否定して見せるのは大江健三郎の小説に特徴的なスタイルだが、小説では許される流儀も現実問題ではそうはいかない。

常識的にいえば、沖縄はあくまでも沖縄、本土は本土であるべきだろう。アイヌ民族の問題という例もあるが、この小さな日本にもこうした問題はたくさんある。これらは日本のなかのもう一つの日本として、ときに日本に突き刺さり、ときに日本と一体のものとしてあるほかないはずだ。無知や誤解や差別は極力なくしたいから、相互批判、自己批判はあるべきだろうが、かといって全面自己否定して見せるのはやっぱりウソになる。

だが、大江健三郎のこうした姿勢はおそらく彼の基本的な方法であり思想であり、生き方でもあるのだろう。そのことが端的に見えるのが、あのノーベル賞受賞記念講演を中心にした『あいまいな日本の私』（平成七年）である。この一冊にそういうことばはないが、しかしここに貫かれているのは、まさに「日本人とはなにか、このような日本人ではないところの日本人へと自分をかえることはできないか」という「命題」であり、またそれに対する六〇年をかけた彼自身の解答に他ならない。むろんこのときの対象は沖縄ではなく、彼の表記に従えば「西欧・アメリカ」である。そしてこのとき、「このような日本人」の代表として選ばれ、全否定されたのが、いうまでもなく川端康成。ここでは「西欧・アメリカ」の前で川端・日本を否定して見せて、その分だけ彼自身の「ではないところの日本人」ぶりを示そうとしている。「正直にいえば、私は二十六年前この場所に立った同国人に対してより、七十一年前にほぼ私と同年で賞を受けたアイルランドの詩人ウィリアム・バトラー・イェーツに、魂の親近を感じています」と。つまり『あいまいな日本の私』は『沖縄ノート』の「西欧・アメリカ」版なのだ。

『あいまいな日本の私』が日本についていかに無知であるかと、私は別のところで論じたことがあるが、若い頃は向きになって読んでいた大江健三郎であるだけに、そういう作家がわが同胞を代表する一人として同時代にあることに、つくづく悲しくなり、絶望的にすらなった。大江健三郎よ、あなたはいつから「西欧・アメリカ」国籍に、その優等生になってしまったのですかと言いたいが、いつからではない、それは沖縄に向かって最大限良心的に、「善意」的に、そして簡単に、自己否定してしまったような彼から一貫してあったことだったわけだ。

そして、それゆえに今、『沖縄ノート』の書かれる一〇年も前にこういう戯曲『沖縄』――血を分けた兄弟に国籍を分け持たせて議論させているような『沖縄』を書いていた作者に、私は遅まきながら改めて深い敬意を表したくなるのである。

ところで、この『沖縄』は青年座によって上演（昭和三五年三月）されたとき、結末幕切れの一景が削除されたそうで、作者はそれに対して、「これは当然脚本どおり上演すべきであった」（『内村直也戯曲集』「序」）と不満を述べている。その幕切れ場面とは、

トシ子　（ゆっくりと上着をぬぎ、スカートをぬぎ、ブラウスをぬぎながら）……あたしは、あんたからお金をもらうんだわ。

というものだが、こんな場面でも昭和三五年にはまだ舞台で見せるには刺激的に過ぎたのだろうか。それとも作者の指定した脱がせ方が過激に過ぎたのだろうか。演出のことは分からないが、劇全体の意味としては、やはり「あたしは、あんたからお金をもらうんだわ」という一句は、確かに省略されてはならないだろう。

少し説明しておくと、この「トシ子」はもと小学校校長の一人娘だが、戦後の父親はアルコール依存症で家長の責任を放棄してしまっているし、母親は重い病で寝付いている。仕方なくトシ子はキャバレー勤めに出ているが、そこでの客の一人が米軍将校与那国文夫だった。文夫は、彼女がかつて自分たち一家が世話になった校長の娘だと知り、キャバレーの客という以上の好意を持つようになる。トシ子は彼に誘われて一度ホテルに泊まっているが、やがてその米軍将校が実は許婚である新里秀雄の兄だったと知る。そう知ってからも兄弟はそれぞれトシ子を愛しているが、秀雄の方はいくらか『金色夜叉』の宮さんに裏切られた間貫一の趣もあって、かなり厳しく当たって彼女を苦しめている。彼女は、秀雄の言う祖国のため理想のためと、文夫の見せる善意と経済力とのあい

だで悩み揺れているが、同時に彼らの抽象的観念的な議論にも、またそんな議論や思想のために殺すの自殺するのと言っている、父親を含めた男たちの生きかたにも疑問を感じている。そういった過程を経ての幕切れであり、彼女の身体を売ろうという行為なのだ。別の場面では、「あたしはキャバレーの女よ、ただのパンパンよ、アメリカ人からお金をもらって、その代わり自分のからだを売って生きている女よ。それだけでいいのよ、あたしは」と言っているが、こういう女性たちによって敗戦後の社会が、その生活の底辺が支えられてきたことは、沖縄も本土も変わりはなかったのである。

戯曲『沖縄』は、だから言い直してみれば、男たちにさんざん議論をさせておいて、最後に、そんな議論とは全然別なところで生きてゆく女性を、庶民大衆を舞台の真ん中に立たせて幕としているわけである。作者が言うように、確かに結末の一景は削除されてはならなかったのだが、それは敗戦後の沖縄の、日本の現実をどう受け止めたか、その根幹に関わる問題だったわけである。

無条件降伏と沖縄

戦後文学とアメリカという問題も、それを沖縄を背景に考えると本土とはずいぶん違った複雑さを帯びてくる。そのためか、作品がしばしば観念的になるという傾向があるようだが、大城立裕『カクテル・パーティー』（昭和四二年二月）もそうした性格をよく示している。ここでも沖縄という土地が抱えた複雑な問題、その渦のなかで、あり得べき筋道を通そうとする主人公は身を嚙むような苦闘を強いられている。主人公の陥った状態に読者は圧倒され、ともに血圧が上がるような思いをさせられるが、それはしかし、一人の人間の苦悩を知り、同情してというよりも、とてつもなく煩雑な頭脳ゲームに付き合わされたような印象を免れない。抱え込んだ問題ゆえに、小説は勢い問題小説的な性格を帯びざるを得ないからである。しかし、ここはもう少し順序だてて見てゆかなければなるまい。

小説『カクテル・パーティー』は二つの事件が中心になっている。一つは米軍用住宅地内で親善パーティーが行なわれていたとき、その参加者の一人、米軍人の三歳になる息子が行方不明になったという知らせが入り、パーティーを中断して参加者みなで附近を捜すというハプニングが起こる。それは結局、迷子でも誘拐事件でもなく、その家の、現地人であるメイドが自分の家に連れて帰っていたのだと分かるが、この問題が後々まであとを引くことになる。

小説の冒頭にも書かれているように、米軍用住宅地は、そこに入るためにはゲートで訪問先の確認を取る必要があったような、一種の異国であり治外法権の場であった。横浜、横須賀にもあったから、私にもそのイメージがよく分かるが、それは、貧しい敗戦国の民には、金網越しに覗くアメリカの生活や文化のショーウィンドウのような存在だった。一様に広い芝生の庭を配して、その中心に白く塗られた四角な住宅は、映画で見て憧れたアメリカの豊かでモダンな生活の生きたサンプルなのだ。だからこの主人公も、「選ばれた楽しみを、私は感じるようになっていた」と言っているように、そこに堂々と出入りできるのは一般にはない特権を持つことでもあった。この主人公は招待を受けてそこに住む知人を訪ねるのであるから当然であるが、そうでない人、そこに働くメイドさんなどでも、それはやはり羨ましい人たちに属した。それゆえ、この小説のメイドの場合も、おそらく、そういうところに働く自分を身内のものに誇りたい気持もあって、可愛い、青い目の坊やを引き連れて家に帰ったのであろう。このメイドが何歳だったのか書かれていないが、子守をかねたメイドとしては、彼女の行動は決して奇異なことだとは言えない。その散歩にも似たちょっとした外出を、彼女が主人に断らなかったのが、この場合は問題を複雑にしてしまったわけだ。

小説の後半ではその主人ミスター・モーガンがメイドを告訴したことが判明して主人公は衝撃を受ける。それは現地の人たちから見ればいかにも大人げの無い、むしろ非常識なことに思われるが、主人公はそこに占領軍の深層にある沖縄人への恐怖感を読み取っている。少々被害意識に傾いた受け取り方だと思われるが、そうした解釈が生まれてしまうところに、まず沖縄という場所の複雑な性格が一つ見えると言ってよいであろう。主人公の怒りに水を差すようではあるが、今の私から見れば、それは差別の問題であるよりも、より多く文化の違いではないかと思われる。メイドが村社会感覚、周囲はみな顔見知り、同じ価値観のなかに暮していているという感覚で人間関係を理解しているのに対して、アメリカ人ミスター・モーガンは、さまざまな人種と文化の寄り集まった国の人、人間関係で守られるべき常識が初めから違う国の人であった、という違いによることだと思われる。アメリカが訴訟社会であるとは、今は多くの人の知る事実でもある。

このパーティーではもう一つ事件が起こる。それは主人公が帰宅してから分かったことだが、ちょうどその時間に、彼の高校生の娘が米兵に犯されるという事件があったのだ。その米兵ロバート・ハリスは、彼の家の裏座敷を借りている女性のところへ通ってくる男だが、そのために彼の家族とも顔見知りであり、時にはことばを交わすこともある間柄であった。その日はちょうど女性が離島へ帰省していて留守だったが、それで少女はハリスに誘われて海岸まで散歩に出て、そこでのアクシデントであった。少女は犯された後、怒りのためにハリスを崖から突き落とすが、その結果、彼は骨折するような大怪我をすることになった。

こんな事件は、顔見知りということを別にすれば沖縄では今も絶えない話の一つだと、まずは言えよう。しかし、この事件が極めて沖縄的、それも本土復帰以前、返還以前の性格を示しているのは、この事件をめぐるそれからの展開の仕方である。まず件の米兵が帰隊後、娘を告訴する。そのために事件の翌日、娘は「CID」要員に連行されてしまう。ハリスの言い分は強姦ではなく、合意の上の行為であったというのだが、そのため娘は米国軍人に不当な危害を加えた犯人だということになる。父親である主人公が、それは娘の正当防衛だったと訴えると、それは問題が別であって、改めてこちらから告訴すればよい、障害を与えたことと、少女を犯したことは一緒にはできない、と突っぱねられてしまう。それで主人公が沖縄の警察に相談に行くと、そこでも答えは同じであった。しかも、「男の裁判は軍で行ない、娘の裁判は琉球政府の裁判所で行なう」、そして琉球政府の裁判には男を召喚することはできないと、その仕組みと実情が説明される。

その一、軍の裁判は英語でおこなわれる。のみならず、強姦事件というものは、この上もなく立証の困難な事件であって、勝ち目がない。ふつう、告訴しないように勧告しており、すでに告訴したものでも、事実取り下げた例が多い。

その二、琉球政府の裁判所は軍要員にたいして証人喚問の権限をもたない。被告人が正当防衛を主張したところで、ロバート・ハリスを証人として喚問しない限り、その立証は不可能であろう。

強姦事件を訴えたいのに、その犯人である人物を調べることはおろか喚び出すこともできないという理不尽さである。それでは裁判とは言えないが、このことはおそらく、占領下沖縄だけに限らない、戦後日本全体の実態だったろう。同じ敗戦国でも、政府自体が崩壊、存在しなくなったドイツとは違って、日本の場合は一応、被占領国としての自治は認められていた。しかし、ことが対占領軍という関係になると、それは決定的に対等でも平等でもなかったのである。小説にはこの後、「ということは……泣き寝入りしろということですか」、「そうはっきりということを、さけたいのですが」という係官との会話が続いている。日本のあらゆる場所、場面でたくさんの「泣き寝入り」があったのが、占領下の実態であった。

＊

最近、必要があって江藤淳の『閉された言語空間――占領軍の検閲と戦後日本』（平成元年八月）を読み返した。これは書物の三分の二以上が引用文で、しかもそれらが大むねアメリカのお役所文書の類なのだから、まずそれだけで閉口する。江藤淳ともあろう人がこんな現代史家か政治思想研究者がやるような仕事をよくやるものだと、初読のときは思ったものだ。だが今はかえって江藤淳だからこそできた仕事であったのだろうと、改めて思う。この本の初出は雑誌「諸君！」であって、さすがに文芸誌ではなかったが、そうであるとしても、この、いかにも異常な資料の羅列を許したのは、晩年ますますせりあがっていた彼の奇妙な〈権威〉であったに違いないからだ。

ではこの『閉された言語空間』に意味はないのかというと、決してそんなことはない。戦後の占領軍の検閲、それを戦争以前にまで遡って、アメリカの戦時下言論統制の歴史から調べ上げ、その帰結としての戦後日本の実態を暴いてゆく、その視野と手続きと資料の提示にはリアリティーがあり、迫力があり、説得力がある。この一冊によって目の開かれたこと、納得させられたことが多々ある事実はやはり否定できないのである。

たとえば私は学校で習い覚えたとおり、自分もその一端を舐めた戦争を長らく「太平洋戦争」だと言い、また書いてきた。しかしそれが、あの戦争のアメリカ側の呼称でしかなかったことを、いや、そういう事実は長じてからは知っていたのに、「大東亜戦争」と言うことを何となく憚る気持があって使えなかった自分を、今さらながら恥ずかしく思うようになったのもこの書を読んでからだった。あの戦争を日本は「大東亜戦争」として戦ってきたという事実は、あの戦争が「正しかった」か「間違っていたか」という議論とは別の問題だ。とすれば、日本人としては、また日本の歴史としては当然「大東亜戦争」と記さなければならないであろう。そうであるのに戦後は、「太平洋戦争」と呼び換えて、我々はそれに馴らされてしまっている。

江藤淳の示している資料によれば、その源は昭和二一年二月九日から始まったCIE占領軍民間情報教育局によるラジオ放送『真相はこうだ』、および続けて新聞に掲載された、やはりCIE製の「太平洋戦争史」によって言われたアメリカ側からの戦争解釈、つまり「太平洋戦争」史観だった。これ以後、昭和二四年一〇月、占領軍の検閲が終了するまで、「大東亜戦争」の呼称は禁止された。今に至る教科書までの「太平洋戦争」という記述はこのときの名残、無自覚な放置なのだ。放送された『真相はこうだ』や新聞に載った「太平洋戦争史」とは、その後の東京裁判の前哨戦みたいなもので、要するに今度の戦争は日本の軍部と財閥が仕組んだのであって、人民は騙されていたのだという説だが、今から見ればいかにも単純すぎるこんな解釈に時の進歩派が、そして大衆が大いに乗った事実も否定できない。しかしあの戦争が、東京裁判が裁定したようにたとえ誤りであったのだとしても、日本国としてはそれを「大東亜戦争」として甘受し、記録し、記憶してゆくのが歴史というものであるだろう。いくら敗戦となり、裁きを受けたからといって、急に敵国側の呼称に改めるというのはやはり筋が通らない。第一、「太平洋戦争」では真珠湾から後の戦争しか指さない。しかし現実には、良くも悪くも、真珠湾は一つの帰結だったとは、少し真面目に日本史を見れば誰にでも分かることだ。そして、だからこそ、我々はアジアへの責任を考えるのではないだろうか。

にもかかわらず昨日までやってきた「大東亜戦争」をその日から「太平洋戦争」と呼び換え恬淡としているのは、極論すれば、外国人がジャパンと呼んでいるから日本をやめて国号をジャパンに改めたというようなものではないだろうか。さすがにそこまではやらなかったが、戦後多くあった反省のなかには、日本語を止めて通用語をフランス語にせよと言った文学者までいたような、そんな見識のない謙遜さが、日本人にはときどきあるのだ。遅れて外地から引きあげてきたたくさんの兵士たち、お国のために「大東亜戦争」を戦ってきた兵隊さんたちは、帰ってみたらそれが「太平洋戦争」だと言われて戸惑い裏切られた思いをした、そんなエッセイを読んだこともある。

試みに今「広辞苑」を引いてみると、「大東亜戦争」の項目には「太平洋戦争の日本側での当時の公称」とあるだけで、その内容を見るためには改めて「太平洋戦争」の項を引きなおさなければならない。つまり今もって「大東亜戦争」はローカルな用語、正規な通用語ではないという扱いなのである。どうして「大東亜戦争」で説明して、その末尾に、占領下の一時期、日本国をジャパンと呼ぶ人たちによって「太平洋戦争」と呼び換えられた、と記してはいけないのだろうか。江藤淳が苛立ったのは、日本のこうした現状であったに違いない。たしかに、日本人は今もって、奇妙なかたちでアメリカに犯されたまま、占領されたままなのだ。

江藤淳『閉された言語空間』によって、私はこんな反省を持ち、自分の長い間の不明を恥じたのである。

『閉された言語空間』は、一方で表現の自由をうたった戦後憲法を押しつけている占領軍が、その裏ではジャーナリズムはもとより一般市民の私信まで検閲していた矛盾、無法な支配の実態を暴いたものだが、江藤淳がこうした非文学的にさえ見える仕事に労を惜しまず、というより奇妙な情熱をもって遂行した背景には、彼の言う「ポツダム宣言」解釈の問題があった。「ポツダム宣言」は、一般には日本国の「無条件降伏」を規定にしたものと理解されているが、江藤淳の〝発見〟によれば、「無条件降伏」したのは「日本国軍隊」であって、決して日本国そのものではなかったということになる。彼が何度も引用して見せている「ポツダム宣言」の条文は確かにそのとおりなのである。しかし、「ポツダム宣言」全体の理解については専門家の間でもさまざまな議論があって、必ずしも江藤淳が言うような理解がすんなりと通るわけではないようだ。

たとえば『占領と平和——〈戦後〉という経験』（道場親信、平成一七年、青土社）にもその何通りもの解釈意見が整理紹介されているが、それをここに示すまでもないであろう。ただ、私がたまたま見た電子ブック版『日本大百科全書』（平成一二年、小学館）には、戦争終結直前に急死したルーズベルトに代わって終戦処理に当たったトルーマン大統領が八月一五日、米国民に向けて発表したことばとして、肉声付きで次のような文章が載っていた。

私は本日午後、日本政府からのメッセージを受け取りました。それは、国務長官が八月一一日に日本政府に送ったメッセージに対する返答です。私はこの返答が、日本の無条件降伏が明記されたポツダム宣言を全面的に受諾するものと考えます。返答のなかには、条件は一切つけられていません。

これは、八月一五日、天皇の終戦の詔勅に対応する、アメリカ側の公式発表だが、むろんアメリカ一国の認識を示すばかりではない。ポツダム宣言に関わった連合国全体の認識を代表するものと理解すべきであろう。ここには明らかにポツダム宣言の「日本の無条件降伏」、そして、それに対する日本からの「条件は一切つけられていません」と明記されている。アメリカの大統領が誤った認識を公言したとは考えにくい。江藤淳がアメリカに半年間滞在して博捜した資料、彼が自ら翻訳もして示している厖大な資料の中に、何故こんな一般的、教科書的な、しかも最も重大な資料が欠落（？）していたのか信じがたいことだが、この一点だけでも、江藤淳の言う「ポツダム宣言」「有条件降伏」説はとうてい成り立たないであろう。

江藤淳という人は頭のよい人、鋭い人だが、しかし読んでいつも思うのは、その頭以上に情念の方が大きい人であったらしいということだ。そのため一度思い込んだら百年目、そちらに向かってまっしぐらだから、その間には子供でも分かるようなことがしばしば見えなくなってしまうらしい。

私は江藤淳のこの仕事と連動していた、いわゆる「無条件降伏論争」のことを思い出す。江藤淳は前記のような、ポツダム宣言は日本の「有条件降伏」を規定していたという認識に立って、しかし何故かそれでアメリカを責めるのではなく、まったく奇妙なことだが、そうした認識を持たなかった「戦後派」と「戦後文学」を、それゆえに「虚妄」だ「徒花」だと断罪したのである。彼の『戦後文学の破産』（昭和五三年一月二三日、毎日新聞）に始まる一連の文章がそれだが、それはもっぱら平野謙の『昭和文学史』の一節、「日本が無条件降伏の結果、ポツダム宣言の規定によって、連合国の占領下におかれることになった」という一行をとって槍玉に挙げ、糾弾したところから始まった。それを、そのとき既に亡くなっていた平野謙に代わって本多秋五が反論して両者の間に何度かの応酬があった、それが「無条件降伏論争」である。

ここにその復習はしないが、要するに江藤淳は、ポツダム宣言条文の「日本国軍隊の無条件降伏」という小括弧に捉われて、ポツダム宣言の受諾自体を拒否はできなかったという大括弧としての「無条件降伏」を理解していない、というのが本多秋五の、いわば長者の説諭（『「無条件降伏」の意味』昭和五三年九月「文藝」）であった。むろん江藤淳はそれで納まりはしない。直ちに反論するが、奇妙なのは、反論が重なるたびに江藤淳のことばがいよいよ過激になってゆくことだ。そして、それに準じて言い分はますます現実から離れてゆくように見える。

たとえば江藤淳は「二・一スト」——昭和二二年二月一日、全国の労働者が参加した、戦後初の大規模なストライキ計画だったが、決行の前日になって、日本政府ではなく、連合軍総司令官マッカーサーの命令で禁止された——例をあげて、これは「誰のせいだったのだろうか?」と本多秋五に迫る。そしてそこから、「占領政策が『言論、宗教及思想ノ自由並ニ基本的人権ノ尊重ハ確立セラルヘシ』としたポツダム宣言と背馳し」ているのは明らかだとして、占領下の日本には「言論・結社・表現の自由及び通信の秘密」があり得なかった何よりの「証拠」(『再び本多秋五氏へ』)ではないか、と詰め寄っている。

こういうところを読んでまず初めに浮かぶのは、よくもこんな一方的で強引なことが言えたものだという驚きである。本多秋五は江藤淳のこうした論法を、「何とかも休み休みいえ、といいたくなる、真っ赤なウソである」(『江藤淳氏に答える』)と言ったが、まことに、少しでも戦後の歴史について知るものには、正気とは思えない言説だ。

「二・一スト」は確かにマッカーサーの鶴の一声で禁止され、二六〇万人といわれた人々が無念の涙を呑んだ事件には違いない。しかしそれ以前は、一切の組合運動、労働運動など認められなかった戦前戦中の時代から、戦後それを一挙に解放したのは他ならぬ占領軍であった。そして「二・一ゼネスト」を組織できるまでの大小の組合活動や労働運動を認め、助成もしてきたのが当の占領軍だったという側面を、江藤淳は何と説明するつもりなのか。言うも愚かだが、戦争に負けていなければ、「占領軍の政策」がなければ、人々はデモ一つできなかったのだし、それどころか、数人の人が集まって話し合うことすらできなかった「日本国家」の事実を、江藤淳は忘れたとでも言うのだろうか。議論はあるにしても、ともかく人々が占領軍を「解放軍」だとして迎え入れた時期のあったこと、そしてその「解放」があったからこそ「二・一スト」も計画できたのだという事実は否定できないはずだ。まさに「これおしも」、江藤淳は、「日本国を否定したのは、占領政策にあらわれたアメリカ合衆国」だったと言い切るつもりだろうか。言い換えれば「否定」された「日本国家」の性格が、江藤淳と本多秋五、戦後派の人たちとでは逆転しているのだが、江藤淳はそこを承知で跨《また》ぎ越してものを言っているとしか思えないのである。

江藤淳が「戦後派」は「戦後を食い物」にしたと言うとき、それは戦後派が占領政策の不合理と闘わなかったばかりではない、そのことを自覚もせず、あまつさえ既に滅び去った旧日本軍隊や政治家、思想家を責めるばかりであったという意味であるだろう。しかし、もしその通りであったとしても、その論法はそのまま江藤淳自身にも当てはまることだ。彼が言うように占領軍が本当に「ポツダム宣言」に「背馳」したのであれば、福田恆存も言ったように、それをもって彼はアメリカを責めるべきであって、彼自身が言うところの、既に「滅び」去った「戦後派」などを論《あげつら》っていても意味はないのである。

江藤淳のこの怨念の噴出のような激しい戦後派批判は、私には理解しにくい不思議な光景に映るが、『成熟と喪失』でも『昭和の文人』でもそうだった、いや『作家は行動する』から既にと言うべきか、江藤淳の論理にはしばしばこうした八艘跳びがあって私には付いてゆけないことが多い。『カクテル・パーティー』に戻ろう。

＊

「ということは……」お前はまったく混乱して、声をうわずらせた。「泣き寝入りしろということですか」

「そうはっきりということを、さけたいのですが」

自分の娘が強姦されたうえ、さらに傷害罪として告訴された、そんな無法が許されるのかと、この父親・主人公は、こちらの方からこそその犯人である米兵を告訴しようと警察に相談した。しかし、そこで分かったことは、占領下の裁判の仕組みでは、こちらの政府には米国の人間を召喚する権利も取り調べる権利もない、従って強姦を立証する手立てはないことになり、結局、告訴する意味はないのだということであった。「泣き寝入りしろということですか」と。これが沖縄に限らない、あるいは沖縄が代表的に示している、占領下の実態であるだろう。まことに江藤淳の言うとおり、そこには自由も平等もなかったのである。しかし、ここでも念のため断っておかなくてはならないが、だからといってこのことを誇大に論うのは真実を見失うことになるだろう。自由や平等がなかったのは、生活すべてにわたってというわけではない、もっぱら占領軍と関わる問題についてだからだ。そしてさらに言うならば、「戦後文学」は、こうした現実を充分承知していたのであり、また描いてもきたのである。

むろん昭和四二年四月の「新沖縄文学」に発表された『カクテル・パーティー』を、江藤淳の否定したい「戦後文学」のなかに数えることはできないが、大城立裕が「戦後派」の継承者であり、

『カクテル・パーティー』が広い意味での戦後文学であることも否定できないはずである。こと沖縄という問題に限ってみても、既に触れたように内村直也『沖縄』(昭和三五年)があり、木下順二にも同題の戯曲(同年)があった。小説『カクテル・パーティー』がこれらの仕事、歴史の上に立って書かれていることは疑いないのである。だからそれゆえ、と言ってよいであろう、この主人公は「泣き寝入り」はしまいと、次の行動に出ることになる。

琉球政府に米兵を召喚する権利はないのだとしても、米兵自身が自発的に証人として出廷するならば法廷は成立すると聞いて、では彼を法廷に立たせてみせようと主人公は働き始める。そのとき主人公には、自分の味方、支援者として、パーティーに集まる中国語研究会の仲間たち、自分を呼んでくれた米軍の高官がいるし、中国人の弁護士もいる、という胸算用があったわけだ。自分たち一家の災難に、彼らが国籍を超えた友情を示してくれるに違いないと。しかし実際に当たってみると、その思惑は次々と外れてゆく。米高官は、その犯人たる男と知り合いでもない自分は、彼を説得するような義務は負いたくないと言い、また、この事件は世間にいくらでもある、単に若い男と女の間に起こったことに過ぎない、それを米軍人と沖縄人との関係だと考えるのは問題をことさら複雑にするばかりだと逃げられてしまう。さらに中国人弁護士。ここでも主人公の思惑では、米軍の支配下にある沖縄の、土地の弁護士よりも、第三国人として中立的な立場にある中国人弁護士の方が有利だと考えたわけだ。訪ねてみると、弁護士は困惑しながらも、ともかく米兵に会うだけは了承してくれる。そこで一緒に入院中のハリスを訪ねるが、むろん彼は日本の法廷に立つ義務はないと突っぱねる。

そしてその帰途。やはりパーティーの仲間で、この間ずっと主人公に付き合っていた日本の新聞記者が発した一言が次の困難な問題に直面させる――「中国は、戦争中に日本の兵隊どもから被害を受けた。いま、沖縄の状態をみれば、この感情も理解できるのではありませんか」ということばに、中国人弁護士は怒りと悲しみに堪えた表情を露にしながら、次のような彼自身の体験を打ち明けるのだ。当時、重慶の近くに住んでいた彼は、ある日、四歳になる一人息子が行方不明になって、附近を血眼になって捜し歩いた。息子は幸いにも日本軍の憲兵隊に保護されていたことが分かり引き取って帰宅するが、その留守中、病に臥せっていた妻が日本兵に犯されていたのだ、と。つまり彼は、この小説のなかの二つの事件を一身のうちに体験していたわけである。第三国人第三者であるどころか、この中国人は今の被害国からの被害者でもあったわけだ。しかし、そんな過去を秘めたまま、彼は今、かつての怨敵の国の人間の、しかも強姦事件のために働くことを黙って果たしたわけである。

思うに、この小説『カクテル・パーティー』が現代、平成の時代に書かれていたら、話はここで大きな余韻を残しながら終ったのではないだろうか。この中国人弁護士の苦渋は充分想像できるし、また、今はアメリカとの関係で被害者である主人公も、歴史の場面が変われば加害者の側にいたのだから、そういう含みのなかに、人間の愚かさや悲しみ、またそれを超えて生きる強さ、そうした、いわば人々の「泣き寝入り」の永い深い歴史を感ずるからだ。

だが、『カクテル・パーティー』はここで終っていない。そこをなお推して、作者は議論も事態も展開させている。そんなところがいかにもこの小説の思想性、観念性の強い「戦後文学」的性格を思わせるところである。中国人弁護士の告白を聞いた若い新聞記者は、そういう過去があるからといって今の事件から逃げるのは卑怯だとして彼を責めているが、主人公も、日本と自分自身の

「過去の罪を問われたからといって、お前がお前の主張を叫ぶ権利が失われてしまうはずがない」と、自らを鼓舞するように呟いている。それを間違っている、とは誰にも言えないであろう。

小説はこのあたりから俄然理詰めな、頭脳的な展開を見せはじめるが、しかしそれでも、娘の反対にあって、主人公は一度は告訴を諦めることになる。それで納まるかと思わせたが、しかし、しばらくして再び同じパーティーがあり、そこで主人公は、先の子供を連れ出したメイドを、子供の父親ミスター・モーガンが告訴して、彼女が取調べを受けていると聞くに及んで、彼の考えは一転する。今こそ「論理に忠実に生きる」べきだと彼は決意することになる。

孫先生。私を目覚めさせたのは、あなたなのです。お国への償いをすることと私の娘の償いを要求することとは、ひとつだ。このクラブへ来てからそれに気づいたとは情けないことですが、このさいおたがいに絶対的に不寛容になることが、最も必要ではないでしょうか。私が告発しようとしているのは、ほんとうはたった一人のアメリカ人の罪ではなく、カクテル・パーティーそのものなのです。

というのが主人公の「目覚め」た論理、思想である。小説はこのあたり、それまで「　」で括られていた会話が——で運ばれるなど、表記法も変わって、激しい議論を畳み込むように進めているが、まるで裁判映画を観るようで息が詰まる感じである。人種も国籍も超えた親善パーティーが、しかしその背景にある占領と差別の現実については指一つ触れることも動かすこともできない、できないだけではない、それを隠蔽しているだけではないか、カクテル・パーティーは偽善の象徴だ、というのが主人公の「目覚め」た結論なのである。彼のこんな見方には伏線があって、このパーティーの主宰者、正体の曖昧だった高官が、実は米軍の「ＣＩＣ」諜報部員だったということが進行の過程で明かされている。

主人公はこんなふうにカクテル・パーティーの欺瞞性に気づき、占領軍の不条理な政策にに直面するが、そこで彼は警察が勧めた「泣き寝入り」を拒否して「ロバート・ハリスを告訴します」と宣言して、パーティー会場を出ることになる。「ハリスを告訴」することは当然、事件と娘を衆目に曝すことになるが、彼は「覚悟の上です」と答えている。

だが、民族を、国家を背負っているとはいえ、彼一個の正義、「論理」貫徹のために将来ある一人の娘の身をそんなふうに扱ってよいものだろうか。本人が自らそうしようというのではない。「やめて！　やめて、そんなこと」と言っていた娘を、彼はどんな力で抑え、「覚悟」させるというのだろうか。読んでまことに後味が悪いが、そんなこともあるからであろう、最近のフェミニズム論者からは、『カクテル・パーティー』のような作品は、外国占領者が現地人女性を性的に領有することを非難しながら同時に、男性主人公を被害者として位置づけるにあたって『女性』という観念上の象徴を領有してしまう」（マイク・モラスキー『占領の記憶・記憶の占領』鈴木直子訳、平成一八年、青土社）などと批判されることになる。主人公の、自分の娘に対する意識は、占領軍の現地人へのあり方と同じだというのである。

ただ、ここで彼に少しばかり同情できるのは、『カクテル・パーティー』が発表された昭和四二年は、まだウーマン・リブと言われたフェミニズム初期の運動も、アメリカの一部で言われているのみで、日本ではほとんど知られていなかった時代だった。この主人公の姿勢はおおむね日本男性全体の姿勢でもあったのだ。人々が、たとえば大庭みな子『三匹の蟹』（昭和四三年）の出現に驚くためには、まだ一年待たなければならなかったのである。むろん、だからといって彼の行為が免責されるというわけではないが。

先に私は、この小説がもし現代に書かれていたら、あの中国人弁護士の身の上話を聞いたところで作品は終っていたのではないかと言ったが、むろんその「現代」は一つの比喩であって、「現代」の代わりに「別の作者」でもよいわけだ。そういう観点からさらに言えば、現在のこの結末にも大いに不満、大変味気ないという思いが強い。そしてここでは、先とは反対に、小説としてはむしろここからこそ始まるべきであったとさえ思う。自分の思想を貫くために娘を無理やり法廷に立たせてしまった父親の苦悩——社会正義なんかどうともなれ、この娘の将来、幸せのためならば、たとえ世界中を敵にまわしても秘密を守ってやりたい、守るべきだったと、そんな苦悩を味わった人間の話をこそ、私は小説に求めたい。またそれが、思想や政治論議からは漏れてしまう人間、その心の深層を追究する小説の役割だと信じたいから。

だから、この主人公のラジカルな姿勢を偉いことだとは思うものの、彼の、千万人といえども我は行かんというような、拳を振り上げて叫んでいるようなところで小説を終らせている作者にも大いに不満なのだが——だが翻ってさらに思うのは、こんなところにこそ、本土とは決定的に違った占領下の沖縄の現実があったのだろうということである。作者は自分の小説を余韻や人情の話として終らせるようなことはできなかったのだ。主人公は必ず、占領下の現実を打ち破るべき実際行動を目指していなければならなかったのである。作者の上にも厚く重く被さっていた沖縄の現実が、それを要求するのだ。

こうして戦後文学は占領政策と闘ってきたのである。決して、江藤淳が言うような「虚妄」でも「徒花」でもないのである。

沖縄のべ平連

単行本になった池澤夏樹『カデナ』（平成一九年五月〜二〇年一〇月「新潮」）を読んで、戦後文学もずいぶん相対化されてきたものだと思った。かつて戦後文学では大テーマであったようなものが、ここでは少しも問題でも疑問でもなく、当たり前の現実、前提として話がすいすい進んでゆく。あれっ、あれっと思うことだらけだったが、そういう意味からでも、この小説はもっと話題になってよかったと思う。しかし、この年は『1Q84』（村上春樹）現象にすっかりアテられてしまって、他にもあった力作注目作がカスンでしまったようだ。いずれ時間がたてば納まるものは納まり、そのとき見えなかったものも見えてくるに違いない、と思うしかあるまい。

『カデナ』で、あれっと思ったことには、たとえばこんなことがある。前に見た大城立裕『カクテル・パーティー』では人種も国籍も超えて文化的な交流を持とうというカクテル・パーティーの欺瞞性が「告発」されていたが、『カデナ』ではアメリカ女性軍人、沖縄人、ベトナム人が連携して、楽しそうにと言いたいような反戦運動をしている。ここには人種や国籍による壁など少しもないし、男だから女だからという、差別に関わるような問題もないのだ。

あるいは、『カデナ』には米兵と沖縄女性との間に生まれた混血の女子学生が登場するが、そのことも、ここでは何の問題、意味もはらんでいない。色の白い、背の飛びぬけて高い彼女は一目で混血だと分かるとされているが、そのためにどうしたと言うような話は一つもないのである。こんなところを読みながら、私は佐木隆三『偉大なる祖国アメリカ』(昭和四八年)のことを思わざるを得なかった。そこには、自身にアングロサクソンの血が流れていることを誇りとし、自分を、会ったこともない、存否も不明な父親の国の人間だと自己措定してゆく混血青年の苦闘と混乱とが描かれている。そして、彼のこのアイデンティティーの悲劇は、そのまま戦後の沖縄を象徴しているばかりでない、戦後日本全体の歴史にも突き刺さっているのだ。混血という問題だけをとっても、それはまさに戦後日本が直面せざるを得なかった困難な問題であったが、それ故にまた戦後文学の問題でもあったわけだ。

しかし、平成時代の今、混血であることは何の問題も意味も持たないらしい。それはおそらく、町にも学校にも職場にもさまざまな国の人たちがいて一緒に勉強し、仕事をしている、そういう時代の自ずからの反映でもあるだろう。注記しておけば、『カデナ』の小説のなかの時間は昭和四十年代半ば、従って、実際にモデルになる事件のあった前記『偉大なる祖国アメリカ』の書かれた時代とほぼ重なっている。とすれば、一九七〇年前後の沖縄の現実が、『カデナ』の描くそれと、『偉大なる祖国アメリカ』の描くそれと、どちらがより実際に近いのか。しかし今それは問うまい。

以前、カラー映画に作り直された『ビルマの竪琴』(竹山道夫、市川崑監督)を観たとき、まず内容以前、登場する日本兵たちがみな、いかにも栄養がよさそうな体格をしていることに奇妙な異和感を持ったのを思い出すが、どの世界でも、こうした誤差は仕方のないことかもしれない。

この文章などは、言ってみれば私自身がそのなかで育った占領下のアメリカ、そして、そういうことを自覚させてくれた戦後文学を、改めて見直し、検討し直してみたいと思ったのが、そもそもの始まりであるが、考えてみれば、そうしたモチーフ自体が既に私自身の戦後体験の変質や戦後文学への距離を含んでいたことになる。従って、これまで私があちらこちらで洩らしてきた感想、共感や違和感、賛同や批判は、それ自体、私自身の変質を示していることになろう。「他人の作品をダシにして自己を語る」（小林秀雄）は、裏返せば「自己をダシにして他人の作品を語る」（河上徹太郎）ことでもあるが、私は自身の変質をダシに戦後文学を読み直し、一方で現代の文学への違和感を言っているに違いない。だからそれは必然として、時代の変質変容を時には諾《うべな》い、時には物申すことにもなるが、そうした自分の現在をつくづく感じさせてくれたのも、この『カデナ』一冊であった。別の言い方をすれば、日本にあるさまざまな問題を、それを沖縄から見ると、また別な側面が見えたり、あるいはより複雑になったり、より本質を露呈する、ということがあるが、『カデナ』一編が私にもう一つ考えさせたことにべ平連運動——「ベトナムに平和を！　市民連合」（昭和四〇年～四九年）とは何だったのかという問題があった。

七〇年安保闘争や大学紛争と重なって、私もべ平連デモに参加したり、一度だけだったがべ平連方式で小さな自主デモをやったこともあった。二〇人程度のおとなしいデモ行進に警官が一人ずっと付き添ってきて、なんだか気の毒なような恥ずかしいような気分が付きまとったのを今も思い出す。その程度のことであったから、むろんたいした自覚や覚悟があってやっていたことではない。言うならば、それがその時の——時代と環境と自分の年齢とのなかでの真面目さ、誠実さというものであったと思う。

私の知る限りでは、戦後の新しい市民運動の一つの形を作ったのがべ平連運動だったといってよいであろう。それまでは、反戦反核平和運動はもとより、行政を相手にした市民運動や署名運動のようなものでも、そこには必ず政党の存在があって、陰に陽にそれら組織の指導や後押しがなければ大衆運動ができなかった。いま思えばウソのようだが、運動とはそういうものだと、そういうものでなければ力を持てないのだと、誰もが思い込んでいたのだ。そういうところへ、どんな政治的、組織的な背景も知識もない、そして地位も名声もない一介の市民が呼びかけ、集まって、何らかの意思表示をする、そんなことができるのだと示したのがべ平連運動だった。べ平連の代表者は小田実であったが、そのこともまたこの運動を盛り上げる大きな要因だった。当時ノンポリと呼ばれたイデオロギー抜きの多くの学生たちを引き付ける力になったからだ。

ベストセラーとなった彼のアメリカ・ヨーロッパ紀行『何でも見てやろう』(昭和三六年)は、若者たちに、日本で知るそれとは違ったアメリカの体質、体温のようなものを身近に感じさせて新鮮だったが、当時予備校の先生でもあった小田実は若者たちのヒーローでもあった。なにしろまだ一ドルが三六〇円、持ち出してよい外貨が一人五〇〇ドルまで——と言ったって五〇〇ドルは大卒初任給の二年分に近かったが——とされた時代、外国旅行が、まして留学そのものが極めて珍しい時代だった。後に知ったことだが、アメリカ体験小説『葡萄畑』(昭和五三年)のある高橋三千綱は、この『何でも見てやろう』に触発されてアメリカに渡った一人だった。当時、埴谷雄高や吉本隆明は一部の大学生の御本尊だったが、それに比べれば小田実はもっと一般学生を、大衆を動かしたのである。高橋三千綱が映画作りはともかく、後に衆議院に立候補した者などは、その根は案外『何でも見てやろう』精神の名残であったに違いない。

べ平連は集まって、時には徹夜で討論をするアメリカ式の「ティーチイン」などというものまで流行らせたが、「ニューヨーク・タイムズ」にベトナム戦争反対の一面広告を出したり、横須賀基地からの米軍脱走兵を匿《かくま》って国外逃亡の手引きをしたりと話題をまいた。しかし、七〇年安保闘争も大学紛争も沈下してベトナム戦争も終結の見えた一九七四年ごろに組織としては解散した。

ところでベ平連運動の発祥源流はやはりアメリカであったが、それを小田実のようなアメリカにも知人の多い実行家がいて日本にも移植したわけだ。言い換えれば、アメリカが始めた戦争――ベトナム戦争の歴史や解釈についてはさまざまな説があるが――への反対運動も日本はアメリカから学んだのであるが、それはまた日本の戦後のアメリカ式民主主義学習の一つの帰趨、もしかするとその総仕上げであったのかもしれない。私のごく貧しい体験と知識のなかでベ平連というものを整理してみるとそんなことになる。むろん当時の私自身はその末端で、意味もよく分からないままに、しかしそれが時代の良心であるという思いのままに動かされていたわけである。その後ベ平連的なもの一切から遠ざかって、私はもっぱら文学だけが自分の仕事だと覚悟を決めるようになるが、そうしたなかで自ずから小田実の仕事の質も改めて考えるようになった。

当時の小田実には前記『何でも見てやろう』の他に、その翌年に出た長編小説『アメリカ』（昭和三七年）がある。私はずっと遅れて読んだが、アメリカの人種問題の複雑さなどを教わった以外に格別な感動の残る小説ではなかった。主人公が自己紹介として、ことあるごとに振り回すように言う、ギリシャ文学の研究に来ましたという留学目的に終始違和感が付きまとったのと、後の方にいって急進展するアメリカ女性との恋愛が何か取って付けたようでいただけなかった。ギリシャ文学の研究は小田実自身の大学での研究テーマであったらしいが、そういう古い文明に学究的な興味を持つことと、新興国アメリカを面白がって活発に行動する主人公と、その二つがどう繫がっているのか、まるで大男がお弾《はじ》きでも持ち歩いているようにしっくりこないのだ。そして小説がそのことをアイロニーとしているわけでもないのがいっそう奇妙だった。後、機会あるたびに彼の小説を読み重ねるなかでだんだんと分かったことだが、いつもその問題性や冒険性においては面白いが、人物たちを人間として見直せば、常にどこかスーツ姿に登山靴といった趣を免れないのが彼の小説の持ち味のようだ。だから比べてみても仕方のないことだが、『アメリカ』で言えば、その文明批評では江藤淳の『アメリカと私』（昭和三九年）に及ばないし、人間への観察の面白さ深さでは小島信夫『異郷の道化師』（昭和三三年）や庄野潤三『ガンビア滞在記』（昭和三四年）に及ばない。

ついでだから書いておくと、開高健はベ平連的なものに飽き足らずとしてベトナムまで出掛けて『輝ける闇』（昭和四三年）を書いたが、これもやはり他所の火事を覗きに行った弱点を免れなかった。文学の神はいつもそういうお返し、悪戯をするのではあるまいか。

さて、こんなことを書きつらねたのは、池澤夏樹『カデナ』を読んで、これはベ平連小説だなというのが最初の感想でもあったからだ。それはむろん、ここにベ平連のことが書かれているためではあるが、しかし意味を追ってみればそれだけではないはずだ。

池澤夏樹が巧みなストーリーテラー、むしろストーリーメーカーと言いたいような物語巧者であることは改めて言うまでもないであろう。とくに長編小説ではそれがよく現れていて、私はいつも作者の教えてくれるさまざまな世界知識、情報とともに一つ一つ感嘆しながら読んできた。こうした楽しみはこの一編においても変わらない。「カデナ」（嘉手納）、沖縄の米空軍基地を中心にさまざまな人物が登場し、彼らが一つの目的に向かって網の目が繋がるように、見えるところ見えないところで思いがけない、不思議な繋がりを作ってゆく、それらの関係を、まさに網を編み上げるように、一つ一つ読者に見せてゆく。よくぞこんな人物たちを持ってきたものだ、それを繋ぎ合わせてみたものだと、その作者の手腕には感嘆するばかりだ。

しかし、こんな抽象的な言い方ではこの小説の面白さは伝わらない。もう少し具体的に見よう。『カデナ』は主要人物三人の一人称語りを重ねる形で構成されている。一人はカデナ基地の准将・最高司令官付きの秘書を務めるフリーダ＝ジェイン。女性だが空軍の曹長で小さな飛行機なら操縦もできるような人物。当然アメリカ国籍だが、実は母親がフィリピンの資産家の娘で、彼女と米国軍人との間に生まれた混血女性である。今は、ベトナム戦争のために沖縄に配置されている巨大な空爆機B－52の機長を恋人にしている。ただし、ここにも前に言ったように人種や混血であるための問題は一切ない。しかしそれはアメリカ社会だから、と考えることにしようか。かわりに、彼女はこんな役割を受けもっている。フィリピンにいる母親は米軍人であった夫に裏切られて以来、反米思想を持つようになり、娘に米軍情報を流すように、つまりスパイ行為を慫慂している。娘フリーダは半ば善意、半ばは遊び心からそれに応じるようになり、秘書として自分が記録し手配するベトナム空爆索戦会議の情報を基地外に持ち出すようになる。年齢ははっきりと書かれていないが、フィリピンでの日本軍の侵攻、マッカーサーの敗走、そして日本軍によるフィリピン人虐殺などの歴史を、幼時ながら記憶に持つというのだから、この小説の現在時、一九七〇年頃は三十代半ばといったところであろう。

もう一人は嘉手苅朝栄。沖縄生まれだが、幼少のころ一家でサイパンに渡っている。戦争末期、サイパンでは家業の焼酎作りができなくなり両親は帰国するが、その航海途中、船が撃沈されて亡くなってしまう。一人いた兄は、現地の女性との間に子供がいたが、両親の帰国以前、徴兵を受け、結局沖縄で戦死する。朝栄は鉄道会社に勤めていたためサイパンに留まり、最後の「玉砕」の時は辛くも生き延びて米軍に保護され、戦後に引きあげてくる。その後は米軍払い下げのトラックで運送業を営んでいたが、交通事故を機にやめて、今は気ままに模型飛行機店を営んでいる。料理上手な沖縄人である妻がそば屋を開き、それが繁盛して支店まで出すようになって、子供のない彼らは生活に困らないからでもある。そういう間に、サイパン時代の父親の仕事仲間であったベトナム人のアナン、「安南さん」に再会、彼に協力して米軍のベトナム爆撃情報をハノイに打電するようになる。

三人目はタカと呼ばれる沖縄の二〇歳の青年平良高弘。朝栄の妻の甥だが、ロックバンドのドラマーである。アメリカの高校に一年間いたことがあり、英語での日常会話には困らない。そうしたところから、前記フリーダ＝ジェインから情報を受け取って朝栄に渡す役割をしている。一方、彼には、前に触れた混血の姉があって、彼女の先生が関係しているべ平連運動に姉とともに関わることになり、脱走米兵を一人、本土の組織に送り込む手助けをする。大学生の姉は朝鮮戦争で戦死したアメリカ兵と母親との間の子だが、母親はその後沖縄の男と再婚、タカを生むが、夫、タカの父親は本土に渡ったきり音信がなくなり、そのため母親は前夫、米兵の残したピストルで自殺したのだとされている。姉弟は祖母の元で育っている。

他にも重要な役割を持つ人物としてフリーダの恋人で、B-52の機長パトリック・ビーハン大尉、ベトナム人の諜報員であるアナン、脱走米兵のウィリアム・ヘイリーなどがいるが、彼らはそれぞれこの三人の語りのなかに含まれる形で登場している。

こんな筋書きを拾うようなことをしたのは、やはりこの三人の際立った経歴、それぞれの大きな歴史を背負った生い立ちを知ってもらいたいからだ。よくぞこんな取り合わせを思いついた、そして繋ぎ合わせたものだと感服するが、そこがいつも独特な国際的視野を持つこの作者の得意とするところ、読ませるところだ。ここでは、これらの人物たちがみな反アメリカ、アメリカの鼻を明かすという一点で、陰に陽に繋がりを持ってゆくのだが、しかしその反アメリカが問題だ。この小説の中心にある反米反戦（思想）ということについて作者はどう考えているのだろうか。まず私には理解しにくいし、もっと言えば気に食わなくもある。機密文書の持ち出し方や、暗号化の仕方や解き方、脱走兵の募り方や匿い方等々、へえーというような面白い話を次々と見せながら、しかし、それ故というか、彼らのやっていることは要するにみなゲーム、ちょっと危ない遊びにしか過ぎないではないかと、刺激され、呼び起こされた私のなかの古い感情は、まず反発してしまう。こんなに重い経歴の持ち主をたくさん動員し、突き合わせ、協力させておきながら、しかし、彼らのその反米も反戦も、それは結局思想ではなくて一つのファッション、つまるところ小説のための意匠ではないか、そんな疑問に、まずは支配されてしまう。

タカにはこんなエピソードがある。ロックバンドの興行のことで土地のやくざと喧嘩になって街にいるのが危なくなってしまった。その窮状を知った彼らのファンである米兵が、しばらく基地のなかで暮らせるように計らってくれる。宿泊する所から練習の場所まで確保してくれたばかりではない、基地内での演奏会まで設定して稼がせてさえくれた。一九七〇年前後にそんなことが可能であったろうかと、たとえば『カクテル・パーティー』（大城立裕）や『偉大なる祖国アメリカ』（佐木隆三）を読んでいる読者には疑問が残るが、それは今は問わないことにしよう。そこでタカはベ平連の活動――脱走を促すスタンプを基地内のポスターの端や便所の壁に捺して回るという仕事だが――を行なうことになる。その効果があって後に一人の脱走兵ウィリアムを釣り上げることになるのだが、その経過はいま措くとしよう。しかしこのエピソードは、要するにタカの反米行為は当の米軍の庇護のなかで成立していることを示すほかの何ものでもない。二〇歳の青年の、姉やその先生との付き合い、ベ平連仲間への義理立て、彼ら自身が「英雄ごっこ」だとも言っている、そんな行為をここで責める気はないが、これはたとえればお坊ちゃんの労働運動みたいなものではないか。労働者を搾取している資本家の父親をけしからんと言って、親の目を盗んでは、労働者よ目覚めよと煽っている、そんな図である。悪人である父親が存在しなければ、そもそも彼の善意も成立しようがないのである。この小説での反米反戦運動はゲームであり、意匠に過ぎないと私が思うゆえんだが、言い換えれば、ここでの反米や反戦は、誰もそれを自分の生き方とも思想ともしていない、責任を持っていないのだ。

しかしこんなふうに言ってみると、先に小さな反省を記したように、私自身がその端っこにいた現実のベ平連のことを思わざるを得ない。ベ平連運動は、それ自体がそもそもアメリカ製の運動、日本はその一支部を勤めたに過ぎなかったのだ。核を持たない日本は、世界一核を持っている国と特約して、持たずに済ませる保障を得ているが、それが安保条約の意味であるだろう。とすれば、その安保条約の裏返しがベ平連運動なのである。アメリカのお陰で核のないことを誇っていられる日本は、同じようにアメリカのお陰で反戦平和運動もできるのである。悪人であるアメリカが存在しなければ、日本の善意もあらわしようがないのである。

繰り返しになるが、日本にあるさまざまな問題、それを沖縄から見るとまた別の様相を呈するし、時に事柄のより本質的な姿さえ見せる。『カデナ』に即しながら、私はこんなニヒリズムを抱え込まざるを得なかったのである。

本当に平和を願うとき、多くの宗教がそうであるように、そのヒューマニズムは何処かでニヒリズムを抱え込まざるを得ないだろう。だが、この『カデナ』に、そういうニヒリズムはあるだろうか。そう考えると、やはり気になるのは嘉手苅朝栄という人物の存在である。彼には次のような呟きがある。

私は自分はあまり振り返らない性格であると思っております。昔は昔、今は今。それでも深夜、電離層の状況が悪くてなかなかDXの交信相手がみつからないままヘッドフォンから聞こえるノイズだけを聞いていると、その中に兄や父や母の声が聞こえるような気がすることがあります。自分は若いうちにあまりに多くの無惨な死と破壊に立ち会ってしまった。今生きているこの自分だって、仮のものでしかない。

人生は軽いものだと考えるのが癖になったようでありました。幸子とはそこのところでよくぶつかりました。……しかし私は、何も信じていない。私は空っぽです。実は死んだ父母や兄やサイパンの隣人たちの側にいる身です。

いかにも含蓄の深いことばだ。帰国の船で両親を失い、沖縄戦で兄を失い、自身は玉砕の言われたサイパンで砲弾の雨のなかを逃げまわり、結局はその砲弾を浴びせた敵軍に救われて、収容所生活を送った。そんな経歴を持つ男のことばとして重い意味と強い説得力を持っている。私は『カデナ』をここから読み始めなければならなかったであろう。「人生は軽いものだと考えるのが癖になったようでありました」と、そうでも考えなければ、彼は戦後の一日だって生きられなかったのであろう。そして、そういう彼であったからこそ、アナンからの危険な依頼にも黙って応じたのに違いない。私は前に言ったわが友「サイパンと呼ばれた男」を思い出すが、嘉手苅朝栄も歳は少し多いが、「鐘の鳴る丘」の少年の一人なのだ。

とすると、私がゲームに過ぎないと言った彼らの反米反戦運動も、嘉手苅朝栄の目から見れば別段驚くようなことではないし、格別とがめだてするようなことでもないことになろう。遊びだろうと命がけだろうと、「どちらも無意味であるのは変わらない」と、沖縄の砂糖黍畑をみながらもサイパンの砂糖黍畑を思い出さざるを得ない嘉手苅朝栄は言うだろう。人は結局のところ無意味のなかで生きたり死んだりしている、遊んだり闘ったりしている、全てはゲームに過ぎないと——昭和の歴史はこんな思想の持ち主を生んだわけである。そして、そんな人物を中心に置いて、一九七〇年前後の日本の反戦運動の意味を見直したのが『カデナ』という小説なのだと、まずは言っておこう。戦争体験を、戦争の悲惨を訴える戦後文学はたくさんあったが、そこからさらに、新しい平和運動まで相対化して見せた小説はまだなかったと思う。

少し補足しておけば、先に引いた嘉手苅朝栄の呟きの……（中略）部分には、毎年先祖迎えの儀式を熱心にする「うちなー女《イナグ》」としての妻幸子のことが書かれている。彼女は今ある自分がご先祖様のお陰であることを少しも疑わないし、自分がまた子孫のために力になりたいと心から思っている。そんな妻と、「何も信じていない」朝栄と、こういう取り合わせもまたこの小説が持つもう一つの思想なのだ。

Ⅳ　内と外のアメリカ

「神」と「世間」

小島信夫『抱擁家族』（昭和四〇年七月）は読み返すたびに新しい疑問や発見を促される、多様な意味を封じ込めた刺激的な作品だが、今度も私は島尾敏雄『死の棘』（昭和三五年、長編完結は昭和五一年）との対照ということに思いがとんだ。二編は夫と妻と、それぞれの役割は逆転しているが、ともに一組の夫婦がふとしたかげんで相手を裏切ってしまい、そのために壊れかけた関係を修復するための、長い苦しい葛藤を描いた家庭小説、あるいは家族小説だと要約できるであろう。さらにそれが一般的なフィクションとは違った、作家自身の実体験を色濃く反映した独特な重さのようなものを感じさせる作品であるところも共通している。

そして、そんな共通点に気付いて改めて見直してみると、次には逆に、この二編のもつ面白い対照性も見えてくるのではないだろうか。それをいま一言でいってみれば、『死の棘』の徹底した内向性、いわば非社会性に対して、『抱擁家族』の、同様に徹底した外向性と社会性という性格である。『死の棘』は、一組の夫婦の愛のかたちを核に、人間の信頼という問題を、それだけを、何処までも二人の関係のなかで垂直に掘り下げていった作品だが、対するに『抱擁家族』は、やはり一組の夫婦に起ってしまったアクシデントを中心に、それを徹底して周囲との関係、彼らの住む社会のなかで見極めようとした小説だといえる。二編の私小説的性格を考えると、そのいわゆる私小説にも、こんな対照的な違いがあるのだという側面も面白い。

『死の棘』では、その終盤、妻の治療のために付き添う夫も一緒に入院してしまうが、そこで他の入院患者たちから、病人は夫で、妻が彼に付き添っているのだと見られている、そんなエピソードがあるが、これは彼ら夫婦の間にある問題を象徴的に表わしているであろう。妻は周囲に対してはいたって常識的に振舞っていて、それゆえ病人とは見えないのだが、彼女が夫に求めているのは、そうした外側から見える円満な夫婦に見合った内実、つまり夫婦の心底からの信頼関係なのだ。世間には、互いに信頼を失った夫婦が、しかし外面だけは普通の家庭を維持している、いわゆる仮面夫婦というものさえあるが、この妻にはそうした欺瞞的な関係は許せない。それならば別れてしまうしかないが、彼女の、自身の命を懸けて愛した夫への執着はそれを受け入れられない。そうして、夫の愛の変わらないことを、偽りでないことの保証を求めるのだが、そこまで行くと、人間のもっとも人間であることを保証しているはずのことばが何の力も持たないという事実に、夫婦は直面してしまう。妻は、かつてそうであったように、夫のことばをそのまま信じたいのに、彼の裏切りによってそれを信ずる根拠が崩れてしまったのだ。夫は、その根拠を再構築するために、妻のどんな不条理な要求にも耐え、黙って従うことでしかそれに応えることができない。

『抱擁家族』では、妻が夫の留守中に家に出入りしていた米軍の若者と過ちを犯すが、それを知った夫が、そのことを責めると、「おねがいだから、そうわめかないでよ」「こういうときにあんたがわめいちゃだめよ」と、妻が切り返している。平野謙をして「いけしゃあしゃあと」と言わしめた妻の態度だが、これが『抱擁家族』という小説の発端であり、問題の出発点なのだ。妻の言い分をもう少し聞いておこう。

「あんたがみちよの前でそんなことをいえば、みちよがいったことがちがっていないことを証明するようなもんじゃないのよう」

「何だって」

「そうじゃないの、あんたとみちよの二人がそういえば、私がほんとにそうだったということになるじゃないの。そうなったときには、バカを見るのはあんたよ。妻にそのことをさせるのは、妻が夫に対して不満のためということになるでしょ。ほんとに見っともないったらありゃしないわよ」

「そうか」

と俊介は心の中で呟いた。

「あんたは自分を台なしにしてしまったのよ。私はいつか折をみて話そうと思っていたのよ。それなのに……」

それから、時子は真剣に考えこむようにいった。

「もうとりかえしがつかないわよ。あの女は私達を笑いものにするわよ」

夫俊介の、この「そうか」も、多くの批評家を呆れさせ、嘆かせた一言だが、よく見れば、彼が妻時子をなだめるためにそう言ってみせたのではなくて、「心の中で呟いた」としているところに、より多くの意味があるはずだ。夫は妻の言い分に「心の中」から納得したのであるが、言うならばそれがこの事件に対する彼ら夫婦の一致した対応姿勢なのである。以後この事件は、その真相、あるいは事実に対する倫理的な追究は、彼らから離れたのである。

言い換えれば、彼らにとっては事実そのものよりも、事実が他人にどう知られるか伝わるかの方が重要だということである。「あんたがみちよの前でそんなことをいえば、みちよがいったことがちがっていないことを証明するようなもんじゃないのよう」と時子は言う。彼女によれば、まず事実があるのではなく、人に知られることによって事実は発生するのである。だから女中の告げ口など、主人夫婦が揃って黙殺しておけば、それは下司の勘繰りで終ったことであろう。であるのに、密告者と一緒になって一方を責めれば、事実を認めたことになってしまうではないか、と妻は言うのである。姦通を犯した妻が、それを責めた夫に向かって、「ほんとに見っともないったらありゃしないわよ」「あんたは自分を台なしにしてしまったのよ」とは、まことに『抱擁家族』問題はここに極まれり、といったところである。ならば、みちよが告げたようなことは、実際にはなかったのかと言えば、決してそうではないところが奇妙である。「私はいつか折をみて話そうと思っていたのよ」とは、事実を認めているはずだが、それは、彼女にとっては、夫に無断で少し高価な買い物でもしたような、「折をみて」話せば済む程度のことであったらしい。

『抱擁家族』の中心にあるできごとについて妻は一度も夫に謝罪していない。夫も、初めこそは「さあ、出てゆくか、どうするんだ」と、怒りをぶつけたが、そこで先にも見たように、「こういうときにあんたがわめいちゃ、だめよ」と切り替えされてしまうと、あっさりと矛を納めてしまう。そして、後はひたすら妻の指示に従って、事後の対処の仕方、「家の中をたてなおさなければならない」という方向にばかり向かって、以後、彼のやったことは、女中を変えることであったり、家を新築することであったりする。それは、『死の棘』の夫婦が、相手の信頼回復のために子供たちを人に預けてしまってまで、つまり家庭を捨ててまで二人して入院してしまったことと、みごとな対照を示している。

＊

たいていの物語は、その妻の「行為」を夫が許すかどうか、そこに重点を置いてゐたやうでしたが、それは自分にとつては、そんなに苦しい大問題では無いやうに思はれました。許す、許さぬ、そのやうな権利を留保してゐる夫こそ幸ひなる哉、とても許す事が出来ぬと思つたなら、何もそんなに大騒ぎせずとも、さつさと妻を離縁して、新しい妻を迎へたらどうだらう、それが出来なかつたら、所謂「許して」我慢するさ、いづれにしても夫の気持一つで四方八方がまるく収るだろうに、といふ気さえするのでした。……けれども、自分たちの場合、夫に何の権利も無く、考へると何もかも自分がわるいやうな気がして来て、怒るどころか、おこごと一つも言へず、また、その妻は、その所有してゐる稀な美質に依つて犯されたのです。

こんなことを言っているのは太宰治『人間失格』（昭和二三年）の主人公大庭葉蔵である。彼も、自分の留守中、人のよい妻が出入りの商人に犯されてしまった事実を知って悩むのであるが、その悩みは一時代前の家父長たちの悩みとは質が違うのだというわけである。明らかに志賀直哉の『暗夜行路』（昭和一二年）を意識したもの言いであるが、まずはごもっともであると言ってよいであろう。『暗夜行路』の時任謙作にしても、明治では、これは貞操問題ではないが、夏目漱石『こころ』の「先生」にしても、彼らは何故か苦悩は男だけに課せられた義務か特権であるかのように誠実に壮大に悩んで見せているが、その原因であるはずの女性たちはまるで飾られたお人形のように置きざりにされたままなのである。こうした男性たちに対して、〝戦後派〟である大庭葉蔵は、「自分たちの場合、夫に何の権利も無く」、「何もかも自分がわるいやうな気がして」とさえ言う。「何の権利もない」とはどういう「権利」を言うのか分からないが、要するに、男の遊びは何の背信でもなく、過失でも女のそれは罪だとする、旧民法的な意識のありようを言っているのであろう。

いま私が、あまり信用しているわけでもない大庭葉蔵のことばを思い出したのは他でもない、『抱擁家族』の三輪俊介も同じようなことを言っているからである。

……たとえば、女房が何か男としでかしたから、といって、それをいけないという根拠はありはしない。ただ不快なだけだ。としたら、そのとき、その不快をとり除く方法があれば、それでいいということにもなる。

これは時子も死んで、現実問題としては事件は既に終った段階での俊介の発言であり、また別の話題から派生したたとえ話に過ぎないが、それゆえむしろ彼の本音が見えるところだと言ってよいであろう。三輪俊介も確実に大庭葉蔵以後の世代なのだが、『抱擁家族』が『人間失格』に比べて決定的に戦後文学であるのは、こうしたことを主人公たる男だけが考えているのではなくて、女たち、周囲の人間が既にそう認識し、主人公にそれを要求さえしているところである。

自分の進言のために夫婦の口論が始まったと知ると、女中みちよは割り込んできてこんなふうに言っている。

「だんなさま、どうして奥さまに話されたんですか。胸にたたんでおくものとばかし思ったんで話したんですよ。奥さまにどうなさったんですか。夫婦生活の座談会に出たりなさるから物分りのいい方だと思って話したんですよ。奥さまだって、先生は理解があると思っていらっしゃるんですよ。だから……」


大庭葉蔵が一人で自問自答していたようなことを、さらに具体的に戦後の家庭劇のなかに移してみれば、こんなせりふが生まれてくるのではないだろうか。

太宰治は『暗夜行路』の時任謙作を揶揄して見せはしたが、自身の主人公大庭葉蔵の体験を『抱擁家族』のような、一種の寓意小説にまで仕立て上げる余裕はなかった。そればかりか、男の側だけが真剣深刻に悩んでいるのは、批判したはずの旧民法的男性たちと少しも変わりないのである。そしてそのあげく、同棲者の過失・裏切りを、「神に問ふ。信頼は罪なりや」などと、あらぬとばっちりを「神」にまで向けている。愛人の「無垢の信頼心」が、そもそもこの過失の原因だったのだと言うのだ。だが、善きものを信頼しとおすことは彼の言うとおり彼女の「美質」かもしれないが、騙されてユダを信頼したって神は褒めてはくれまい。「無垢」がそれ自体では善でも悪でもないように、「信頼」もそれを向けた相手によってその意味も値打ちも変わってしまうのである。妻の過失を「許す」ために山籠りまでして見せた時任謙作をせっかく批判しながら、しかし彼自身もそれ以上に滑稽な一人芝居に落ちているのは不思議議である。いや、そんなところに時代の違いがあるのだと考えるべきであろう。

昭和二三年には死んでいる太宰治には夢にも想像できなかったであろうが、それから一〇年余を経た昭和三〇年代後半ともなると、たとえばアメリカの離婚率の高さが、それだけで男女同権思想の進んだ現れ、文明度の高さであるかのような話題として取りざたされた、そんな時代になっていた。みちよの言う、「夫婦生活の座談会に出たりなさる」「物分りのいい」「だんなさま」の背景には、時代のこんな空気があったはずだが、それは、「こういうときにあんたがわめいちゃだめよ」と言っている時子にも共通した意識であったに違いない。「奥さまだって、先生は理解があると思っていらっしゃる」――時子には新しい時代に開かれた「理解」ある夫、という自慢もあって、それゆえ女中にもハイカラな家庭であることを誇示したいような見栄もあった。アメリカ青年が遊びに来るような家庭だという演出も、そんな彼女の独断から始まったことだった。

ちなみに記しておけば、「だんなさま」たる三輪俊介はこのとき四五歳、アメリカ文学を翻訳し、大学の教員であり、二年前にはアメリカの大学に一年間滞在してきたような人物である。

一方、この事件のもう一人の当事者である二二歳のアメリカ青年ジョージは、もともとみちよが三輪家に連れてきた人物であって、俊介の交際から生じた客人ではなかった。みちよの妹が「オンリー」をしている米軍属の老人がいて、どんな縁戚関係なのか、彼が後見人となっているのがジョージだとされている。ジョージはこの物語の過程で除隊し、「ころげこんだ遺産をつぎこんで東京にある貿易商社に入りこんで、ハブリがいいのだ」とある。彼のこんな身の振り方も後見人の采配だったのであろう。おそらく一八、九歳で兵役に従って、日本に来ることになったのであろうが、だが、そうだとすると、ここにはある種のズレがある。

後に時子が亡くなってから、俊介は彼の若い友人を家に招いたり同居させたりしているが、その友人たちは彼の仕事仲間であったり、アメリカの大学を出て後一〇年も滞在していたような人物たちだった。つまり俊介の付き合うアメリカはカルチャーとしてのアメリカなのだが、それに対してみちよと時子が組んで三輪家に入れたジョージは、家族の前でチャールストンを踊って見せるようなアメリカ、風俗としてのアメリカなのだ。時子はおそらく、わが夫の思想や社会的地位にふさわしいように、アメリカ人の遊びに来るモダンでハイレベルな家庭を演出したつもりであったのだろうが、現実にはアメリカの大衆文化に侵食されてしまったわけだ。

前に私は、男＝知識人、女＝大衆という、二葉亭四迷『浮雲』以来の、日本近代文学の宿命的な構図が戦後文学にも流れていることを指摘したが、それが『抱擁家族』にも通底していることを、ここに確認しておいてよいであろう。観念（男）は、こうしていつも肉体（女）に裏切られるのだが、『抱擁家族』もまた、妻（大衆）は、元来は夫（知識人）から吹き込まれたアメリカをいち早くラジカルに取り込んでみせたのだが、それが結局、夫を裏切ることになる、そんな宿命の構図のなかにあるのだ。

「僕たちが外国から受け入れたものは、矛盾をうんでいる。その皺《しわ》よせは家の中へくるさ。きみも結婚して見なさいよ」

三輪俊介は若い友人に、こんなふうに言っている。結婚するとは、書斎を出て大衆とともに生きること、頭を離れて肉体を生きることであり、結局「矛盾」を生きることなのだ。

＊

矛盾を生きるのだと、そんなことをことさららしく言うのが、そもそもインテリの駄目なところなのだと、やはり当の大衆・時子が教えているのかもしれない。彼女はこの小説のなかで一度も夫に詫びても謝ってもいないからだ。つまり「矛盾」をいきいきと生きているのであって、「矛盾」を考えたりはしていないのだ。ならば自分の過失を認めていないのかというと決してそんなことはない。先にも示したように、「折をみて話す」つもりであったのだから、事実は事実として認めていたわけだが、であるのに、そして自分から話すより先に夫に知られてしまったと分かったのに、その後も、一度として夫の自分への信認を疑ってはいない。それどころか、自分が起こしたはずの事件への、夫の対処の仕方がまずいと、何度も腹を立て、叱咤さえしている。まるで自分の不始末の原因は夫にあるかのような堂々たる態度で、このことによって夫が自分から離れてしまうなどとはつゆ思っていないらしい。夫との信頼関係にいささかの揺るぎも感じていない彼女は、それはそれでみごとと言うしかないが、こうしたところも『死の棘』と対照していろいろと考えさせられる。『死の棘』では、夫の日記から女のいることを知った妻は、以来、夫の言動の一切が信用できなくなって悩み、ついには病んでしまうが、『抱擁家族』では、一度の過ちなど、夫婦の絆にとっては蚊の刺したほどの痛みでもないようだ。この違いは何によるだろうか。二編はほとんど同時代の話、そして主人公の年齢も相似た年頃だ。とすれば、それはやはり男と女の違い、夫の過失と女のそれとの違いだろうか。そうではなくて、それは、それぞれの夫婦が立っている場、生きている世界の違いによるのではないだろうか。

先に私は、『死の棘』の夫婦が徹底して内向的、非社会的に自分たちの世界に閉じこもっていると言ったが、その結果、小説の後半では、正体の隠された女から来る脅迫状に追い立てられて、夫婦は転居までするが、やがてはその先まで追って現れた女をめぐって、夫は妻に言われるままに女を打ち据えるという、不条理で、また滑稽でもあるファルスふうな光景を展開する。小説ではこうした暗示でしか描かれていないが、このあたりに彼ら夫婦がともに意識する究極的な外部世界が象徴されている。それをいま作品の外の情報をもって想像的に補うならば、後に作者自身がカトリックに入信した事実と深く関わっているに違いない。『死の棘』の一組の夫婦は、互いの愛の、人間の信頼の根拠と保証を求めて、ついに神の存在、信仰の問題に行き当たらざるを得なかったのだ。それが、自分たちの体験を徹底して内面的に突き詰めていった彼らの到達したところであった。これに対して『抱擁家族』の夫婦は対照的に外向的にして社会的、言うならば日本的また世間的に生きている。そんな彼らの意識を端的に示しているのが、時子の言った「責任」ということばである。

「私は私で責任を感じるが、あなたは責任をかんじないかって、きいてちょうだいよ」

俊介は時子のいう通り通訳した。すると相手はいった。

「責任？　誰に責任をかんじるのですか。僕は自分の両親と、国家に対して責任をかんじているだけなんだ」

そのとき俊介はカッとなってもう一度、相手をついた。

江藤淳がその『成熟と喪失』（昭和四二年）で、ここぞとばかり論じたてたところである。彼に言わせれば、フロンティア精神から出発したアメリカ人は、弱冠二二歳のジョージのような青年にも、しっかりと「『国家』のかたちをした『父』」が息づいているのだが、「それこそが俊介の世界から完全に欠落しているものだ」ということになる。「農耕民族的母子密着社会のなかで、日本の近代は『父』によって代表されていた倫理的な社会が次第に『母』と『子』の肉感的な結合に支えられた自然状態にとりこまれて腐食」した結果、三輪夫婦のような「社会を組織する準備もなく『進歩』の恩恵に浴した人々」が跋扈するのだ、と。要するに三輪夫婦が、ジョージが持つような『西洋』＝『近代』＝『父』＝『国家』」であるような自我を確立できないのに、その産物である「進歩」、「カリフォルニア式冷暖房つきの家」だけは享受しようとする、そういう悲喜劇が、ここでの事件の意味だというのである。

しかし私には、議論をそんな方向に持ってゆくのは何か問題がずれているとしか思えない。江藤淳は『抱擁家族』のなかで「国家」という語が現れるのはここだけだと、つまりそれがアメリカ人によって発言されていることを強調しているが、そういう言い方をするなら、この場面で注目すべきはむしろ時子の言った「責任」ということばの方であるだろう。今度の過失について彼女は一度も謝っていないとは既に言ったが、だからといって悪かったと思ってないわけではないと分かるのが、ここに現れた「責任」の語なのである。

「責任」――時子の意識のなかでは、それをことさら言ってみれば、分別あるべき一家の主婦が、息子といくらも歳の違わない若者相手に過ちを犯した、そのために家族ぐるみであった彼との交際にも、彼女自身の家庭にも埋めがたい亀裂を生じさせてしまったこと、そういう「責任」であったのだろう。その意味でジョージにも同じ「責任」があるはずだ、と。こう言っている彼女にわれわれはとくに違和感はないと、ひとまずは言えよう。あとは彼女が、そこで誠意ある、真摯な態度を見せていたか否かで判断するだろう。

だが、一歩離れてみると、これはまことに日本的な光景、現象ではないだろうか。問題の本質については全く触れずに、ただ、その結果としての〝世間をお騒がせした〟ことについての「責任」だけを言う、政治家などがよくやってみせるありようだ。そこでは、世間の騒ぎさえなければ問題自体もなかったのである。そしてそれはまったく時子においても同様、「こういうときにあんたがわめいちゃだめよ」と、みちよ・俊介が騒がなければ何の問題でもなかったのだ。

だが、意地悪く言えばこんなふうになる彼女の論理を、今のわれわれは認められるだろうか。おそらく、そうはゆくまい。だから時子の態度を「いけしゃあしゃあと」と言った批評家もあったはずだが、われわれから見ても、彼女が最初に認めるべきは、取れるかどうか分からぬ「責任」などではなくて、自身の罪だったのではないだろうか。それが法律の問題であるならば、彼女は慰謝料でも払って、その「責任」を果たせばよいかもしれない。しかし、夫婦の信頼や愛という、他人には口出しのできない領域での問題なのだから、彼女が最初にするべきことはやはり、夫への謝罪だったのではないか。そして、そうだとすると、先のジョージへの時子のことばも、それは「責任」ではなくて、「私は私で罪を感じるが、あなたは罪をかんじないか」と言われるべきではなかっただろうか。彼女がもしそう言っていれば、このアメリカ青年も、彼の国の文化伝統に従って、それを認めたのではないだろうか。ジョージの言い分としては、年上の女に「強制された」のであるから、「責任」と言われれば当然ないと答えるしかない。しかし罪はと問われていたら、それがいかに受身であったとしても、否定はできなかったはずである。

以前読んだ研究論文に『抱擁家族』には「責任」の語が一〇何回か使われているという指摘のあったことを思い出す。そのなかには三輪俊介の言った「僕はこの家の主人だし、僕は一種の責任者だからね」というせりふもある。しかし、ここでより注目すべきは、俊介のこの発言をすぐ否定して、「ねえ、みちよさん、アメリカでは妻が家の中の責任をもつんでしょ」と言っている時子の方であるだろう。一家の采配は主婦が「責任」をもつ、それが姉さん女房一家でもある三輪家の家風なのだが、同時に、それがアメリカ式、つまり進んだ国のやり方であると、時子が信じていることである。そして、時子のこうした「感じ」方、考え方に、俊介は「そうか」と「心の中」で納得、同意していた。それがこの夫婦がともに抱えている問題、『抱擁家族』という家庭小説がわれわれにみせている問題なのだ。

江藤淳はジョージ青年が背負っている文化伝統を言うために、アメリカの「カウボーイの子守唄」を引用して見せた。名調子を私も感服しながら読んだが、しかし野暮を承知で言えば、私なら、『抱擁家族』のためには、つぎのような文献を引用するだろう。

> 日本人において、存在や行為のあるべき本来の姿を最終的に規定する拘束力の主体が、人と人との間という究極的な場所に置かれているということ、これは決して単なる前提にはとどまらない。キリスト教徒にとって神の存在が絶対的な現実であるのと同じように、日本人にとって人と人との間という場所の実在性は、どうにも抜き差しならぬ現実性を帯びたことなのである。義理、人情をはじめとして、あらゆる「日本的」といわれる現象の背後には、この究極的な場所がつねに臨在している。（木村敏『人と人との間』）

日本人は「神」を持てないが、代わりに日本人には「人と人との間」、「世間」が、キリスト教徒の「神」と同じように働いて、価値も行動も、倫理さえそれによってはかっている。そしてそれは、一つの文化的性格であって、決して文化的に遅れたことでも劣ったことでもない、というのがこの人の説である。ただし、念のため断っておけば、木村敏のこの本が出たのは昭和四七年三月、小説『抱擁家族』から七年後のことである。

＊

『抱擁家族』の第四章、もう結末に近いところだが、山岸が翻訳しつつあるアメリカ小説をめぐって俊介と問答をする場面がある。その小説が具体的には誰の何という作品なのか指摘できなくて残念だが、山岸の要約によれば次のような話である。

ある大学教授が仕事のために一カ月家を留守にするが、その間に妻が夫の実の兄に犯されてしまう。帰宅してそれに気付き、妻を問い詰めて、彼女の告白によって事実を知った教授は、しかし妻を許さず、ベッドから蹴落とすような仕打ちもした。そのために妻は自殺し、夫も相手の男、兄を殺して自分も自殺してしまう。二人いた子供たちも親たちにあった事実を知るが、どういう経緯があったのか、やがては希望を持って生きるようになってゆく、そんな話だとされているが——

「……しかも相手の男というのは、夫の実の兄でありながら、こういいますね、おれが悪くないとはいわないが、お前が一番わるいのだ、とね。そして、お前はと、その弟にいいますね。本を選ぶか、ピストルを選ぶか、といいますね」

「本とはその場合、バイブルだ」

と俊介は起き上がっていった。

……

「僕は論理的であるということをいいたいのです。それにくらべると、日本人は気質的で、あいまいで、その場かぎりですよ」

「外人だってこの小説の内容のように論理的には行かないよ」

このあと、俊介の、先に引いた「僕たちが外国から受け入れたものは矛盾をうんでいる。その皺よせは家の中へくるさ」ということばが続くことになる。

箱の中に箱があるように、それを伝える『抱擁家族』自体とよく似た話であるが、小説の結末にこんなエピソードを置いた作者には、やはりそれなりの意図があったと見るべきであろう。確かに、同じような妻の過失、不貞問題を扱いながら、『抱擁家族』では、時子は癌のために死にはしたが、一人の自殺者も殺人者も現れなかったのだから。

「本を選ぶか、ピストルを選ぶか」——こう問えば、同じ姦通小説ではあっても、先のアメリカ人たちとは違って、『抱擁家族』の人物たちは「本」も「ピストル」も選んでいない。現にみちよの伝えるところによれば、ジョージの後見人であるアメリカ人軍属ヘンリーは、「坊やはアメリカでならばピストルで殺されても仕方がない」と言っている。だが、「本」も「ピストル」もない国の三輪俊介はジョージに復讐しなかったし、時子も自殺などしなかった。彼らにはそういう発想自体がないのだ。それどころか、一度は夫婦揃って「ゴウ・バック・ホーム・ヤンキー」と言って排斥したはずのジョージを、それから一年もしないうちにあっさりと家に招待さえしている。癌で入院した時子が一時退院したとき、彼女の不在の間に新築の完成した家——江藤淳に、本当の意味の「近代」の苦労もなしに、「進歩」の果実だけをつまみ食いしているといわれた、「カリフォルニアあたりの高原の別荘のような」家、俊介自身は「安普請」、「チャチな日本文化の代表みたいな」と言っている家——に、時子の鶴の一声で、ジョージを招待すると決まったのだ。彼女の見栄なのか、それとも癌の手術で片方の乳房を取られてしまったための錯乱なのか——この変貌も寛容も、なかなか真似のできることではないが、ただ、ここでも時子が「罪」ではなく「責任」だけを考える人間なのだろうということだけは推測できる。

だが、これにはさすがの俊介も驚いたのであろう、作者は彼の内面を次のように伝えている。

時子が何を考えているのか、本当のところ、俊介には分らなかった。彼女の機嫌をとることが第一だという習慣が、俊介にはついている。時子が恬然《てんぜん》としているのだから、それに従うのが、今の俊介の一番りっぱな行為のようにも思える。みちよの前で、もしこだわるならば、夫婦が依然として不和のままにいるという証拠を見せることになる。あの男が来るのなら、こっちも平気で受け入れるのが、一番いい。

ここにも、日本の近代文学がいつも見せている、恐れない女（大衆）と躊躇《ためら》う男（知識人）という構図が典型的に見えているが、それを追うと話がさらに広がってしまうから、いまは見送ることにしよう。

ただここで注意したいのは、俊介がこんなふうに判断してゆく過程に彼自身の主体的な意志がないことだ。いや、彼の主体的意志が常に周囲との「和」を取っている事実だ。俊介の判断は常に周囲との関係の中に生まれる。ここではそれが妻の「機嫌」「みちよの前」、そして「あの男が来るのなら」とされている。とりわけ、いつでも首の切れる使用人にどう見られているかという要素が、主人の意思の決定、行為の選択を決定づけているところが、この家庭劇でのミソでもある。時子は、後に彼女自身が反省しているように、強い「虚栄心」に引きずられるところの多い人だが、見栄や体裁などに捉われているようには見えない俊介も、実は他人の目を意識しながら暮らす人であることにおいて、本質的には時子と変わりがない。この点ばかりは、二人は、つまるところ似たもの夫婦なのだ。それゆえ、時子にとって世間が神であったように、いま俊介にとっては時子が、みちよが神なのだが、そのあげく俊介が到達した自己納得の仕方が特徴的である。

俊介は何か生甲斐《いきがい》を感じた。憎んでいる相手が顔を見せる、ということの血なまぐさい快感なのだろうか。それもあるが、それだけではない、何か自分にかぎらず一般に人間が生きているということを感じて、ジョージに、一種の親しみをおぼえるからである。

少しばかり自虐的にも見えるが、それはこの問題ばかりに限らない彼の性格であり、いわばこの小説での彼の役割なのである。「本当」には「何を考えているのか」「分らない」時子を受け入れ、「彼女の機嫌を」とることが自分の「一番りっぱな行為」だと信じたように、彼はこうして自分の敵、「憎んでいる相手」を受け入れてゆくのだが、これが、いわば「本」も「ピストル」もない国の人々の「一般」なのだ。先ほどの木村敏のことばを再度引くならば、「キリスト教徒にとって神の存在が絶対的な現実であるのと同じように、日本人にとって人と人との間という場所の実在性は、どうにも抜き差しならぬ現実性を帯びたことなのである」

こうして日本人にとっての神は常に世間、他者は神なのだが、俊介のこうしたキャラクター、彼が演じてみせてくれる家庭劇によって、われわれは戦後の日本人がアメリカを、その占領をいかに受け入れてきたかの深層を思い知るのである。そしてこのことが、『抱擁家族』が優れた、深いところでの戦後文学であることも了解するのである。日本人の、「一億総玉砕」から「一億総懺悔」への驚くべき転換、あるいは被占領国民として、世界の歴史にはまれに見るほどの従順ぶり、優等生ぶりはよく言われることだが、そうした〝不可思議な国民性〟の、その深層がすべて、三輪俊介一家の中に象徴されている。

＊

彼が病室に入って行くと、カトリックの尼が二人、餌をついばむ烏《からす》のように妻の口もとに耳をつけていた。

「何をしてるんです。帰って、帰って、出て行って下さい」

と俊介は叱りつけるようにいった。「分りました、分りました」といいながら……尼たちは、後ずさりするようにしてドアをあけて出て行くとき、はじめて俊介の顔を見た。頭巾からあらわれている顔は、土色をした眼鏡をかけた老人の顔だった。もうひとりは桜色をした若い女の顔だった。

俊介は怒りがおさまらず、胸をはずませて廊下を追いかけて行くと、

「ちょっとお待ちなさい。ちょっと待たぬか」

と叫んだ。廊下の先で食膳台を押している数人の看護婦がふりかえった。

『抱擁家族』の第三章、時子の三度目の入院で、このあと医師から、彼女の余命が「あと十日か一週間」だと告げられる、そんな状態のときの一場面である。

死の迫った肉親の病室に突然、不吉な「烏のよう」な黒ずくめの人間に入ってこられたのでは、誰だって〝縁起でもない〟と思うだろう。「出て行ってください」ということになる。しかし多少ともキリスト教の習慣を知っていれば、尼さんたちの病室訪問は決して奇異なことではない、という面もある。

アメリカ文学を翻訳し、研究もする三輪俊介が、キリスト教の習慣を知らないとは考えにくい。また時子のいた病院ではときどき讃美歌も聴えていたとされている。とすれば、俊介の言った、「何をしてるんです。帰って、帰って、出て行って下さい」とは、一般的な〝縁起でもない〟という反応とは違った、もっと明確な拒否の意思だったのだと見るべきであろう。つまり俊介は「ピストル」を取らなかったように「本」もとらないのだ。言い換えれば、「本」が示すような人間や世界の解釈、この世あの世についての解釈を取らないと宣言しているわけだ。これが『死の棘』とは違う『抱擁家族』の基本にあるメッセージの一つだと思うが、しかしそう確認しておいて、一、二の補足もしておかなければならないであろう。一つは、また後に触れることになるが、時子の亡くなったあと、この尼さんたちと再会した俊介が、いかにも彼らしいことだが、そこでこのときの無礼を詫びて、彼女らと和解している面もあること。もう一つは、当の時子が尼さんたちの出入りを許していたという事実もあるからだ。

　俊介が尼たちを廊下まで追ったあと病室に戻ってくると、時子が「大丈夫よ。あの人、たちが、いたって」と、俊介に「やさしくささやくようにいって眠りにおちた」とされている。エピソードの表面を取れば、尼たちの侵入に腹を立てて興奮している夫に、私はそれほど気にしていないよと、病人の方が慰めている、ということになろう。しかし、もう一つ奥を読めば、俊介はキリスト教の侵入を拒否したが、時子はそれほど神経質にこだわってはいないということになる。アメリカをいち早く家の中に取り入れた時子は、ここでも俊介が頭の中にだけ住まわせている西洋を、さっさと取り入れているわけだ。このとき病気は既に末期状態にあり、モルヒネだけで命をつないでいた時子だが、もし、まだ余命と体力があったら、案外受洗して見せて俊介を驚かしたかもしれない。そして俊介はここでも、「時子が何を考えているのか、本当のところ、彼には分らなかった」と呟きながら、結局彼女の入信を受け入れていった、と想像することもできる。

　というのは、病んだ時子が信仰に近づいたことが、俊介がそう感じたことが、これまでにもあったからだ。妻の過失問題、夫婦の信頼の問題では現れなかった神の影が、生命、死の問題に入ったところでは、やはり一度は映っていたわけである。第二章の結末、時子の希望で無理な一時帰宅をしたとき、彼女の求めに応じて夫婦が危うい性交の時を持つ哀切な場面があるが、そのとき時子の発した「快楽のせいか、息切れのせいか」分からぬ「あえぎ」の声を、その後、このことのために医者のもとに走らねばならなかった俊介が、あれは「神様、神様」と呟いていたのではなかったかと思う場面だ。

時子は、そう呟いていたような気がする。もしそうなら、何のために、そういったのだろうか。何のためであろうと、その手引をしなければならない。それにはどうしたらいいだろう。

ここにも、常に時子の意を迎えることが「習慣」になっている俊介があらわれているが、このとき彼は、自分たち夫婦がこれまで宗教の問題などまったく話し合ったこともない事実に気付いたのであったし、今がそのときなのだと痛切に感じたのであったろう。しかしそれは、結局実現せず、俊介は時子に何の「手引」もできなかったのである。できなかったのは、病人の状態を慮《おもんぱか》ったから、ばかりではない。俊介の無意識がそれを避けたのだと、続く挿話がそれを伝えている。往診してもらったホーム・ドクターに一度は「やっぱりああいう病人には宗教のことを口に出さぬほうがいいですか」と相談するつもりになった俊介だが、しかし実際に彼の口をついて出たことばは、全然別な社交辞令に過ぎなかったと、書かれている。

俊介が彼の意識の深層にもったこの宗教拒否、それが結局、先に見た病院での、尼たちを反射的に追い払った行為となったのであろう。俊介はやはり、本質的に「本」を受け入れない、受け入れることのできない人間なのだ。そしてそのことは、先にも言った、時子がとうとう亡くなった直後、病院であの尼たちと再会した場面、俊介が本来の彼らしく、優しく尼たちに接している場面に明確にあらわれている。

「先日はどうも」

と彼は口の中でいった。

「祈ってあげて下さい」

と若い女の方がいった。

「それは僕も祈りつづけてきたのですが、祈る相手がないのですよ。だからただ祈り、堪え、これからのことを考えるだけです」

俊介は「祈りつづけてきた」——誰に、何を。だがその「祈る相手がない」のだ、と。「本」がないのだから当然、祈るべき対象も持たないのだが……

＊

こうして「本」も「ピストル」も持たない三輪俊介という、日本の一知識人の意識のありようを辿ってきたが、「本」を持たないはずの、「祈る相手がない」はずの彼が、しかし、にもかかわらず「祈りつづけてきた」と言っている事実はやはり無視できない。現に彼は、それがアメリカでならば「ピストル」が活躍したに違いないような事件に遭遇したのであったし、その傷が癒えぬうちに妻を癌で亡くさなければならなかったわけだ。幸も不幸も人並み以上に味わったはずだが、そういう運命、自分の意志も願望も超えた運命の不条理のなかで、彼はそれをどう理解し、納得し、堪え、乗り越えてきたのだろうか。

そう考えると、私はこの主人公三輪俊介が、ことあるごとに、「叫ぶ」男であったことに思いあたる。それは、たとえばあの事件のあとでは、バスの中での俊介には、「これが私の妻です。ああいうことがあった私の妻です」と叫びたがっているものがあった。

というかたちであらわれているし、その妻が死んだあとでは、

「私は妻に死なれた男です」

と歩きながら、すれちがう女たちに呼びかけるように視線をなげかける……

というかたちで現れている。こんな場面は他にもあって、要するに彼はいつも「通行人に向って叫んでいる」のだが、その「叫び」の意味を自ら問うているのが次の一節であるだろう。

「私の妻は病気です。とても危いのです。その夫が私です」

前にはおなじことを、俊介は外へ出ると口に出して叫びたく思ったことがあった。今では、助けを求め、「私どもは仲間です。不安定な苦しみの多い人間です。私は買物をしている男ですが、どうか、ただの買物をしている男と思わないで下さい。私は人間としておつきあいしたいし、今こうして声をかけているのです。私どもは見ず知らずの間柄です。しかしそうでないと駄目なんです。だからこそ友達なのです」

俊介は表立っては何もいわず、買物をしているときに、心の底でそう叫んでいるのは、どうしてだろうか。

これが「本」を持たない、「祈る相手がない」俊介の「祈り」なのだ。「私どもは見ず知らずの間柄です。しかしそうでないと駄目なんです。だからこそ友達なのです」とは、姉さん女房に死なれようとしている頼りない男の錯乱した言いぐさだと見てはならないであろう。こんなかたちで彼が求め、訴えているのは、要するに他者、世間という神なのだ。

「誰か他人がいなければ、他人がいなければ」というのが、俊介の、もう一つの渇望であり、自己認識でもあるのだ。三輪俊介が三輪俊介であるためには、彼を律し、裁き、そして判断させる、そういう形で彼の主体を支え、つくりあげる他者が必要なのだ。彼は常に他者に囲まれ、他者に曝されていなければならないのだ。そして、そういう男の「祈り」の「相手」は、やはり他者、世間に向ってしかないわけだ。「本」を持たない俊介の祈りは、結局、魂の「叫び」というかたちしか取れないのだが、その「叫び」を彼は、超越者を持たない彼は、世間に訴え、世間に聞いてもらうしかないのである。

トーテム・ポールと浦島伝説

子供の頃、といっても中学の三年か高校一年生時分だったが、アラスカの原住民が作るトーテム・ポールというものを知って妙に魅せられ、目に付く限りの写真を集めたり百科事典で調べたりした。当時コピー機などという便利なものはなかったから、調べた百科事典などはその絵まで筆写したが、写真類はたいがい少年雑誌の類から切り抜いたものだった。そんなふうにしてノート一冊が埋まるほどの資料を集めたが、そのうち集めるだけでは納まらなくて、それらの絵柄を真似たり組み合わせたりして自分用の小さなトーテム・ポールを作ってみたりした。

今では知る人も多いと思うが、トーテム・ポールは、一番下が人間、一番上がだいたい鳥類で、その間にさまざまな、デフォルメされた怪奇な動物が組み合わされている。それは部族や、時にその有力者の神話的な先祖や歴史、宗教的、生活的な力の性格を織り込んだものだとされている。当然私にはそんな神話も歴史もないから、引っ掛けるとすれば自分の干支くらいなもので、虎を何処に配するかいろいろ工夫したことを思い出す。もっとも、今こうして書きながら、アラスカには虎などいないはずだから、そんなところはどう考えていたのだろうかと、滑稽でもあるのだが。私の若い頃の負け惜しみ交じりの夢想の一つに、家が貧しくなく順調に進学できていたら自分は民俗学をやっていたかもしれないという一項があるが、その根は案外こんなところにも通じていたかもしれない。むろん、これらのノートも手作りのミニチュア・トーテム・ポールも、その後の何度もの引越しの間に失われているが。

半世紀余も忘れていたこんなことを思い出したのは、いま私が大庭みな子を読んでいるからである。一一年間もアラスカ州シトカに住んだ大庭みな子にはアラスカやアメリカに関わる作品がたくさんあるが、こんど私がオヤと思った一つは『トーテムの海辺』(昭和四八年一一月)の次のようなところだ。

トーテムそのものの歴史はたかだか二百年ぐらいのものだろうというのが定説である。彼らは銅さえも白人たちの到来まで持たなかったのだから……

トーテムは白人たちに対する一種の威嚇であり、自己顕示であった。アラスカ・インディアンたちがこれら奇怪な動物たちの彫刻に記したものは、氏族の英雄の伝説であり、自然の霊魂の物語である。

私の失われたノートからの記憶ではトーテム・ポールの歴史が「たかだか二百年ぐらい」という事実はなかったから、えっ、そうだったのかと、忘れていた夢ながら突然破られたような思いをもったわけである。それで改めて近年の百科事典を引いてみると、確かに「十九世紀中ごろから社会的経済的理由から大流行したものと考えられる」とあった。大庭みな子の言う「白人たちに対する一種の威嚇」「自己顕示」だという解釈はもっともなのである。元来は家屋の一部や日用雑器などに石鑿で彫られていた部族固有の印が、白人のもたらした鉄製の刃物を使うようになって、どんどん巨大化していったと、現代では理解されているようだ。

しかし、この『トーテムの海辺』が書かれたのは昭和四八年だが、大庭みな子が初めてトーテム・ポールを見たり知ったりした当時、つまり彼女がアラスカに移り住んだ昭和三四年頃にはどうだったろうか。というのは、私の記憶に「たかだか二百年ぐらい」という認識がないだけではなく、いま確かめてみると、私がかつて見たであろう古い百科事典には、やはりそうした事実は記されていないからである。

こんなことを調べながら、私はアイヌの熊祭のことを思い出していた。唄にも歌われたあのアイヌの熊祭は、実はそう古いものではなく、近世末期、和人に接するようになってからの習俗だったと、もう二十年くらいも前にそんな論文を読んだことがあったからだ。ここにも、異人、異文化に触れたアイヌ民族の、和人に向かっての「一種の威嚇」や「自己顕示」、そしておそらくは内部に向けての結束の証や督励があったのだろう。研究としてはどちらが先かわからないが、大庭みな子がアラスカを離れる頃には、トーテム・ポールの研究にもそれに似た進展があったのだろうと推測する。

こんなことはむろん文学以前の問題だが、寄り道ついでにもう一つ記しておくと、今度読んだ江種満子『大庭みな子の世界――アラスカ・ヒロシマ・新潟』（平成一三年、新曜社）に面白い資料が紹介されていた。大庭みな子がアラスカに渡ったのは前記のように昭和三四年、夫君利雄氏が、その頃新たに操業を始めた日本の企業「アラスカパルプ」に赴任したのに伴っての移住であった。そのアラスカパルプなる会社のことを調べるべく『会社年鑑』を追っていると、まるまる一ページを使った派手な広告があり、そこに「陸から　海から　空から　世界を駆ける黄色い顔！」というコピーが大きな活字で踊っている、というのである。広告主は「聯合紙器株式会社」（段ボールの大手製造会社）。つまりアラスカパルプだけには限らない「日本企業の海外進出」、もっと言えば「日本の敗戦後の経済復興のエネルギー、資本主義経済の成長期あるいは爛熟期」の「ド迫力」が端的に現れている、と江種満子は書いている。まさにそういうことなのであろう。一片の広告のなかにもその時代、朝鮮戦争後の高度成長期にある日本の姿が見えるわけだ。江種満子の論点は大庭みな子の主観とは別に、客観的にはそういう時代のなかでの彼ら一家の渡米というできごとであった、というところにあるが、私はまた、もう一つ別の意味で唸ってしまったのである。

それは、いま言った私のトーテム・ポールへの関心、それもまた、こうした時代、気運のなかで生じた小さな現象の一つであったに違いないという事実である。気づいて集めてみれば、中学生のノートをたちまち一杯にした当時のアラスカ情報、それらもまた戦後の日本全体の海外雄飛の夢、そのおこぼれだったわけである。大庭みな子は私より八歳上だが、たとえてみれば、異国に行った姉さんから届く絵はがきを見て、エキゾチックな夢を膨らませていたのが少年の私であったのだろう。そして思い出せば、昭和四〇年代までアラスカという名のレストランや喫茶店まであったが、アラスカが日本の夢の一つだった時代が確かにあったのだ。

前記、江種満子が、大庭みな子一家が住んだアラスカ州シトカを二度目に訪ねたのは平成一一年、そのとき既にアラスカパルプの工場は操業停止し、解体作業の最中であったという。むろん環境問題が許さなくなったのだが、その四〇年の歴史を考えるのは、また別の問題であるだろう。

＊

同じ時代の空気を吸いながら、私のアラスカ学は一中学生の絵はがきコレクションのレベルで終ってしまったが、現地に一一年間も暮した大庭みな子のアラスカでの収穫は、作品の上でも数え切れないほどだし、その意味を考えれば測り知れないほど大きい。大庭みな子におけるアラスカ、あるいはもっと広くアメリカという存在を考えると、それを鏡にしてみると、これまでにも見てきた作家たちの多くの仕事がみな小さく、せいぜい可愛らしいアメリカ覗きかアメリカ土産にしか見えないほどである。多くの作家たちはアメリカという異文化の現象に驚いたり踊らされたりしているがそうしたなかで大庭みな子だけは、その根を考えている、と言ってもよいのである。ここには大庭みな子のそんなところを見ておきたいと思うが、それもおそらく、その全貌には及ばない、ごく一部を指摘するにとどまるだろう。

たとえば、いま触れた『トーテムの海辺』は、ある日「わたし」がアラスカ・インディアンの村の村長から、「日本で開催される国際的な博覧会」（昭和四五年の大阪万博のことだろう）にトーテム・ポールを出品するが、あわせてアラスカ・インディアンの民話を本にして出したいので翻訳してもらえないかと頼まれる。そして、そのことでインディアンの村に一泊の招待を受け、一家で尋ねる話が中心になっている。出版の話自体は立ち消えになってしまうのだが、そんな経過のなかに、村の「書記」だという青年の次のようなことばが記されている。

羆《ひぐま》は人間の言葉を理解しますよ。いや羆ばかりではなく、動物たちはみんな霊を持っています。動物たちは人間の言葉を知っているし、人間たちは動物の心を持っています。だから、突然、人間が動物になったり、動物が人間になったりするんです。……動物ばかりではなく、自然界のあらゆるものは、人間の心を持っています。――ほら、あそこにも……あの光の中にも、われわれの祖先の心が宿っている。

自分ではもう「カヌーもあやつれないし、もりも打てません」と自ら言う村の青年書記でも、こうした世界観と信仰とを今も疑いなく持っているわけだ。ここにはトーテム・ポールが、つまり現在も生きている彼らの生活意識や民話が生まれてくる背景が言われていると見てよいであろう。村長夫人――村長夫妻は白人なのだが――のことばによれば、「あの人たちには、人間同士で喋る言葉より、自然と喋る言葉のほうが多いんですねえ」ということになる。あるいは、この『トーテムの海辺』の頃から二〇年を経たアラスカ再訪の話である『海にゆらぐ糸』(平成元年)では、アラスカ・インディアンの民話を収集していた海洋学者の残したことばとして、「フィヨルドに生まれたインディアンは、朝に夕に鴉や熊などを眺めて育ち、毎日の生活の中で、ときに応じて鴉になったり、鯨になったり、熊になったりする」という観察が記されている。彼らには魂のレベルで動物と人間との区別、差異はないのであろう。

残念ながらアラスカ・インディアンの民話を直接には読んでいないが、大庭みな子の伝えるエピソードや、それを反映した小説などを読みながら、私はアイヌの「ユーカラ」を連想する。一人称で語られながら、それがいつの間にか鳥になったり鼠になったりしてゆくアイヌの民話とよく似ているのだ。おそらく、大きく見れば、文明が忘れさせてしまっている人間の始原の生活、大きな自然の支配するなかで小さく生きていた人間たちの原感情として共通するものなのであろう。

それは日本のことを考えても、稲荷信仰はいまだに健在だし、白蛇さまを祭った祠の類などもたくさん残っている。さらに説話類には異類婚譚や異界めぐりの話も我々はたくさんもっている。これらはみな近代になって、つまり西洋を意識するようになってから、日本人はもっぱら隠そうとしてきたが、しかし本当は、日本の風土に根ざした、我々の受け継いだ貴重な精神遺産ではないだろうか。それ故こうした精神伝統は当然近代文学のなかにも伝わっていて、たとえば「蠑螈《いもり》と自分だけになったような心持がして蠑螈の身に自分がなって其心持を感じた。可哀想に思うと同時に、生き物の淋しさを一緒に感じた」（志賀直哉『城の崎にて』）というような作品を生み、それが尊重されるような地盤を我々は今も持っているわけだ。人間とイモリの一体化、そしてそういうなかでの死生観や世界観、こんなことは西洋、一神教の世界では比喩としてもなりたたない、あり得ないのではないだろうか。だが、こうした感覚感情があるからこそ、天地自然と一体化する、あの「大山」の場面（『暗夜行路』）も生まれてきたという事実は疑いようもない。それで、話が飛ぶようだが、大庭みな子の小説はいつも「鳥獣戯画」の趣を持っているところが面白いと私は思っているが、このこともおそらく、方法論や技巧談義などでは追いつけない、文化的な深い根があるに違いない。そういえば、大庭みな子には『生きもののはなし』（昭和六三年）なるユニークなエッセイ集のあったことも思い当たる。

『トーテムの海辺』に話を戻せば、家族ぐるみで一泊した主人公「わたし」は、そうした世界に必ずしも全幅の共感を持ったわけではないが、「いずれにしてもわたしは不思議な動物の精に誘われて、氷河の割れ目をかい間みた気分だった」と記している。この頃、作者自身の自覚もまだそのあたりに留まっていたのかもしれない。

大庭みな子はアラスカ移住当初、アラスカ・インディアンに興味をもち、専門家の話も聞くような勉強もしたと、別のところには書いているが、それらしい跡が初期作品には際立った特色としていくつか見える。そのうちでも『火草《ひぐさ》』（昭和四四年）はアラスカ・インディアンの民話に形を借りた小説である。一人の女性が部族の平和、つまり男たちの政治的駆け引きのために殺されてしまうまでの物語で、部族のもった伝統的な家族制度に納まりきれない、烈しく生きた女性の運命を描いている。この女性像は大庭みな子の小説に登場するさまざまな女性たちに共通した性格を見せていて興味深いが、ただそれだけに、元来の民話からは離れた創作なのだろうと想像する。そのことはまた後に言うことになろうが、この一編で私がまず面白く思うのは、たとえばこんなところである。

……すると、耳の脇で啄木鳥《きつつき》が囁くように言った。

「火草は、えぞ松の根でおれに帽子を編んでくれていたのに、編みかけで死んでしまった」

そんなことを火草は少しも鶫《つぐみ》に話さなかった。

「火草に帽子を編んで貰う代りに、おれは火草にゆりかごをつくってやる、と約束していたのだがな、――赤杉をたち割って、削っただけのうちに死んでしまった」

啄木鳥はつけ加えた。

鶫に子供をつくらせて、啄木鳥にゆりかごをつくらせ、この雷鳥に産室をつくらせる、――火草はそういうふうに徹底すべきだったのだ。何でも中途半端はよくない、火草の夫の雷鳥は考えた。

「鴉族、雷鳥の家の男達はみんなうつむいて雨の中を歩いた」と始まる。『火草』冒頭のページからの引用だが、こんな部分を読んで、この物語をどんな話だと、読者は想像するだろうか。大人のための童話か、あるいは擬人化された動物たちの話、イソップ物語のような寓話を連想するのではないだろうか。ところが、『火草』は童話でも寓話でもない。れっきとした小説なのである。ただ、その人名がこんなふうに動植物、自然界からとられ、あるいは重なっているのである。雷鳥は族長、鶫はその甥、啄木鳥は端役なので分からないが、鶫の一三人いるという従兄弟の一人であるらしい。唯一植物名の火草はもと鷲族、霧の家の娘だったが、家出したところを雷鳥に拾われて、その二人目の妻となった女性である。しかし、そういう立場にあきたらず、次の族長と目されている鶫と通じて、二人で村を出て行こうと持ちかけている。

こうした事実、関係は当然読んでゆくうちに分かるのだが、しかしそれでも、物語全体が、「オーロラは気まぐれな恋人のようにたえずゆれうごき、眼を伏せ、そしてまたたいた」というような幻想的な背景、あるいは、「火草の眼はすみれ色だった。そのすみれ色の眼の中に栂《つが》とえぞ松の黒い山影があった」といった、大自然の中に溶け込んだような人物たちの描写は、読者を限りなく童話的な世界に引き入れる。しかし改めて考えてみれば、人工物などほとんど眼に入らない自然のなかの生活なのだから、彼らの想念のなかに浮かぶものも当然自然、動植物の世界の他にはありえないわけである。そういうところを作者が注意深く描きつくしていることが、ここでは重要であろう。

次は、先にも引いた『トーテムの海辺』から、現代のアラスカ・インディアン村の書記のことばである。

ぼくらは自然の中に、祖先の心を見るんですね。急にいなくなったり、それからまた、多分、死んでしまったなつかしい仲間たちの霊が、そのへんで陽気にうろうろしていることを願っているわけです。こんな淋しい海辺で、こんな暗い森で、ときおり出くわす動物たちも仲間じゃないとなったら、とても生きてはいけません。

自然条件という下部構造は、そこに生きる人々の信仰の質やかたちという上部構造まで規定しているのだし、それが結局、人間の文明であり、文化というものであるに違いない。

こんなところを読んで、固有な風土の上に長年培ってきた上部構造を、突然西洋のそれに挿げ替えようとした日本の近代、明治の、あるいは敗戦後のことなど思わざるを得ないが、そのことについてもこの青年書記は答えている。

しかし、それはむかしの話です。われわれは御覧のように、白人たちと大して違う暮しをしているわけではない。ただ、彼らのやり方を、貧しく真似しているだけだ。もはや違った生き方は、やりたくても許されない……

われわれは白人たちの売る小麦粉を買い……そして通信販売の洋服や靴や、その他もろもろの生活必需品を買って、同じ身なりで同じものを食べ、同じ家に住みたいと思い、見様見真似の白人文化の中で暮しています。それ以外にどういうやり方があるというんでしょう。

意識すれば、気が付いてしまえば何とも哀しい現実だが、これは言うまでもなく、アラスカ・インディアンだけに限ったことではない。日本の近代もまた「見様見真似」の歴史にほかならなかったことは、これまでにもたくさんの例を見てきた通りだ。ただ、明治の「見様見真似」と戦後のそれとをあえて区別すれば、途中に一度は「近代の超克」を謳い、「西欧の没落」も知っている戦後は、能天気な「見様見真似」を「貧しく真似しているだけ」だと思う自覚の影も深いということであろう。

＊

男は女に飢えては居なかった。ただ、そうすることを愉しんでいた。男の感じている虚しさと哀しさは由梨に伝わって、其処で優しい和《なご》みのようなものになった。

とは『三匹の蟹』（昭和四三年六月）の一節。ここにも、先の青年書記と同じ哀しみを持った人物がいる。この、「男の感じている虚しさと哀しさ」、これもまた風土地盤とは違う異文化を接木された、ねじれた文化のなかに生きる人の「哀しさ」なのだ。彼、この「桃色シャツを着た男」は、彼自身の自己紹介によれば、「僕は四分の一、エスキモーで、四分の一、トリンギットで、四分の一、スヰーディッシュで、四分の一、ポールだ」ということになるが、「トリンギット」とはアラスカ・インディアンのことだ。『三匹の蟹』のヒロイン由梨はこういう男と一夜の「和み」の時間を共有したわけである。

小説『三匹の蟹』の出現は新鮮であり、衝撃的であったが、そこには外国に住む日本女性がいかにも潑剌と描かれていることと、もう一つ、そのヒロインの大胆なアヴァンチュールという点があった。それまでの外国を舞台にした小説は何となく見聞小説、観光小説、そうでなければ有吉佐和子『非色』（昭和三九年）のような問題小説、情報小説の類を出なかったが、大庭みな子の小説はそれらとはまるで違ったのである。其処には日本人が、とくに日本女性が外国人に立ち混じって少しも臆することなく個性を発揮して生きているし、夫に対しても堂々と自分を主張している。ホーム・パーティーなどという、日本では馴染みのない光景、そこで交わされる機知とユーモアに富んだ会話も、日本ではまず見られない、まるで外国映画で見るような光景だった。しかもそこに少しの遜色もなく日本女性が交じって溌剌と交歓している驚き。こんなことを今の人に言うと笑われそうだが、何しろ時代はまだ国際線スチュワーデスが女性の最高の職業、憧れの的だった、そんな時代なのだ。

しかし『三匹の蟹』のヒロインの本当の魅力的なところ、優れたところは、主人公がそんな場所、そんな役割にありながら少しも満足しても、得意になってもいないところだ。この『三匹の蟹』の夫婦などはそれが親戚知人ででもあったら相当自慢の種になる存在に違いないのだ。しかしここでヒロインは、当時の日本から見れば羨ましいような舞台、そのパーティーを胃が痛むほど耐え難いといって、急用をでっち上げて家を抜け出してしまうわけだ。といって自分をそういう社会の被害者、犠牲者だと思っているわけでもない。その事実、そのことをどう解釈するかが、『三匹の蟹』を読む最初の関門かもしれない。

大庭みな子は吉本隆明との対談『性の幻想』（昭和四九年一二月「野生時代」）のなかで、『三匹の蟹』の主人公ユリの家出を『人形の家』（イプセン）のノラの流れ、つまり男権社会のなかでの主婦という存在への反抗だろうと言った吉本隆明に対して、「それは違います」と、一言のもとに否定している。「一般的にたしかにそういうふうにみなさんが解釈してくださるみたいなんですが、ちょっと私、不満なんです」と。二人のそんな対談を当時読んで私は強い印象を持った。そのころ私はウーマンリブ思想の先端にいた駒尺喜美の傍らにいて男権社会否定論の洗礼を受けていたから、こんな女性作家の出現に驚いたのだ。『三匹の蟹』をよく読めば確かに、「女房稼業は大変なものだろうか」「さあ、亭主稼業と同じようなものでしょうねえ」という「桃色シャツ」の男との会話もある。「桃色シャツ」男も、理由は分からないながら、由梨の家出を直感しているのだ。

ヒロイン由梨の家出がノラのそれではないとすると、では何だったのだろうか。それを私は、彼女の、ホーム・パーティーという西欧的な社交制度に対する根本的な違和感、そして、そういう制度に何の疑問もなく絡め取られて、ひたすら努めている夫への嫌悪、そういうことだと読んでいる。だいたい「パーティー」などというものが、欺瞞的、偽善的な制度に過ぎないとは、前に見た『カクテル・パーティー』（大城立裕）の主人公が暴露したところだが、この『三匹の蟹』でも、「大統領の選挙と、ヴェトナムの話が出たら、パーティはお開きですって」と言われている。しかしパーティーなるものの欺瞞性はそんな上等高級な面だけではないことは言うまでもない。「ママはね、誰にも本当のことを言えないから、時には梨恵にほんとうのことを言いたくなるのよ……ママは馬鹿かも知れないけれど、可哀そうなんだから、時には親切にするのよ」と、由梨は一〇歳の娘に訴えている。しかし夫は「そういうことを子供に言うものじゃない。君は大人の癖に耐えるということを知らん」と社会人らしい訓戒をたれている。

ユリ、淋しいのよ。そうでしょう。淋しいのよ。困ったことねえ。

とは、今日の由梨の家出の事情を直感的に理解しているらしいロンダのことばだが、パーティーへの生理的な嫌悪と、それを理解しない、理解しても取り合おうとしない夫への嫌悪が重なった由梨の孤独を、やはり複雑な夫婦関係のなかにあるロンダは直感したのである。この画家の妻であるロンダは、モデルとしては後の『海にゆらぐ糸』に登場する魅力的な女性ダイアナに重なる人物だろうと、現在では想像できる。「複雑な夫婦関係」は、実はそちらからの情報なのだが、ここでちょっと密輸入してみたくなったのである。

そして、この由梨の「淋し」さ、「可哀そう」さを直感していたもう一人の人物が、あの「桃色シャツ」の男に他ならなかったのだ。

「桃色シャツ」の男は、「アラスカ・インディアンの民芸品」を展示した会場に、おそらく出品者側から来ている監視員なのであろう。展示品は、小説に書かれているだけでもなかなかレベルの高い物で、遊園地や観光地にありがちなお土産品まがいのものでないことが分かる。だから彼女はそこで一つの異界に直面したことは明らかなのだ。「薄暗い会場の中での由梨は、人間の祈りや呪いの、ぶつぶつという低い呟きを聞いた」と、遊園地らしくない感想が記されている。こんな非日常の時間、空間を通り抜けたことが、由梨のその後の行動に繋がっているのは疑いない。「桃色シャツ」の男とはそういう所で出会ったのだが、彼はいわばその世界への案内人になったのだ。彼はまず、由梨の靴の破れを見つけるとすぐナイフを取り出して切ってやったような人物である。そして後では由梨の忘れたハンドバッグを届けてやったり、放心状態の彼女に紙カップのコーヒーを買ってやったりしている。先に言った彼の「自分の血の自己紹介」は、このときのことなのだ。だからこの後、彼が由梨をジェットコースターに誘ったのも、ゴーゴーダンスに誘ったのも、ドライブに誘ったのも、すべては由梨の不安定な、「ふわりと飛んでいってしまい」そうな状態を案じた、いわばアメリカ流の人懐っこさ、女性サービスなのだ。

こんな事実をくどくどと拾い上げたのは、この「桃色シャツ」の男を「ヘンなゴロツキの若い男」（瀧井孝作、芥川賞選評）だと見たり、翌日由梨が失くしたらしいという二〇ドル札を、明らかに「桃色シャツ」男が盗んだというような読み方（大江健三郎、『現代の文学33』「解説」）があるからだ。私にはとうてい「ゴロツキ」にも盗人にも見えないのである。彼が盗んだのであれば、次の日から展示会場に詰めることはできないであろう。私はむしろ、先に何度か紹介した『トーテムの海辺』に登場するアラスカ・インディアンの村の書記だという青年、あんな人物を当てはめてみたいが、むろんこれも想像の一つにすぎない。ここに明確なことは唯一つ、白人文明のなかで、それに従いながらも、常にその根っこにある違和感を打ち消せない、非白人二人の、一時の「和み」、「虚しさと哀しさ」の共鳴なのだ。彼らのどちらかが白人であっても、この関係は成り立たなかったに違いない。

由梨が何故パーティーを抜け出したのかは、当否は別にして、時の人々はそれぞれの答えを出したのだが、その果てにある、主人公が行きずりの男と怪しげなホテルに一泊するような展開には、当時の読者はみな戸惑ったのである。ここでも〝何しろ〟ということになるが、時代はまだ「不倫」などということばを持っていなかったのだ。江藤淳は、『三匹の蟹』をその三年前に出ていた小島信夫『抱擁家族』（昭和四〇年）に重ねて、それを女性の側から描いたものだと言ったが、その『抱擁家族』の事故のような「不倫」、その妻の言い分を人々がまったく理解できなかったのは既に見てきたとおりだ。まして一家の主婦の客人を放り出しての一夜のアヴァンチュールなど納得しないのは当然といえば当然であったろう。いや、正確に言えば、人々は由梨の冒険を理解したのだが、それはアメリカという格別な国での話だからと納得し、安心もしたのだ。

＊

余計なことを言うようだが、私は大庭みな子『浦島草』（昭和五二年三月）を三回読んでいる。初めは刊行当時で、たまたまこの本の担当編集者Nさんの傍らにいて、装丁に使われた池田満寿夫の絵――いま思えば猛禽の首を持ったような女性が連なるこの絵にもイメージとしての作者のメッセージがあったに違いない。講談社版『大庭みな子全集』第五巻「浦島草」の口絵写真にはこの絵を前にした著者の肖像が載っている――についてあれこれ話した。そんな縁から出来上がった本を戴いてすぐ読んだのが初めだった。しかし、Nさんが力瘤を入れるほどの感動は私にはなくて、曖昧な感想しか言えなかったのが、いまも負い目の一つとして記憶に残っている。私の印象では大変な力作であることは間違いなく伝わってくるが、「浦子」をめぐる家の設定などが、当時強かった世紀末ムード、横溝正史や夢野久作などがもてはやされた時代の空気に乗りすぎていると思われたのである。

冷子の家の複雑怪奇な人間関係や、その背景にある小作人たちに殺された父親とか、地主の家の娘の自殺、そんな展開の全体に何となく〝祟りじゃ〟というような雰囲気を読んでしまったわけだ。それで、なかに描かれた原爆後の広島の凄惨な光景にも、その迫力には圧倒されはしたものの、同じ作者の少し前の書き下ろし小説『栂《つが》の夢』（昭和四六年）、その過剰に原爆がパロディー化された設定の裏返しではないかと感じたようだ。原爆文学などの教科書的教条を律儀に呑み込んでいた当時の私には、『浦島草』の大きさを収める引き出しがなかったらしい。

二度目に読んだのは、それから三〇年も経った、つい三、四年前。そのときは既に私のなかに戦後文学とアメリカやら、日本と西洋やら私小説問題やらさまざまな課題が茫漠と渦巻いていたからであったろうか、いや、そうではなくて、大庭みな子自身の『オレゴン夢十夜』（昭和五五年）からの、目を見張るような変身、とくに『寂兮寥兮《かたちもなく》』（昭和五七年）の驚くばかりの自在さを、私がよく承知していたからであったろう、こちらのせり上がっていた期待に応えて『浦島草』も稀に見る読書体験となり、深大な作品であると思ったのである。これは一つの原爆文学としてばかりではない、戦後文学全体のなかでも一〇指、二〇指のなかに入る傑作ではないかと。

『浦島草』には、大きく言えば日本の近代の歴史がそっくり取り込まれているが、それをお手本どおりの歴史小説や大河小説仕立てにするのではなく、戦後の、ある奇妙な一家を中心に、その一族の歴史として描かれている。それは、明治の時代、小作人の恨みをかって殺されてしまった地主の番頭としての父親の世代から、戦後はその妻の再婚後の娘のアメリカ留学や、子守女が朝鮮戦争で戦死した米兵との間に生んだ娘の世代にまでわたっている。そうして小説の最後では、中心舞台であった冷子の家は取り壊されて跡形もなく消えうせるが、その結末もみごとと言うしかない。私は、発表の時間としては『浦島草』の六年も後になるが、中上健次の「路地」のことを思い出した。『千年の愉楽』（昭和五七年）の、あの「路地」が、『地の果て　至上の時』（昭和五八年）の結末では、からりと掻き消えてしまう、あの、笑ってしまうような虚無、あっけらかんとした諸行無常が、ここにもあるのだ。

しかも、そういう夢の跡を、一番若い世代である主人公雪枝がアメリカ人の恋人とともに訪ね、確認している。住人であった戦争帰りの龍は刑務所に入っており、原爆体験を持つ冷子と森人は揃って遍路の旅に出てしまった。それはおそらく覚悟された黄泉への旅立ちであるだろう。とすれば、残るのは、冷子の原爆体験のなかで孕まれた、ことばを持たない自閉症の息子・黎と、彼の庇護者であり同時に奇妙な妻でもある混血の娘・夏生、そして雪枝たちということになる。雪枝はいま、日本に留まるべきか、それともマーレックとともにアメリカに帰るべきか迷っているが、それぞれ特異な問題を抱えたこれらの人物たちが、いわば日本のこれからを背負ってゆくべき人間たちなのだ。言い換えると、それが、ヒロシマを見てしまった人としての大庭みな子がイメージした戦後の日本と、その未来図なのである。

三、四年前、私はそんなふうに『浦島草』を読んで、熱い感動をもったのである。

そして三度目が今度の読み直しであるが、他の作品もあれこれ読み返したなかでのことであるために、前二回とは大分違ったところにも目が行った。その一つは、中心的な人物である冷子が遥かに、あのアラスカ民話のヒロイン「火草」の血を引いているという事実であった。常識社会の約束のなかには納まりきれない、溢れ出る女性の生命をそのまま生きた、生きようとして結局政治の力、男たちの取引によって抹消されてしまったのが火草だが、その古代の女が生まれ変わって近代を、二〇世紀の日本を生きてみせたのが冷子に他ならない。初めに引いた『火草』の雷鳥の呟きをもう一度見ておこう。

鶫《つぐみ》に子供をつくらせて、啄木鳥《きつつき》にゆりかごをつくらせ、この雷鳥に産室をつくらせる、——火草はそういうふうに徹底すべきだったのだ。

ここで「中途半端」に終った火草の志を継いだのが冷子であることは明らかだろう。

この雷鳥とは火草の夫、鶫は火草の愛人である。啄木鳥は鶫の従兄弟だろうとは既に言った。一方、冷子とは、愛人の子を生み、その子を夫の戸籍に入れたが、子育ては子守女と、愛人の子として戸籍に入れた子守女の娘に任せている、そしてそれら全員を自分の支配する一軒の家に住まわせている、そんな女性なのである。この現代東京の冷子と、アラスカ古代の火草との間に、『三匹の蟹』の、アメリカの由梨をおいてみれば、彼女たちの志の系譜はいっそう明瞭になろう。

『浦島草』には前述のように日本の近代史が取り込まれ、とりわけ原爆体験という重い問題が背負わされて、この小説が戦後の大きな収穫の一つとなっていることは間違いない。それはいくら強調してもし過ぎるということはない事実だが、しかし、そうした問題、性格とは別に、『三匹の蟹』以来、大庭みな子の小説が一貫して見せているのは、どんな時代、どんなところにあっても、女の生命の燃焼のありかた自体なのだ。その意味で、大庭みな子は戦後の岡本かの子なのである。

大庭文学のこんな面に気づいてみると、もう一つ、『火草』にはなかった『浦島草』の性格も見えてくる。火草には実現できなかったことが冷子に可能であったのは、冷子には彼女を受け入れる環境があったからだが、それが、戦後の東京という場所であり、そして決定的には森人という人物であるだろう。雪枝は、彼らの故郷である蒲原では、冷子や森人たちの生活ばかりではない。マーレックを伴った自分たちも、とうてい許容されないことを知るが、一方、消えた冷子たちの家の跡を訪ねて、彼ら一家が近所の人たちとは欠けらほども付き合いがなかったことも確認している。つまり、都会だからこそ彼らの奇妙な生活は許され、実現できたわけである。だが、それ以上に、もっと直接的、最も重要な要素は、やはり森人という存在だろう。この、冷子の全てを受け入れてしまう特異なキャラクターの発明こそ、作者としては、『浦島草』の最大の冒険だったのではないだろうか。

＊

ウラシマソウを、我々の子供の頃はマムシグサと呼んでいた。二つは厳密には違うことを、再読のとき植物事典を引いて知ったが、浦島太郎の釣り糸に擬《なぞら》えられたあの長い奇態なひげを別にすれば、見たところあまり変わりはない。日陰からこちらをじっと窺っているような、蝮《まむし》に擬えられるあの姿が不気味で、一人のときなどはあまり出会いたくなかったのだ。だから、この小説を初めて読んだとき、そんなヤツに浦島草などという洒落た名前のあったことを知って驚いたし、それをこんなふうに巧みに使っている作者にもカンプクしたのである。小説の章題が全て植物名である『霧の旅』（第一部、昭和五五年）のような作品もあるように、大庭みな子の小説には草木がよく現われるのだが、マムシグサ・ウラシマソウには、さすがはという以上のインパクトがあったわけだ。

小説『浦島草』のウラシマソウには、言うまでもなく二つの意味がある。一つは、それが冷子の家の庭にあって、その奇怪な家の雰囲気、ありようを象徴していること。もう一つは、一一年ぶりのアメリカ帰りである雪枝に重なるわけだ。小説の大筋は、この雪枝の浦島太郎体験というかたちをとっているのだが、しかし、ならば雪枝にとっての竜宮はアメリカだったのかといえば、それは、それほど単純ではない。

先ほど私は雪枝はマーレックとともにアメリカに帰るか、日本に留まるか迷っていると言った。

雪枝はどちらとも明快には言っていないから、形式的にはそう言って間違いはないであろう。マーレックは、君の家系は日本では珍しく自我が強いから、この国でははみ出しものになるだろう。この国で生きるには自分を殺さなければならない、そんなことに耐えられるか、と言う。これを言わせるために彼を連れてきたのかと思わせるほどだが、しかし、それを聞いて雪枝は必ずしも同調しているわけではない。「雪枝はうつむいてその言葉をかみしめていた」が、しかし彼女の思いは、「――べつに、これは、日本とか、アメリカの問題じゃない」と、声にならない自分の声を聞いている。『火草』を描いている作者から当然出てくることばであるだろう。こんなふうに作品にはさまざまな読みを示唆するヒントがたくさんあるのだ。

そう確認したうえで、私はやはり、雪枝はマーレックと別れ、日本に留まる、日本人として改めて日本に生きようと決心するだろうと想像する。それは、話のレベルが違うぞと言われてしまうかもしれないが、決定的には、大庭みな子の作品全体の軌跡を思うからだ。この『浦島草』で、作者は結論を出せなかったが、結論を出せなかった作品を書きあげたことで、作者自身はからりと、問題そのものを卒業できたのではないか、と思う。

大庭みな子のエッセイにはこんなことばがある。

それまで、わたしは「浦島草」に代表される殿堂の構築といったものにかなりの期間打ち込んでいた。「浦島草」がそのピークで……わたしはこれを完成させたことで、作者としての解放感と自信のようなものを持つことができた。……

わたしし自身は内部世界で革命が起きたように感じていた。それまで囚われていた西欧的理念、絶対と結びつくしめくくりのある構築が、もはや自分の存在感と一体をなさないという気分に傾いていた。
（『その頃』）

『オレゴン夢十夜』、『寂兮寥兮』、『海にゆらぐ糸』等々、これらの傑作名作がこうして生まれたわけである。それは、世界を支配する「絶対者」がいて、その「絶対者」に鍛えられ、対峙しなければならない強い自我を前提とする「西欧的理念」、そうした精神の上になりたっている、「構築」物としての小説、そういうものからは限りなく遠い、大庭みな子が直感的に知っていたことばで言えば、「構図のない絵」の自由さだったのではないだろうか。雪枝の日本巡り、その浦島太郎の帰国物語は、そうした故郷の再発見であった。もっと言えば、冷子ではなく、冷子を生かす、冷子の全てを受け入れる森、森人の発見だったのだ。

マーレックにとっては、カクレミノという日本語も、ウラシマソウなどという日本語も、何の意味も持たないのだと思うと、そういう男と暮さなければならないということは、自分の知っている古い言葉を扉のあかない暗い部屋に閉じこめてしまうことであり、それはとりもなおさず、自分の生きているからだの半分を、お墓の中に埋めてしまうようなものだな、と思ったりもした。

花の名、草の名にも民族の歴史があるわけだが、考えてみると、アメリカという国は近代以前の固有な伝説も説話も、まして神話など持っていないわけだ。彼らに共通の〝神話〟としては「聖書」があるだけだが、それ以外の、風土に培われた自己の存在の根、アイデンティティーを意識したとき、人々はみな、それぞれの父祖の国まで遡らなければならない。だが、そのとき人々はたちまちばらばらになってしまうだろう。隣人は必然的に異人とならざるを得ないのだ。だから人々は常に、雪枝のことばで言えば、「生きているからだの半分を、お墓の中に埋めて」暮しているわけだ。『三匹の蟹』の由梨が耐えがたくて逃げ出した、五カ国くらいの人間が集まるホーム・パーティーとは、そうした個々人の、他人には触れることのできない「お墓の中の」「半分」を抱えた人々の集まり、本音を言ってはならない集まりに他ならないのだ。

そして、こうしたアメリカ社会の性格が最も露に見られたのが、作者自身が一一年間暮したアラスカだったのではないだろうか。そんな環境のなかで大庭みな子は、トーテム・ポールに、動物たちと何の疑問もなく交歓し、共生している、そういう歴史や民話を持ち、そんな文化の上に今も暮らすアラスカ・インディアンたちに出会ったのだ。そしてそのことが結局、自分のなかに生きる日本の歴史や民話を、その精神を再発見させたのではないだろうか。我々の先祖の話である浦島伝説は、我々のトーテム・ポールの一つだが、鯨の腹の中に入って旅をするようなアラスカ・インディアンのトーテム・ポールは、当然彼らの浦島伝説でもあるだろう。

雪枝はやはり、自分の「半分」を殺さないためにも、日本に留まるに違いないのである。

「日本語の勝利」まで

私の出た大学の名物教授の一人にK先生がいた。昭和五一年に七四歳で亡くなられたが、生涯日本共産党を棄てなかった信義の人だった。だが、そうした硬い面とは別にかずかずの愛敬あるエピソードを残した伝説の人でもあった。その最晩年に私も教えを受けた一人だが、授業などほとんど無いに等しく、今日の大学ではとうてい許されない教員であるだろう。しかし独特な人間的魅力があってファンは多かった。この先生のことを思うと、私はいつも夏目漱石『三四郎』の広田先生を連想するのだが、生涯独身だったというわけではない。というよりも、先生の昭和初期の恋愛からして既に伝説に包まれているのだが、教員としては最後までよき時代の旧制高校の雰囲気を残していて、佐々木与次郎の言う「偉大なる暗闇」の趣があったのだ。

今ここにはK先生自体のことを言いたいわけではない。ただ、そのK先生の十八番《おはこ》の一つに、「諸君、コカ・コーラなんか飲んではいけませんよ」というジョーク(?)のあったことを思い出したのだ。それを初めて聞く学生はキョトンとしてしまうが、教室には必ず知っている学生もいて笑いにつつまれたのである。コカ・コーラとは、先生に言わせればアメリカ資本主義の象徴的尖兵なのである。コカ・コーラは常に米軍と共にやってきて、彼らが去った後にも、その麻薬性や享楽性と共に、その地に根付いてしまう、そして結局、資本主義に犯されてしまう、というのである。「安保闘争」が「挫折」に終った翌年、昭和三六年頃のことだが、資本主義は悪、そういう前提で一切の議論は始まる、まだそういう時代だった。

しかし、この話を初めて聞いた頃、私はまだコカ・コーラというものを知らなかった。その後の学生生活のなかで、K先生のことばにもかかわらず喫茶店でコカ・コーラを試してみることになるのだが、初めて知ったそれは、何だペプシ・コーラと同じではないか、ということだった。それで後に分かったのは、米軍では、どういうわけか陸軍はコカ・コーラ、海軍はペプシ・コーラという住み分けがあったらしいという事実だった。占領軍司令部のあった東京ではコカ・コーラが当たり前だったようだが、米海軍基地の町横須賀で育った私は、ペプシ・コーラは飲む機会もあったが、コカ・コーラは後まで、その存在も知らなかったのである。事実、東京の学生はペプシ・コーラを知らなくて、そのことに私の方がカンシンしてしまったのである。「コカ・コーラなんか飲んではいけませんよ」と言っていたK先生はペプシ・コーラをご存知であったかどうか、それは聞き漏らしたが。

＊

平成二二年上半期の直木賞受賞作、中島京子『小さいおうち』を読んでいたら、終りのほうに、「材料は米兵が捨てたコカ・コーラの空き缶やなにかだったらしい」というところがあってオヤと思ったのが右のような記憶に繋がった次第。『小さいおうち』のこの場面は、戦争のために閉鎖、軍需関係の仕事で息を継いでいた玩具会社が、敗戦後復活して、再開第一号の仕事がブリキ製の「カーキ色に星のマークをつけた進駐軍のジープの見事なミニチュア」だったというエピソードである。金属類の欠乏した敗戦直後は玩具に限らず日用の道具類まで米軍放出の空き缶を使っていたのを憶えているが、それは濃い緑地の上に「U・S・ARMY」などという印字が残っていて、すぐそれと分かるものだった。ただし、その元になった空き缶は我々も見知っていたポーク・ビーンズなどの入った大きな、ずっと後に現れた粉ミルクの缶ほどの物で、家庭用の缶詰類とは違う軍用のものだった。おそらく米軍施設、その食堂などから大量に出るものを業者が引き取っていたのであろう。つまり、先の一節の「米兵が捨てた」には違いないとしても、道に放り投げたというようなものではなかったということと、もう一つ、実は敗戦直後にコカ・コーラの缶入りはまだなかったという事実である。アメリカでも缶入りが作られたのは昭和二九年になってからだそうで、我々がそれを知るようになるのはさらに後、自動販売機などが普及した四〇年代に入ってからだった。昭和二〇年代にコカ・コーラの空き缶から作った玩具のジープは、やはりあり得なかったのである。

こんなのはむろん瑣末なこと、年寄りのイヤミだと笑われよう。しかし、小説にこんな誤りを見つけるのも、ときには腹も立てながらだが、実は面白さの一つである事実も否定できない。これは一度書いたように思うが、以前、津島佑子のエッセイに、マンガの『のらくろ』を猫の話のように書いているところがあっておかしかった覚えがあるが、最近ではそんなことがよくある。この中島京子の『FUTON』――田山花袋『蒲団』のいわばパロディー小説だが――のときも、そんな錯誤に笑った覚えがある。で、忘れないうちにこの『小さいおうち』からもう一つあげてみれば、主人公である女中さんが暮の仕事を列挙しつつ、「二十九日には伸し餅を切り」「大晦日は」「旦那様が仕事師に指示して門松を立てる」とあって、アレアレだった。お餅を切るのは末広がりの二八日が決まり、九＝苦の日は避けるのが約束だったし、門松もお飾りも一夜飾りは忌むべきことだった。いくら「旦那様」の「指示」（指図？）でも、ちゃんとした職人なら「大晦日」にはやらなかったであろう。

と、えらそうに書いたが、実を言えば、事柄は違ってもこんな誤りは私自身もあちこちでやっているに違いない。いつの時代にもある世代の差であるだろうから、あまり威張ってはいられないが、ただ、この主人公が一応は『タキおばあちゃんのスーパー家事ブック』なる「家事読本」の著者だということになっているのだから、やっぱりおかしいのである。もしかして、作者は自らの主人公を皮肉っているのか、と考えてしまうではないか。

話が前後したが、『小さいおうち』は、昭和五年に尋常小学校卒業と同時に、「東北の一県」から東京へ女中奉公に来たタキさんの回想記である。いろいろ今風な仕掛けを施して読者を飽きさせない工夫をしているが、要するに昭和初年から十年代の東京のある中流家庭の生活記録、そういう小説だと言ってよいであろう。先の、ブリキのジープを京都のデパートで偶然見つけて買ったのは、主人公が奉公する家の坊ちゃんの同級生の父親という人だった。この人は昭和一六年に「スパイの嫌疑」で投獄され、二〇年の敗戦まで留置されていた。そのため戦火によって自宅が全焼し、妻子も焼死したことを知らず、九歳で別れたままの息子のために思わず先のブリキのジープを買ったのだとされている。そこへ、やはり旧主家の焼け跡を訪ねた主人公と再会し、もう渡す相手のなくなったジープが主人公に託されることになった。奉公先の旧ご主人、旦那様が、その玩具を作った会社の重役だったから、彼女には格別な記念の品物となったわけである。このスパイの嫌疑で投獄されたという人物は、小説全体としては小さなエピソードの一つで、それ以上の詳しい記述は無い。ただ「危険人物」ということばもあるから、実際は思想運動、社会主義者か共産主義者と見られたような人物だったのであろう。開戦に前後して「警察が来て捕まった」とされているから、「予防拘禁」にあった一人だったかもしれない。世の中が一旦そうなってしまうと、難しいことの分からない庶民は、自分の理解を超える者をみんなスパイだとかアカだとか言って恐れたり村八分にしたりした時代だ。「危険人物」はかえって無知な大衆だったのだが、『小さいおうち』の結末の方はそんな時代を描いている。

＊

井上ひさし『東京セブンローズ』（平成一一年三月）の主人公は、そういう時代のなかで陥れられ、ハメられて、やはり敗戦まで留置、強制労働をさせられた人物である。別段、反戦思想どころか自由主義思想の持ち主でもない。東京根津に住む一介の団扇職人、いたって常識的な庶民の一人に過ぎないが、たまたま町会長に憎まれたためにそんな災難に遭ってしまったのである。その町会長は少しばかり戦時報国思想に熱心、いや、そういうポーズで窮乏の時代を要領よく渡っているような人物だった。彼の策謀にあって主人公は昭和二〇年六月八日、敗戦直前に拘引されて裁判も無く敗戦後の九月二七日まで、一一二日間、九十九里浜の八日市場刑務所に送られ、そこで鰯の缶詰作りなどの労役に従事させられたのである。法治国家とも思えぬ無謀さだが、国家権力の支配が強いところでは、数人の者が通じ合ってしまえば、いとも簡単にこういうことが起こるのだ。私は、やはり戦争末期権力のとんでもない誤解から共産主義者に仕立て上げられて拷問まで受けた、耕治人の『監房』（昭和二一年）や『指紋』（昭和二四年）に描かれた事件のことを思い出すが、耕治人の場合は、たまたま書き残されることになった希少な例であって、その背景には、「帝国」時代の日本には、こんなことが無数にあったわけだ。いや、「帝国」時代だけではない、それは今も立派に続いていると言わなくてはならないだろう。

『東京セブンローズ』の主人公はこんな事件、災難に遭遇しているのだが、しかし、小説は必ずしもその事件を中心にしているのでも、問題にしているのでもない。国家権力と闘ったり、その横暴を訴えるというような類の小説ではない。しかしそれだけに、逆に言えば、何の特権に浴したわけでもない一介の無力な市民にもこんな不幸が降って湧いてくることもあるのだという、時の社会の怖さをよく示しているわけである。彼は戦後になってもう一度、いや正確には三度、今度は占領軍の拘束を受けることになる。一度目は「占領目的阻害行為」の嫌疑によって一〇月一九日から一二月二四日までの六七日間、二度目は占領軍の一将官の策謀によって二一年一月二〇日から三月一六日までの五六日間、妻の言によれば、「都合二百三十五日間ですよ。一年のうちの三分の二も家を空けてゐなさつた」ということになる。

主人公にそんな極端な体験をさせることによって作者は戦中と戦後、二つの時代を対照させ、そこに共通した政治権力の不条理を浮かび上がらせているわけだ。半年前の非国民、反国家的危険人物が、今度は反占領軍、愛国主義者として捕らわれるという、不合理にして滑稽な権力の横暴さ、思想以前のご都合主義である。

しかし、繰り返すが、『東京セブンローズ』は決して政治小説ではない。権力の不条理やその追及を正面に置いているわけではない。この小説の第一の特色は敗戦を挟んだ時代の、一市民の生活記録、具体的には主人公・山中信介の記録魔と言ってよいような詳細厖大な日記の面白さなのである。一冊は本文が七七五ページの部厚いものだが、その全てが昭和二〇年四月二五日から二一年三月二一日までの敗戦を真ん中に挟んだ約一年ほどの日記である。しかもその間には先に言った、通算二三五日の獄中生活が入り、当然その間は日記など許されなかったから、実質は一三〇日間にも足りない。従って単純な日割り計算をすれば、一日平均六ページ、四〇〇字詰め原稿用紙にして約一三枚程の日記を、彼は書き続けたことになる。まったく日記中毒症とでも言いたくなるような人物だが、当人も、「長い間の習慣で、日録を記さないとその日が真実、訪れてきたものやら、さうでないものやらわからなくなつてしまふのである」、「一行の記録も記すことができずにその日を送つてしまふと、なんだかその日一日、死んでゐたやうに思へてくる」と書いている。

それにしても、何をそんなに書くことがあるのか。それはむろん日記であるからには、自身の言動、家族親族の動向などが中心であるが、彼の日記の特色は、その他に町で見たこと聞いたこと、町内会の回覧板から掲示板、新聞ラジオで知ったこと、そうした類の情報が片端から書き写されていることだ。それらが自ずから戦時下庶民の生活状態を浮かび上がらせることになって、何よりも庶民生活資料として面白く、興味が尽きないわけである。

と言っても、もとよりこれは創られた日記、フィクションとしての日記である。そういう意味で、言わばこれは歴史小説の一つであるに違いない。しかし、いわゆる歴史小説がその時代の生活を調べて、その中に事件や人物たちの生活を齟齬のないように埋め込んでいるのだとすれば、この『東京セブンローズ』はその逆、作中の人物の方が、資料を次々に見せることによって、読者に彼の時代を教え、そのこと自体を楽しませていると、強調すればそう言える。時代が、そしてそこに生きる一市民の生活が見えるように創られた日記、便利な容れものとしての日記体を駆使した小説なのである。

紹介してみたいエピソードは限りなくあるが、一つだけ、なるべく日記らしいところを引いてみよう。主人公の長女は器量好しで、そのためにいいところに嫁入ったのだが、またそのために、遭わなくても済んだかもしれない空襲に遭って死んでしまう。その娘を回想したところで山中信介はこんなふうに書いている。

女学校に上つてからのお前は流石に流行歌をうたふことは少なくなつて、代りに卓球と算盤に熱中しはじめた。あれは五年前の昭和十五年の十一月十日、紀元二千六百年記念東京女子商業珠算競技大会でお前は個人ノ部で堂々六位に入つた。父さんも母さんもあのときは鼻を高くしました。本当に晴れがましい思ひをしました。それに毎日、皇居前へ提灯行列だの旗行列だの音楽行進だの神輿《おみこし》渡御だの、記念行事を見物に行きましたね。赤飯用の餅米《もちごめ》も特配になるし、父さんはあのときが、一番仕合せでした。

お前が三菱商事本社の金属部に受かつたときも驚きました。根津宮永町からはじめて大会社の職員が出たといふので根津権現社から祝ひ酒をいただいたりもしました。お前のおかげで随分世間を広く渡れたやうな気がします。

皇紀二千六百年を記念した行事はたくさんあって、さまざまな書物に記されているが、「女子商業珠算競技大会」があったとは初めて知ったことだった。その後の提灯行列や旗行列、餅米の特配などとともに、このあたりが、庶民がそれを自分のこととして実感できた官制記念行事だったのであろう。

昭和一五年という年を歴史年表のなかで見れば、大東亜戦争開戦の直前、戦争に向けた統制社会がいよいよ厳しくなった時代だ。だからそれを知識人に言わせれば「暗い谷間」の時代だということになる。しかし、そうしたなかでも、日本という国を信じ、天皇を中心とした偉い人たちの言うことばを信じて日々を送っていた人々、庶民は、「特配」の餅米で赤飯を楽しみ、「父さんは、あのときが一番仕合せでした」という思いで生きていたわけだ。そして、山中信介にとって最もうれしかったのは官制のお祝いなどではなく、娘の算盤大会での入賞、「根津宮永町からはじめて大会社の職員が出たといふ」誉れ、「晴れがましい思ひ」だった。町の氏神様が祝ってくれるような「仕合せ」だったわけである。「お前のおかげで随分世間を広く渡れたやうな気がします」と、下町の、人情に包まれた人々の暮らしが目に見えるようではないか。一介の市民にとっては、思想的に裁断され、年表式に整理された事実のなかに歴史があるのではない。誰も書いてはくれない娘の出世、幸せな結婚、そして、そのためであったかもしれない空襲による不幸な死、そういうところにこそ自分もそのなかで生きた歴史があるのに違いない。

それで余談を一つ許してもらえば、こんなことがある。私の世代には、履いた下駄を遠くまで放り投げて明日の天気を占う遊びがあった。また、それとともに夕方の空を見て明日の天気を予想する習慣があったが、それはおそらく、昔の人の習俗が伝わって残っていたものだろうと漠然と思っていた。ところが、『東京セブンローズ』を読んでいたら、昭和一六年一二月八日、つまり大東亜戦争開戦の日から、ラジオは天気予報を報じなくなったのだという事実を知って、アッと思ったのである。一二月八日以後、人々は明日の天気も自力で判断しなければならなかったわけだ。子供であった我々の遊びも、古い習俗の復活であるとともに、実は当代の歴史と深く繫がっていたのである。そんなことに思い当たるとともに、一方、今の子供たちどころか私自身も、明日の天気のためにテレビは見るが空を見るようなことが無くなって久しいことにも気づいたのである。

あるいは、こんなこともある。私は結婚するまで、つまり親元を離れるまで、就寝前には自分の脱いだ衣類をきちんと畳んで枕元に揃えてから寝床に入る習慣を持っていたが、これもこの本を読んで呼び起こされた記憶の一つだった。主人公の長男が、昭和二〇年に入ってからの空襲警報の出た回数を計算して見せて、「六日のうち五日は警報が鳴る勘定だ」と言っているところがあったからだ。夜、いつ警報が鳴っても困らないように、暗闇のなかの手探りでもきちんと衣服を付けられるようにと、むろんもとは昔からの教えであるだろうが、我々は戦時体制として躾けられていたわけだ。こんなことも、大げさに言えば、誰も書いてはいない、「暗い谷間」の時代の庶民の生活の一齣だった。

閑話休題。先にも触れたように、この主人公・山中信介は戦後になってからは「占領目的阻害行為」によって、占領軍に二度、厳密には三度拘置されている。初めは反米的な秘密結社に加わっていたことが発覚しての取り調べである。その秘密結社とは、占領軍支配下ですっかり猫のようになってしまった日本政府に代わってアメリカが犯した国際法違反、具体的には広島への原爆投下、その責任を追及してゆこうという市民の集まりというものである。そこで追及の中心になっている主張は、昭和二〇年八月一一日、つまり終戦の玉音放送のある四日前のことだが、「東京朝日新聞」に載った、「帝国政府」名による米国への「抗議文」なのである。

この小説のお陰で私も初めて読んだが、それはまことに真っ当な主張なのだ。ここにその全文を写してみたい気持も強いが、いまは我慢することにしよう。私としては、ともあれ「無差別性残虐性を有する本件爆弾を使用するは人類文化に対する新たなる罪悪なり」、「全人類および文明の名において米国政府を糾弾すると共に即時か丶る非人道的武器の使用を放棄すべきことを厳重に要求す」という主張は、現在でも間違いなく有効なのだと言っておけば足りるであろう。

右のような主張を日本政府に代わって国際世論に訴えんとした一〇人の会員は、愛宕神社の社務所に集まり、「原子爆弾をはじめとするさまざまな嗜虐性無差別爆撃を行つた米国に対し損失補償を請求する会」なる長い名前の会を結成、全員が署名したまではなるほどであったが、次に、会のなかから脱落者を出さないためにと、「願文」を書いて神社に奉納、三拝九拝して、その第一回会合は散会したとなっては、オヤオヤなのである。米国の悪を世界に訴えてその「損失補償」を求めるとは頼もしいが、実態はどうも神頼みに終ってしまった、あるいは神頼みから始まるような心細い結社であったらしい。毎月一五日に集まる約束をしながら、その後の召集はないままに終ってしまったのである。それればかりではない、おそらくは会員の誰かが、近隣に自慢話でもしたのであろう、たちまち占領軍の知るところとなって全員あっさりと逮捕されてしまった。そのため山中信介は六七日間の取調べ留置を受けることになるが、結果は「子供の遊びのやうな事件でした」ということで、クリスマスの日に釈放されることになる。だが、このあたりからいよいよ井上小説らしい佳境に入るのだと言うべきかもしれない。

この留置で彼が仲間たちより早く解放されたのは、その裏に次女の働きがあったからだが、その次女の働きとは、彼女の愛人である米海軍少佐（後に中佐）を動かしたことだった。この次女は戦後、米軍に接収された帝国ホテルにいち早くコンパニオンとして勤めていたのだが、コンパニオンとは、その多くは米軍将校たちを相手にした高級娼婦というのが実態であった。ところが、敗戦後の九月の末まで刑務所にいた、そして、その二ヵ月後には再び留置所入りしていた山中信介には、不審を抱きながらも、そうした戦後の実態を正確には認識できなかった。しかし、今度の釈放の日に、愛人たる米海軍少佐とともに彼を迎えに来た娘を目の当たりにして、その受け入れがたい現実を彼は知らねばならなかったわけである。彼はそこで娘を殴りつけてしまうことになり、その日彼のために用意されていたすき焼きパーティーを台無しにしてしまったばかりではない、その日から家庭は半ば崩壊の状態になってしまう。

多くの戦後文学がそう描いているように、アメリカの日本占領は、ここでもまず女性たちから受け入れられ、男たちは占領軍をではなく、女たちに怒りをぶつけることで、その現実に耐えるという構図があるわけだ。しかし今、そちらの方の話ははしょることにして、山中信介のその後を見てゆくことにしよう。

山中信介は八日市場の刑務所から出所後、彼を逮捕した元特高の同情と世話によって警視庁に孔版技術者として勤めている。そんな山中信介を海軍少佐ホールが釈放させたのは、実は愛人の父親だからという他に目的があった。ロバート・K・ホールはその肩書きを正しく書けば「占領軍民間情報局言語課長兼日本語簡略化担当官」というもので、いわゆるCIEの一員、そして要するに日本語のローマ字表記推進論者であり、その実行担当官であった。そのための調査と実行計画案作成が彼の仕事なのである。その仕事のために、彼は山中信介を助手の一員として雇い入れることにして、日本政府、具体的には占領軍の管轄下にある警視庁に働きかけて現職のまま帝国ホテル内の自身のオフィスに出向を命じたのである。これは占領軍による一種の徴用であったから、本人にも警視庁にも拒否はできないという仕組みなのだ。

さて、そこでどうなったのか。ここからロバート・ホール対山中信介、作者得意の日本語論争が始まるわけだ。そのため作者は信介に猛然と俄か勉強をさせているが、言い換えると作者が主人公に乗り移ってその蘊蓄を傾け、漢字廃止論に反論し、カナ表記、ローマ字表記に反対させている。その議論をここに紹介はしないが、ひるがえって思うに、巻き込まれたとはいえ一介の市民、東京下町の団扇職人である山中信介が、日本語を護るためにこんな苦労をしていた、その同じ頃、一人の大学の先生が、劣等芸術である俳句なんか止めてしまえと、日本の戦後をリードする大雑誌に書いていたわけだ。桑原武夫『第二芸術——現代俳句について』（昭和二一年）のことだが、それを思うと、なんとも不思議な、哀しいような複雑な気分になる。むろん『第二芸術』論をここに持ち出すのはフィクションと歴史の混同であるかもしれない。しかし、この小説にもホール少佐を支援し、お先棒さえ担いでいる学者先生、「元台北帝国大学総長安藤正次」なる人物が登場するが、確かに実在した人物なのである。時代は間違いなくそんな時代だったのだ。逆に言えば、この昭和の終りになってから書かれた『東京セブンローズ』全体、とりわけ主人公の信条は、日本人が戦後半世紀をかけて獲得できた視野、思想から生まれた、そういう小説なのである。

山中信介はロバートと大喧嘩となるが、その直後、彼は別の事件に巻き込まれて、今度は占領軍憲兵隊に逮捕され、司令部の留置所「モンキーハウス」に五六日間拘禁されてしまう。もちろんロバートの策謀だが、そのロバートを動かしたのはまたしても信介の次女、今度は次女を一員とする、なかには女子師範学校出の女性も交じったグループ、「東京セブンローズ」だった。

ロバート少佐の作成しつつあるレポート「日本語ローマ字化への早道　日本語二段階改造計画」なるものは、そのころ来日予定のあったマッカーサーの諮問機関の一つ、「連合国最高司令官特別参謀部及び民間情報教育局を援助し助言するためのアメリカ権威者の使節団」という長い名前の一行に提出し、彼らの採択を仰ぐための建議書であった。ここでの「権威者」とはハーバード大学を初めとする大学の総長や州の教育長、上院議員たちだが、そのことを知った帝国ホテルのコンパニオン集団である東京セブンローズは、要するにロバートのもう一つ上手の戦術に出て、その使節団のメンバーの方を直接、色仕掛けで籠絡し、抑えこんでしまおうと計画したわけだ。ロバートに敵は山中信介だと思わせておいて、裏では使節団をスキャンダルで抑え、ロバートの提案を採択させないように、体を張って仕掛けたのである。ここでも、と言おうか、サロメの昔、クレオパトラの昔から、男たちの馬鹿な戦争より、女の闘いのほうが結局強いのである。

そんな次第で山中信介は囮として使われ、大いに道化役を演じさせられることになり、正確に言えばもう一度「モンキーハウス」にぶち込まれることになるのだが、そのあたりのドタバタ話ははしょってもよいであろう。ともあれ、こうして「日本語二段階改造計画」は占領政策から外され、日本語は無事生き残ることができた、めでたしめでたしというわけである。

＊

『東京セブンローズ』は「別冊文藝春秋」に昭和五七（一九八二）年四月から平成九（一九九七）年四月まで、何度かの中断を持ちながらも通算一五年にわたって連載された。その桁違いな多忙のなかでの「遅筆堂」先生の奮闘振りの一端は、高橋一清の回想『井上ひさし——作家魂に触れた』（「季刊文科」49号）にみごとに描かれている。一五年の間に担当編集者が七人も代わっているが、作家の奮闘とは、同時に編集者の奮闘でもあるのだということをつくづくと思わせる一文である。

私は若いころ、井上氏から一度だけ戴いたはがきの字が、角のない、筆圧の均一な、まるでガリ版屋さんの字のようで面白く思ったが、後に井上ひさしにガリ切りのアルバイト時代があったことを知ってなるほどと思った。この『東京セブンローズ』の主人公山中信介が、団扇職人にもかかわらず孔版筆耕の特技を持っていて、その一芸のおかげで戦中戦後を生き延びられたところなどには、作者自身の血を分けているのであろう。いわゆるガリ版、孔版印刷は日本語表記のためには実に重宝な日本の発明品であったが、それも今はすっかり消えてしまった、そういう思い入れがあったのに違いない。

＊

井上ひさしが『東京セブンローズ』、占領軍から日本語を護るべく闘った人物の物語と格闘している一五年の間に、それに重なるように、「日本語の勝利」を言うアメリカ人作家の仕事が見られるようになったのは、単なる偶然ではないであろう。言うならば、時代全体のなかで、日本語や日本文学の特性がそれだけ広く、深く、日本と日本を越えて、認知されるようになったのだ。そして、そうした時代の空気が、実は山中信介の自信にも、また彼を創り上げる作者自身の思想の裏打ちにもなっていたに違いない。

『日本語の勝利』(平成四年一一月)とはリービ英雄の初のエッセイ集である。六、七年の間に書かれたさまざまな文章が集められているが、表題にもなったエッセイにはこんな一節がある。

……日本の中には依然として、たとえ社会の「西洋化」がどんなに進んでも、日本語だけは民族のアイデンティティを確保する最後の砦だ、という意識の人が今でも圧倒的に多いだろう。

ところが、私自身の日本語の体験からいうと、話は逆だ。外からやってきたよそ者は、日本社会の多くの場で門前払いという苦い経験を味わうのだが、もしその人に少しでもコトバに対する感受性と冒険心があれば、日本語だけは門前払いを食わせない、日本語だけは話し手や聞き手、あるいは読み手や書き手の人種を問題にしないということを発見するのだ。日本人と人種を異にした者でも、日本語へすなおに近づきさえすれば、日本語はきちんとその豊かさを分けてくれるのである。日本語はいつの間にかよそ者の、色の違った肉体にもしみこみ、その感性を根本から揺るがし、ついには新たなものにする、というのはけっして私一人の体験ではないはずだ。

いくら戦争に負け、国土を占領されても、まことに、「日本語だけは民族のアイデンティティを確保する最後の砦だ」、そう考えて山中信介も東京セブンローズの女性たちも、ホール少佐と闘ったに違いない。ところが、ことばの問題としては、それは「逆だ」と、リービ英雄は言うのである。そんな政治的な闘争などしなくても、日本語は初めから充分に「勝利」しているのだ、と。逆説的だが、なかなかうがった意見だ。そして一国のなかにたくさんの言語（共通語は英米語だとしても）を持ち、その数だけの文化的な背景を持った人たちの集まりであるアメリカ、そのアメリカ人でなければ見えなかった見方だろうと思う。

たとえば英語を学び、それを自由に駆使するからといって、それゆえ彼が英国人としてのアイデンティティを持てたとは誰も思わないであろう。英(米)語での生活をしながら、現にリービ英雄がそうであるように、自分はユダヤ系だ、イタリア系だと主張して誰も疑わないのがアメリカ社会なのだ。ところが、何故か日本語だけは違う、とリービ英雄は言う。こちらがそれに習熟すれば、した分だけ奥を見せてくれるし、見せてくれるだけではない、こちらの「肉体にもしみこみ」、あげくその「感性」をさえ変えて、つまり、日本人にしてくれるのだ、と。日本人は、日本の社会は、何年住んでも自分を「外人」としてしか遇しないが、日本語は決してそんなことはない、と。実になるほどであって、かねて、日本人というキャラクター、感性、文化は、日本人が、ではなく、日本語が作るのだと考えている私としては、大いにわが意を得た意見なのである。

だが、そうだとすると、先の引用の前半、「日本語だけは民族のアイデンティティを確保する最後の砦だ」という判断は結局正しいのであって、彼が言うように「話が逆」ではないことにならないか。日本語が存続する限り日本文化は存続するのであり、その日本文化、アイデンティティを保証するのは、やはり日本語そのものなのである。リービ説を逆説的だといったのはそんな意味だ。日本語は結局のところ、「民族のアイデンティティを確保する」最初にしてまた最後の「砦」なのだ。日本語を、政治権力、制度の力で取り上げてしまおうとした占領軍と闘った山中信介たちはやはり正しかったのである。

小説家としてのリービ英雄は『星条旗の聞こえない部屋』(昭和六二年三月「群像」)でデビューした。それがアメリカ人による、日本語で書かれた、しかも「私小説」であることを知って、私は不思議な嬉しさのようなものを感じて、以来、彼の書くものは気をつけて読むようになった。その、ユダヤ系の父親とポーランド系の母親、障害を持つ弟との家族、やがて両親の離婚によって上海生まれの継母ができ、そこに生まれた弟、また実母の再婚によって持つことになった「半分はスペイン系で半分はユダヤ系」の義父、そこにできた新しいジャーナリストの義妹等々、詳しく書けば一ページでは足りなさそうな、彼を中心に広がっている複雑な家族関係は、規模や人々の姿勢はまったく違うのに、まるで明治の自然主義小説、いや、中上健次の小説を読むような、人の生の重厚な趣を見せている。そして、そうした関係のなかで、主人公が幼時から思春期までに移り住み育ったアメリカ、台湾、日本。それらの交錯する言語と文化。主人公は常にそれらの言語と文化のなかで体感し往還しながら沈静した思念を繰り広げている。そして、そうした世界がまさに私小説というスタイルにぴったりと納まっているのだ。

　別のところでリービ英雄は、主人公を単に一人称にしただけでは「私小説」にはならない、と言っている。私小説概念の西洋版として古くから言われたイッヒ・ロマンとは根本的に違うのだ。それは、私に言わせれば、「I」や「Ich」と日本の「私」の言語的、文化的な根本的性格、構造の違いによるのだが、リービ英雄はまさに、そういうことを知った人、感得した人なのだ。彼の小説には「……と日本語で思った」という類の表現がよくあるが、日本語で感じ、日本語で考え、日本語で表現することによって、日本の「私」を体得できるのだと、彼は実証しているわけだ。日本社会が生身では決して受け入れようとしない「外人」を、日本語だけは間違いなく受け入れてくれる、日本人にしてくれる、と。そのことを彼は「日本語の勝利」とも言うのだが、それはまた、私に言わせれば、文学の上では日本の「私小説の勝利」でもあるのだ。

　一口に「在日作家」という言い方がある。それは永い間、在日朝鮮人作家という意味であったが、最近では中国人の楊逸の活躍があり、あまり目立たないが「三田文学」に書いている楊天曦の存在もある。あるいはイラン人のシリン・ネザマフィまで出現して、日本文学もどんどん国際化している。こうしたなかで「在日作家」の概念も次第に改められてゆくに違いない。そして必然的に、何を指して「日本文学」だとするかという議論も生ずるだろうが、定義は作家作品の例がもっとたくさん現れてから考えればよいであろう。少ない例のなかで気短に条件をつけて、新しいものを排除することはないのである。ただ、私のこれまでの見聞から見て、その性格を一つだけあげてみれば、戦前の金史良や郁達夫等から始まって、今のところ全ての在日文学が、その基本に私小説を持っているという事実は指摘しておきたい。もとより私小説だけが日本文学の全てではないが、私小説に日本の小説や文化の性格が集約的に現れていることは、もっと認識され、自覚され、考えられてよいことだと思っている。

おわりに――「鐘の鳴る丘」世代の現在

昭和四八年にオイル・ショックというものがあった。アメリカのイスラエル支持に対抗したアラブ諸国が原油の輸出を止めた煽りで日本も石油不足、我々の日常ではトイレットペーパーが品切れになってスーパーマーケットに行列ができたり奪い合いまであった。これは、それまで高度成長ばかりを信じてきた日本経済が、その基盤がいかに脆いものでしかなかったという事実を、天狗の鼻を圧し折られたように思い知らされた事件だった。その頃アルバイト暮らしであった私なども、定職を持たない惨めさを思いっきり嘗めさせられた。

そんなときこの事件を批評家の磯田光一が「第二の敗戦体験」だと書いていて、私はあっと思ったのである。焼け野原になったわけでも占領されたわけでもなかったけれど、自国の実力と世界情勢を見誤った結果だと見れば、これも確かに一つの〝敗戦〟に違いないのである。二〇世紀の戦争は必ずしも砲火が飛び交うだけではないわけだ。

こんなことを言うのは、むろん他でもない、今年の三月一一日に始まった惨劇のことを思うからだ。私はやはり、磯田光一のひそみに倣って、日本の「第三の敗戦体験」なのだと考えるのが、もっとも納得が行くように思っている――何に負けたのか。科学や文明社会への過信が自然の力に負けたのだ。第一の敗戦では、単にアメリカの物資、物量に負けたのだという人もあったが、この第三の敗戦は、その物資物量文化そのものの脆さや危険さがみごとに露呈したのだ。

津波の跡の惨状をテレビで見ながら私には焼け野原や防空壕の昔が匂いとともにいっぺんによみがえって、沈鬱で息苦しい思いから抜け出せなかった。三月一一日以後は会合類も中止や延期となって、しばらく外出しなかったが、三月の末、ある用件で仕方なく渋谷まで出掛けた。その帰りの夜、町の暗さに驚くとともに、六〇余年前、電車が止まり、灯火管制のなか、母親と二人で桜木町から廃墟の伊勢崎町を歩いて帰ってきたときの奇妙な興奮がよみがえってきて、まいったのである。私は一人で「タケヤブヤケタ　ダンスガスンダ」と呟いていた。ずっと後の報道では、この震災で親を亡くして孤児または遺児となった者の数は一五六七人（一〇月三一日厚生労働省発表）だという。

私の母親は、東京での関東大震災と横浜での大空襲を経験しているが、その横浜大空襲で危うく孤児となりかけた私がもう一つ、こんな震災体験にまみえるとは思いもよらなかった。

*

「季刊文科」の二五号（平成一五年一一月）から五〇号（同二二年一一月）まで連載してきた「戦後文学とアメリカ」がこういう形になった。「戦後文学とアメリカ」自体はまだいくらでも続けられそうだが、「季刊文科」が五〇号でささやかな記念号としたのを機に一区切りつけることにした。

そして、あまり熱の冷めないうちに一冊の形にしておきたいと思ったのだが、さて、なかなか読んでくれる編集者もなくて萎れていた。そんなところへ杉本貴美代さんに会い、彼女が出版にも尽力してくれることになって、うれしいことだった。若い杉本さんには、聞いたこともない「鐘の鳴る丘」の話などがかえって興味を引くことになったらしい。映画のビデオまで探し出してくれたが、分かるようにもっと説明せよという注文で、長い序文を書くことになった。彼女には、こんな世話の掛かった本は初めてだったろう。

私の書くものはいつも行き当たりばったりだから流れはあるが形がない。その点で彼女には大分苦労をさせたが、私も、こんなに注文の多い本造りは初めての経験だった。しかし、お陰で全体の構造らしきものがみえてき、私自身も驚いている。「鐘の鳴る丘」を無条件で理解してくれる司修さんに装幀をお願いできたのも、杉本さんのお手柄、そしてこの本の仕合せであった。

平成二三年一二月

勝又　浩

作家名索引

あ行

秋好馨　70
芥川龍之介　128, 135
新井智一　151
荒正人　11, 24, 131
有吉佐和子　23, 241
五十嵐恵邦　129
池澤夏樹　192, 197
池田満寿夫　246
石川淳　12, 91, 125, 127, 128, 132, 134, 154
磯田光一　22, 23, 76, 273
市川崑　193
伊藤裕作　116
井上ひさし　105, 258, 268
井上理恵　9
井伏鱒二　23
イプセン　242
内村直也　165, 167, 172, 186
梅崎春生　11
江種満子　233, 234
江藤淳　13, 178-185, 191, 197, 216, 217, 219, 222, 245
大江健三郎　23, 137, 142, 145-147, 154, 169, 170, 171, 245
大岡昇平　23
大城立裕　23, 174, 185, 192, 200, 243
大庭みな子　190, 232-237, 238, 242, 246-252, 253
岡本かの子　249
岡本恵徳　170
尾崎紅葉　117, 121
小田切秀雄　131
小田実　23, 195, 196

か行

開高健　197
梶山季之　80, 95
河上徹太郎　23, 194
川崎賢子　111
川崎洋　43-47
川端康成　57-60, 64, 160, 171
菊田一夫　9
木下順二　186
木村敏　219, 220, 223
栗原貞子　21, 25
桑原武夫　266
河野多恵子　97, 98
耕治人　258
小島信夫　23, 33, 111, 197, 245
小林秀雄　194
駒尺喜美　243

さ行

酒井美意子　89-91, 94
坂口安吾　11, 34, 92, 106, 126, 127
佐木隆三　193, 200
佐々木基一　12, 91
佐々木啓祐　10
椎名麟三　91

志賀直哉　210, 237
島尾敏雄　52, 53, 67, 92, 206
島田雅彦　101
庄野潤三　111, 197
ジョン・ダワー　21, 88
シリン・ネザマフィ　271
外崎厚　166
曾野綾子　23

た行

高田耕甫　76
高橋一清　267
高橋三千綱　195
瀧井孝作　245
武田泰淳　91
竹山道夫　193
太宰治　22, 23, 30, 84, 109, 110, 210, 212
田中絹代　121
谷崎潤一郎　134
田村泰次郎　22, 28-31, 105, 116, 158
田山花袋　256
つげ義春　53-55, 56
津島佑子　101, 256

な行

中井英夫　42
永井荷風　12
中上健次　101, 247, 271
中島敦　77
中島京子　255, 256
中薗英助　80, 91, 95
中野重治　23, 48, 52, 59, 62, 64-67
夏目漱石　210, 254
丹羽文雄　113, 116, 117
野坂昭如　7, 23
野寄勉　60, 61

は行

埴谷雄高　70, 91, 195
原民喜　73
久生十蘭　32, 33, 36-38, 41-43, 98, 106, 109
平野謙　182, 207
広池秋子　23, 24
福田恆存　184
二葉亭四迷　134, 214
堀田善衛　70, 74
本多秋五　13, 70, 131, 182-184

ま行

マーク・ゲイン　68, 70, 72, 75, 81, 82, 83, 168, 169
マイク・モラスキー　189
マキノ正博　28
松本清張　144, 155
丸山眞男　91
三島由紀夫　23, 35, 80, 88-93, 96-98, 105, 108, 117
道場親信　181
村上春樹　101, 192
村上龍　148, 150, 156
目取真俊　101
森鷗外　160

や行

安岡章太郎　23, 24, 28, 111
山田詠美　154, 160
山田耕筰　76
楊逸　271
楊天曦　271
吉田栄次郎　76
吉田健一　32, 78, 81, 82, 84, 85, 135
吉村萬壱　116
吉本隆明　23, 195, 242

ら行

リービ英雄　268-271

作品名索引

あ行

哀愁　58
あいまいな日本の私　170
握手　21
アメリカ　196
亜墨利加討　42
アメリカと私　197
アメリカ兵として沖縄戦に従軍　166
あめりか物語　32, 39
アメリカン・スクール　23, 33
暗夜行路　210, 212, 237
生きもののはなし　237
異郷の道化師　197
伊豆の踊子　160
偉大なる祖国アメリカ　193, 200
1Q84　192
井上ひさし――作家魂に触れた　267
陰気な愉しみ　111
飢えの季節　11
浮雲　134, 214
内村直也戯曲集　172
海にゆらぐ糸　236, 244, 252
浦島草　246-251
絵空ごと　84
江藤淳氏に答える　183
遠来の客たち　23
黄金伝説　125-128, 130, 132-138, 141, 142, 154, 155
大庭みな子全集　246
大庭みな子の世界――アラスカ・ヒロシマ・新潟　233
沖縄　165, 167, 169, 171-173, 186
沖縄ノート　169-171
沖縄文学の地平　170
オレゴン夢十夜　247, 252
婦系図　30
女は占領されない　35, 80, 88, 90, 93, 96-98, 105, 108
オンリー達　23, 24, 30

か行

輝ける闇　197
鍵のかかる部屋　91, 92
限りなく透明に近いブルー　148, 150, 151, 153-155, 157
カクテル・パーティー　174, 184-189, 192, 200, 243
片腕　57-59, 67
寂兮寥兮　247, 252
カデナ　192-194, 197, 198, 201-203
鐘の鳴る丘　7-11, 31, 56, 100, 115, 124, 203, 274
ガラスの靴　23, 28
瓦礫の中　78, 81-84, 135
ガンビア滞在記　197
監房　258
菊田一夫の仕事　9
城の崎にて　237
君の名は　7, 114

霧の旅　250
「近代文学」発刊挨拶状　70
黒い卵　21
黒地の絵　144, 155
軍楽　48, 52, 59, 62, 65-67
芸術・歴史・人間　131
遣米日記　42
現代の文学33　245
恋文　113, 115-117, 120, 121, 124-130, 136, 141
ここに泉あり　123
こころ　210
五勺の酒　23
金色夜叉　117, 120, 121, 172

さ行

再会　59, 60, 61
サイパンと呼ばれた男——横須賀物語　43
桜の園　9
作家は行動する　184
三四郎　254
三匹の蟹　190, 241-243, 245, 249, 253
飼育　142
ジープは走る　16-19, 21, 30, 31
ジェシーの背骨　160
自戒　97
刺客　41
思想としての東京　76
死の棘　206, 207, 209, 215, 216, 225
私本GHQ占領秘史　80, 91, 95
指紋　258
斜陽　109, 110
廿の扉　10
出発は遂に訪れず　52
少女日和　111
小説GHQ　80, 95
娼婦学ノート　116
昭和の文人　184
昭和文学史　182
新残酷物語　41, 42
真相はこうだ　9, 179
水滴　101
成熟と喪失　184, 216
星条旗の聞こえない部屋　270
性の幻想　242
戦後史の空間　22, 23
戦後文学の破産　182
「戦後文学」は幻影だった　12
千年の愉楽　247
占領と平和——〈戦後〉という経験　181
占領の記憶・記憶の占領　189
その頃　252
その後　37

た行

第二芸術——現代俳句について　266
第二の青春　11, 24, 131
退廃姉妹　101, 102, 105, 106, 109
尋ね人の時間　114, 115
堕落論　11, 34, 106, 126, 127, 134, 136
チークダンス　92
小さいおうち　255-258
地の果て 至上の時　247
鳥獣戯画　237
栂の夢　246
覘望される占領——川端康成「再会」と〈神道指令〉　60
東京哀詩—汚れた顔の子たち　9
東京市歌　76
東京市童謡　76
東京セブンローズ　105, 258-260, 262, 266-269
東京福生市における在日米軍横田基地をめぐる「場所の政治」　151
同人雑記　131

トーテムの海辺　232, 233, 235-237, 239, 245
トカトントン　84
閉された言語空間——占領軍の検閲と戦後日本　178, 180
轟先生　70

な行

長崎物語　30
何でも見てやろう　195, 196
なんとなく、クリスタル　47
南部の鼻曲り　32, 38
肉体の門　22, 28-30, 32, 105, 106, 116
「肉体の門」を書いた頃　29
ニッポン日記　68, 69, 75, 81-83, 168
日本語の勝利　268, 271
人形の家　9, 242
人間失格　210, 211
人間の羊　137, 138, 142, 145, 147, 154, 155, 156
ねじ式　53-56
ねじまき鳥クロニクル　101
熱帯安楽椅子　158-160
眠れる美女　58
のらくろ　256

は行

配給された自由　23
敗戦の記憶——身体・文化・物語　129
敗北を抱きしめて　21, 26, 88
話の泉　9
ハムレット　41
ハリガネムシ　116
春の枯葉　22, 30
春の雪　90
火草　238, 239, 248, 249, 251
非色　242
美国横断鉄路　32, 41
久生十蘭全集3　42
人と人との間　219
ビルマの竪琴　193
広場の孤独　70, 72-74, 83
不意の唖　145
プールサイド小景　111
再び本多秋五氏へ　183
復活祭　32
葡萄畑　195
FUTON　256
蒲団　256
冬の花火　23
俘虜記　23
ベッドタイムアイズ　154, 157-161
奉教人の死　128
方丈記私記　74
豊饒の海　90
抱擁家族　111, 206, 207, 209, 211, 212, 214-221, 224, 225, 245
母子像　32-36, 42-44, 47, 98

ま行

舞姫　160, 161
窓ぎわのトットちゃん　47
真室川音頭　27
密柑　135
港が見える丘　8
見るまえに跳べ　145, 146
麦と兵隊　30
向こう三軒両隣　9
「無条件降伏」の意味　182
元華族たちの戦後史　89

や行

焼跡のイエス　12, 132-135
山の音　59
ヤミ論語　92

雪のイヴ　132, 133, 136
指の戯れ　160
夢の中での日常　52, 53, 56, 67, 92

ら行

李陵　77
リンゴの唄　7, 16, 17, 19

わ行

我が家の楽園　106, 108-111
笑いオオカミ　101
われらの時代　146

著者略歴

昭和一三年、神奈川県横浜市生まれ。

法政大学大学院博士課程修了。

文芸評論家。法政大学名誉教授。

平成一六年『中島敦の遍歴』(筑摩書房)でやまなし文学賞受賞。

著書は他に『我を求めて』(講談社)『引用する精神』(筑摩書房)『作家たちの往還』(鳥影社)などがある。

「鐘の鳴る丘」世代とアメリカ
廃墟・占領・戦後文学

二〇一二年一月一五日 印刷
二〇一二年二月一〇日 発行

著者 © 勝《かつ》又《また》浩《ひろし》
発行者 及川直志
印刷所 株式会社 三秀舎
発行所 株式会社 白水社

東京都千代田区神田小川町三の二四
電話 営業部〇三(三二九一)七八一一
編集部〇三(三二九一)七八二一
振替 〇〇一九〇—五—三三二二八
郵便番号一〇一—〇〇五二
http://www.hakusuisha.co.jp
乱丁・落丁本は、送料小社負担にてお取り替えいたします。

松岳社 株式会社 青木製本所

ISBN978-4-560-08189-1

Printed in Japan

JASRAC 出 1116851-101

本の魔法

司修 著

【第三十八回大佛次郎賞受賞】島尾敏雄『死の棘』、中上健次『岬』など、戦後を代表する文学作品の創作の過程で、作家に寄り添い、深い読みを装幀に表現してきた芸術家が語る濃密な背景。

花森安治の青春

馬場マコト 著

戦後「暮しの手帖」を創刊した編集者が封印し続けた戦前の足跡を丹念にたどるノンフィクション。従軍、退役、大政翼賛会での情宣活動から浮かび上がる、生きることへの希望。

菊池寛と大映

菊池夏樹 著

戦前から戦後にかけて、野心に満ちあふれ、強烈な個性の持ち主だった菊池寛と永田雅一が、不思議な信頼関係の中で築いた映画のビジネスモデルを検証する、もうひとつの「日本映画史」。

新藤兼人伝

――未完の日本映画史

小野民樹 著

日本映画界を代表する、最高齢の映画監督！その孤高の歩みを昭和史とともにたどる。シナリオも巧みに引用しながら史実を積み重ねた、決定版の評伝。全作品年譜・人名索引付。

文豪の食卓

宮本徳蔵 著

井伏鱒二と鰻、三島由紀夫と酒、埴谷雄高とトンカツ、泉鏡花とウドン……稀代の碩学が流麗な文体とともに、名作の背景に潜む食文化を披瀝する、知的興趣あふれた書き下ろし「美味礼賛」。